i
imaginist

想象另一种可能

理
想
国
imaginist

旱魃

朱西甯

九州出版社
JIUZHOU PRESS

图书在版编目(CIP)数据

旱魃 / 朱西甯著 . -- 北京：九州出版社，2018.10（2022.1 重印）

ISBN 978-7-5108-7530-4

Ⅰ . ①旱… Ⅱ . ①朱… Ⅲ . ①长篇小说—中国—当代

Ⅳ . ① I247.5

中国版本图书馆 CIP 数据核字 (2018) 第 232309 号

旱　魃

作　　者	朱西甯 著
出版发行	九州出版社
地　　址	北京市西城区阜外大街甲35号（100037）
发行电话	（010）68992190/3/5/6
网　　址	www.jiuzhoupress.com
电子信箱	jiuzhou@jiuzhoupress.com
印　　刷	山东韵杰文化科技有限公司
开　　本	850mm×1168mm 1/32
印　　张	12.625
字　　数	200千
版　　次	2018年10月第1版
印　　次	2022年1月第2次印刷
书　　号	ISBN 978-7-5108-7530-4
定　　价	68.00元

一九六七年，于内湖一村家中留影

我的先驱

读《旱魃》杂感

莫言

上个世纪八十年代中，我的小说《红高粱》发表后不久，有一次遇到阿城，他对我说："你一定要读读朱西甯。"我听了，也没太往心里去。过了两年，我的小说《白狗秋千架》获得联合报小说奖，那奖座上刻着的决选委员的名字，第一位就是朱西甯先生。但我还是没有读他的书。后来，在新加坡见到天心小姐，温良恭俭让，有大家闺秀风范，又知祖籍是山东临朐，与我的故乡高密百里之距，于是更感亲切。后数次赴台，均见过天心小姐，但我一直没敢提出见见朱先生或是讨要一本朱先生著作的请求，这是一个巨大的遗憾。

二〇〇二年冬，应台北国际艺术村的邀请做驻市作家一个月，期间又见天心，并见天文，得其赠送朱先生大作三本，一为《铁浆》，一为《旱魃》，一为《华太平家传》。当晚就读了《铁浆》，颇为震撼，也就明白了阿城让我读朱西甯的原因。在台的数次演讲中，都提到读朱先生作品引发我的深切感慨。

回北京后曾接受《诚品好读》编者电话采访，让我谈谈对朱先生小说的看法。我说："《铁浆》虽是短篇，但内涵的能量足可以扩展成波澜壮阔的长篇巨著。小说中两家人为争夺盐槽对身体的伤害和铁路这个西方怪物对乡村自然经济的破坏让我震惊。而《华太平家传》则是编年史式的浩瀚巨制，小说中的故事、传说、风俗习惯以及富有地方色彩的语言，都让我备感亲切……朱先生上个世纪六十年代就写出来这样优秀的作品，可惜我读得太晚。若能早些读到他这几本书，我的《檀香刑》将更加丰富，甚至会是另外一番气象……"

在台期间因为忙乱，没来得及读《旱魃》。二〇〇三年春天，天文小姐来信，问我能不能为新版《旱魃》作序。为朱西甯先生作序？诚惶诚恐。我上世纪八十年代那些在大陆引起轰动的作品，无论在思想上和艺术上，都没有超过朱先生早我二十多年写的那批作品。朱先生是我真正的先驱。作序不敢，但写一些读后的感想还是可以的。于是就读《旱魃》。当我刚读到三三丛刊版《旱魃》的第十八页，小儿八福对他的母亲说"林爷爷还讲，哪家坟土要是湿的话，坟里就有旱魃……"时，我就猜到了这小说的结局。这并不是说我高明，而是说明我与朱先生使用的小说资源是那样相同。我在家乡听说过的故事，朱先生早我几十年就听说了。我使用的素材，朱先生早我几十年就使用过了。上世纪七十年代，我在故乡务农，连续十几年大旱，春播秋种，都要挖井、担水、浇灌，美其名曰"抗旱"。在艰苦的劳动间隙里，我们像朱先生《旱魃》中的老农那样仰望着播火的太阳，传播着某地出了旱魃的谣言。说得有鼻子有眼，不由你不信。我曾经动过把旱魃写成小说的念头，现在看来，幸亏没写，因为我还没听到这些传说的时候，朱先生的《旱魃》已经像一座丰碑，屹立在那里了。

《旱魃》是一部洋溢着现代精神的伟大小说，至今读来，依然是那样地朝气蓬勃，那样地活力充沛，那样地震撼灵魂。作者使用的素材虽然是乡土的，但作者注入到小说中的思想，却大大地超越了乡土。小说着力塑造的人物尽管是上个世纪初叶的人，但他们的精神，至今值得我们敬仰。作者使用的语言，尽管具有故乡的方言色彩，但由于精雕细琢，剪裁得当，并不会造成异地读者阅读时的障碍。

我看到一些台湾的论者注意到了《华太平家传》中的宗教思想，其实，早在《旱魃》中，朱先生的宗教思想已经表现得淋漓尽致。这个问题激起我很大的兴趣。在大陆五十多年的小说中，一直没有宗教信仰。近年来有西北地区的少数作家开始在小说中贯注他们的宗教，为此我多次表示赞赏。我认为没有宗教精神的小说，很难成为经典。上世纪九十年代中，我在《丰乳肥臀》中，曾经写了一个瑞典籍传教士和一个中国女子的深挚爱情，并借此宣扬了基督教的救赎精神。对此我颇为得意，但看了《华太平家传》和《旱魃》后，我只能感叹自己的肤浅。基督教对于我，是传说和资料，但对于朱先生，则是家传，是亲历。差距之远，何异天壤。写成小说，又怎可同日而语。《旱魃》这部小说，从表面上看是一个土匪头子和一个女人的故事，但从深层里看，却是基督拯救两个迷途羔羊的神迹。朱先生想用这部书，传播基督的精神，也彰显信仰着基督精神的他的先人们在那个愚昧黑暗的时代里建立的功勋。这样的书写不好就成了赤裸裸地说教，这是大陆文学几十年的痼疾。但朱先生的生活积累实在是深厚无比，对他所要描写的人物和事件感同身受。我想朱先生对他笔下的每棵树木、每块石头都怀有深情。形象牢牢地控制着他，人物按照自己的逻辑发展。朱先生就像一个高明的骑手，顺着他的人物走。因此，他的思想就不是说出来的，而是人物表现出来的。因此他就避免了借小说说教，而是让小说自己表现出来原本就包含着的宗教精神。世界上所有的宗教都是圆满的，但都不是完美的。因此对宗教的质疑就成了小说现代性的重要表现。这有时候并非是作家的本意。我猜想朱先生作为一个虔诚的基督徒，是不会对他的宗教提出质问的，但因为他顺从了小说中的人物，顺从了小说的根本定律，所以他的小说中也就出现了尖锐的质疑。当皈依了基督、散尽了财宝、收束了身心、勤恳地劳动着的唐铁脸被他的仇家打死在油坊的榨槽上时，他的妻子佟秋香，撕毁了那幅"宽窄路途"的立轴中堂，"好像撕毁了半个天，把上帝的裤子撕了下来"。然后，对着她们的引路人金长老大发雷霆："难道说，主就不长眼睛？人也悔改了，什么都舍掉不要了。做了多少好事，行了多少善，还要他怎么样？天哪，作恶不得恶报，行善倒得了恶报。哪里还有天理！就这么个公道吗？教人寒心哪……"当然，笃信基督的朱先生让金长老把佟秋香说服，并让她为自己与主讨价还价的行为感到了羞愧。但她在激愤之时喊出的质问，并不因此而失去意义。一般的读者，也不会轻易地被金长老说服。这大概是朱先生料想不到的。这是一个基督徒与一个小说家的矛盾，而这矛盾，恰也是小说的福音。

《旱魃》之所以能如窖藏的美酒，历久弥香，还在于小说中塑造的人物，几乎个个鲜活地表现出来自己鲜明的个性。那个寄托了朱先生全部理想的金长老，那杀人如麻而又能迷途知返的土匪头子唐铁脸，那勇敢泼辣、有胆有识的佟秋香，那虽然穷困落魄但依然顽强地保持着自己的尊严的杂耍班主佟老爹，连杂耍班子里的皮二爷和油坊里的把式林爷爷、强老宋这样的次要人物，也是栩栩如生、呼之欲出。从塑造人物的功力上看，《旱魃》又是一部继承了中国古典小说宝贵的白描传统的杰作。人物的话语，都是闻其声如见其人。这样的功力，不是那些所谓的"先锋派"作家具备的。这样的功力，建立在饱经沧桑的人生阅历的基础上，建立在对生活的丰富占有上，建立在对所写人物极端熟悉的基础上。

《旱魃》还展示了朱先生强悍、饱满、意象丰富犹如激流飞瀑的语言风格。我大概地可以想象出朱先生用这样的语言，在上个世纪六十年代的台湾文坛上造成的震荡。他的语言犹如乱石砌成的墙壁，布满了尖锐的锋芒。他的语言如光滑的卵石投掷到铜盘上发出铿锵的回声。这样的语言需要奔跑着阅读，这样的语言扔到水中会沉底。朱先生善用比喻，而且是他独创的比喻，别人无法重复。他异想天开，视万物皆有灵。正像加西亚·马尔克斯所说："所有的事物皆有生命，问题是如何唤起它们的灵性。"

"饕餮了整一个长夏的馋老阳，仍然不知还有多渴，所有的绿都被咂尽了，一直就是这么嗞嗞嗞嗞地吮吸着弥河两岸被上天丢开不要了的这片土地。""唐家宅子前的大水塘，已涸得板硬。黑深的裂缝，该已裂进阴间去了。塘底上卷翘起干鱼鳞一样的土皮。那里残留着冬腊天里暖鱼的枯辣椒秧子，草草乱乱，团团的狼藉，脏黑里翘起白骨一样嶙嶙的老茎子，倒像整堆子糜烂的鱼尸骨。""屋草缮得切糕样整齐，叫春的猫子都不曾到那上面踢蹬过。""那一对松当当的眼皮，不知断了哪根吊筋，低垂着，脸要仰得很高，才看得到天。""可天是死了。天是石女，生不出一朵云，一滴水，决计不给人一点点回生的指望。庄稼户认命地一再退让，一直退让出一百个火毒的太阳。""坚韧的盼望是一根愈缫愈细的生丝，临到不曾断绝的边口儿上……"不需例举了，这样的语言在书中比比皆是。这样的语言是诸多小说家梦寐以求的，这样的语言与温文尔雅的朱先生形成了多么巨大的反差啊，由此可见，朱先生的内心世界是多么瑰丽而丰富。我感到朱先生的语言是从李长吉那些"石破天惊逗秋雨"的诗里化出来的。对一个少小离家、浪迹天涯的小说家来说，他用语言寻找故乡，他用语言创造故乡，语言就是他的故乡。

《旱魃》的结构，也显示了朱先生不愿意按部就班地、轻车熟路地讲述一个故事的艺术雄心。多少惊心动魄的事件，镶嵌在一个线性发展的故事当中。这样的结构，也正是我的《红高粱》的结构。我庆幸现在才看到《旱魃》，否则我将失去写作《红高粱》的勇气。正因为我至今才读朱先生，所以我才能在不知不觉地沿着朱先生开辟的道路前进的同时，因为与朱先生个性、学养等方面的差异，而使自己的作品具有了一些个人的特质。

前面我说，很遗憾没有见过朱先生，其实何需见，书在犹人在，读他的书，犹如聆听他的教诲。朱先生的道路，是一条正确的道路，我以前是无意识地走在了这条道路上，今后就应该自觉地沿着这条道路义无反顾地前进了。

二〇〇三年八月三日

目 录

旱
魃

时令是立秋的时令，太阳还是三伏的太阳。饕餮了整一个长夏的馋老阳，仍然不知还有多渴，所有的绿被咂尽了，一直就是这么嗞嗞嗞嗞地吮吸着弥河两岸被上天丢开不要了的这片土地。

　　真不能教人相信这是青纱帐的季节；整个华北和关东，都是通天扯地的到处覆盖着发怒的高粱和玉米，只有弥河两岸，扯开五六个县地，无告地陷落在百日苦旱里。

　　一百个老阳，烁烁生烟的一个紧跟一个打这里滚过。一百个老阳，直烧干了弥河这条旱龙和旱龙身上每一片鳞甲。龙多主旱，人多主乱，今年十二龙治水，旱是旱定了。

　　从金八岭元冥古祠接来雨师老神，一簇簇的旗幡，蜿蜒成行，远远看过去，时不时翻起星星点点，绸缎和金绣的闪亮，沿着干裂的河堤，沐在黄荡荡的土雾里蠕动，一副仆仆的行色。

被烧干的地壳，随土质各有差异，有些地方是深可没进踝骨的热砂，有的则像老泥灶里烧熟了的土块那样坚硬。

祈雨的长队沿着河堤匆匆奔行；任脚趼子多厚多硬，也耐不住像烧红了的烙铁的火地。一片大红大绿和金黄的拥挤，熏热的香烟，以及乱草一般吹打的铙钹锣鼓，天是给吵闹得越发的热燥。所有这些成串嘈乱的声色和气味，使得炎炎的日头平空多出九个；老后羿已曾射死的那些老阳，又活过来了。

"肃静"，"回避"，桐油抹色的木牌，挺在最前头开道。木牌的污黑，已经显不很出那上面肥得挺有福气的黑漆老宋字。随后虽是整对整对本该鲜亮的旌旗、长幡、华盖、高灯等等，但和一律被香火烟子熏成火棍一样的钢叉、月斧、缀着响环的镗镰，以及大皮鼓种种响器，都是一样的污得教人丧气。

一张张的长脸，苦楚地皱紧了，甚至抽搐着，汗吸了上去一层可见的黄沙。口是为难的干得闭不上，口里的牙齿都很坏——虽说跟天气无干，仍教人觉得是被旱天旱得上火，旱成了那种样子。日头靠近晌午，直上直下浇淋着火雨，被忧苦的模子塑成一个式儿面型的长脸，日光打头顶上直射下来，苦脸上一窝窝的凹黑。

原就是要用赤脚走在烙人的火地上这种苦行，才讨得到上天怜悯的。

大锣是取火的火刀火石，一股劲儿击打着，迸出一团团的火星星。八抬神龛，一耸一耸地过去，里面端坐着雨师老神，也是被烟火熏得黑污污的好似乌金铸的，然而满不在乎地微微笑着。祈雨的长队所过之处，黄荡荡的土雾扬起得更高了，腾腾而上地停在空里。浑糊的混沌，属于沙场上的那种腾腾杀气。

　　唐家宅子前的大水塘，已涸得板硬。黑深的裂缝，该已裂进阴间去了。塘底上卷翘起干鱼鳞一样的土皮。那里残留着冬腊天里暖鱼的枯辣椒秧子，草草乱乱，团团的狼藉，脏黑里翘起白骨一样嶙嶙的老茎子，倒像整堆子糜烂的鱼尸骨。

　　往日，油绿的青纱帐里，总是蒸笼那样地喷着腾腾的热气，一种含有大量水气的蒸发。如今塘岸外面只是一片火燥，刚秀穗就枯槁了的庄稼，给炕得过了火候，白扎扎地凌乱在地里，抓一把到手上，一搦就搦一把粉碎。只要落上一颗火星儿，不愁不一下子席卷千顷，焚到天涯海角。

　　绕着干水塘的岸边，有整行同龄的杨柳，半树的秋黄，遍地是夭折的落叶，可仍是一树的知了，近乎叫苦地争吵，把天吵翻了——本该生得出云和雨的那一面天，被吵翻了过去。

　　柳塘北岸，宅子高上去，龚家寨子东梢上的唐油坊，一座孤凋凋的小土圩。碾房的烟囱吐着直直的烟柱，传说妪狼烟就是这样子，好没韵致。天是一丝儿风也没有。

　　油坊的年代看来还新，土围墙和墙里尖出来的屋脊，比起老寨子里挤挤挨挨的房舍，要少经多少风雨；棱归棱，角归角的，屋草缮得切糕样整齐，叫春的猫子都不曾到那上面踢蹬过。

方亭子架式的大碾房底下，一对一人高的石碾缓缓地滚动着；一前一后，像有知觉的什么活物，滚着滚着滚进黑黑的碾房深处，滚着又滚到亮处这边来，震动着地面微微地打颤。

老油把式打黑深的碾房底下出来，倦倦地望着一点云意也没有的老天。两只污手不经心地勾到脑后去，紧一紧松了的白大布首巾。那一对松当当的眼皮，不知断了哪根吊筋，低垂着，脸要仰得很高，才看得到天。

天是没有什么可看的，望到天边还是天。可窝在深黑的大碾房里，总是觉乎着天阴下来了。蹲在碾房里，应该最知道天要不要变；青石碾盘只要一泛潮，尽管外边大晴响亮的天，不出一个子午，就准定来雨。

可青石碾盘也得了老旱病，就也不肯出汗儿。

老油把式扯下披在光脊梁上拧得出黑水的湿手巾，抹抹下巴，睨一眼井边上八福摇着辘轳。

"林爷爷，再帮我缒井罢？"孩子停下手来。小脸子故意拧皱，用那副模样儿讨好人。

"够用的啦，水。"老油把式说，"你来一下，小福，看看你眼力。"

"要我干么？"八福似乎没有听清楚。

"来一下，害不了你。"

老油把式急于要看清楚什么似的，肥厚的大巴掌狠狠搓了搓老眼。

八福跟着老油把式朝天上找，手底下把辘轳一阵子紧摇。

美孚牌洋油桶子改装的水桶打井里摇上来，碰在青石井口上又空又像破锣的噪噪的响，听着就知道桶里打上来倒有多可怜的一点水。

"这天哪，怕要出旱魃了。"老油把式嗡嗡跟自个儿说。

"林爷爷你说什么？"

"要借你童男子儿好眼力。"

可蓝板板的天，什么也没有，孩子皱紧了眉头在那上面找。

"看飞艇？"

"他姐的，啥飞艇！"老油把式屈下板板的身腰，"来，林爷爷教你看，要瞧仔细，别分心，看看可有旱魃……"

孩子不看天上，转过来盯住老油把式。"什么包呀？"

老油把式照着八福的胖屁股给了一巴掌。"别插嘴，你听林爷爷给你说。你别管旱魃是个什么长相，只看可有个什么玩意儿在那儿扫云彩。"

"用什么扫？"

"敢情是扫帚；你就别管用什么扫罢，竹扫帚、秫挠子苕帚，他姐的都一样。"

八福愣愣地张着口，天上实在什么也没有，似乎觉出老油把式不定又拿他耍，诳他上当。一丝儿要笑不笑的模样，回过头来望望老油把式一下巴白有六七成的胡碴子，望望那一对给密密的鼻毛堵住，老喘粗气的黑鼻孔，还有一对看不到瞳子的老眯缝眼。也许老油把式那么认真的一张脸上，着实找不出什么可疑的假来，八福收起了一丝儿要笑不笑的坏相。

"盯住看哪！"

老油把式把八福的脸蛋儿扳过去，对正了天上，一头催促着。

"赚人的，一定赚人的啦。"

"嘿——林爷爷哪天赚怕了你！"

"还用得着讲！"那边强老宋搭上茬儿，"没做贼，心不惊；没吃鱼，嘴不腥。"

"日你姐，你知道哪头逢集？"

强老宋放下刚打仓房里扛出来的牲口料，一路抹着汗过来。

"二大爷，你要赚人也挑个日子，抓住个小不点儿的哄个什么劲儿，不害臊的你丈人！是不是，小福？"

"宋爷爷赚我天上有小鬼儿扫云彩。"

"你滚开，一边凉快去！"老油把式不等强老宋插上嘴，抢到前头说，"万岁爷毛缸——这儿没你的粪（份）儿。"

"林爷爷说，天上出了旱……旱什么嘞，林爷爷？"

"出旱魃，可是？"强老宋忽然正经起来，一面连忙仰起脖子看天。脖子下那松松粗粗的红皮子，使他像一只要打鸣的老公鸡。

"你看个啥，日你姐，有你那么大年纪的童男子儿！"

这回，强老宋让了，没跟老油把式拌嘴，倒是顶真地拉
话起旱魃不旱魃的……

人是数着日子挨，数着日子盼，一百天没见雨丝儿。

天是旱到露水也都绝迹的地步。

庄稼户跟老天允的愿，随着旱日子一步步退让下来。

棒子要吐缨儿的那个时节，正要雨水，忠厚的庄稼户一
点儿也不敢非分地妄想什么，只跟老天乞求：赏些雨水罢，
不敢多要，只要一犁雨。口上这么祷告着，可以了，只要一
犁雨，压住不让那些偷偷巴望着一场好雨的妄想生出来，免
得触怒老天。

能有一犁雨，也就接上土层底下的潮气了。那个时节，
地表只干下去小半尺深的光景，犁头耕进田里，倒还能翻上
来一些色气深些的鲜土。

然而一天数着一天，一天旱下去一天，地面儿干得更深，
人们反而只求一锄雨了，一步又一步地退让，求着老天慈悲，
一锄雨，给地里吃进两三寸的潮湿，将将就就的，棒子总还
有一线指望，总比就此枯在地里，当柴火烧都不熬火要多落
住一点儿。

后来这样的乞怜还是落空了，老天背转过脸去不理人，

高粱梢子也蔫叶儿了，刚秀穗子就干瘪了，人脸上绝望的苦纹更深，大豆叶子也耷拉下来，旱火在庄稼户的心上烧剩一片灰，只得妄想天上能有几朵云，老阳儿能不天明烧到天黑，靠着一宿过来的夜露润一润，好歹灰沙里还有耐旱的地瓜，往后长长的冬腊，长长的春荒，得靠着地瓜去接明年的新粮。

可天是死了。天是石女，生不出一朵云，一滴水，决计不给人一点点回生的指望。庄稼户认命地一再退让，一直退让出一百个火毒的太阳。

老天死去，庄稼户坚韧的盼望不肯这就死去，把一线隐隐约约的生机寄托在地瓜和香火上面——这是最后死守的一点点盼望。

香火一直不曾断过——只剩这个去套取神明慈悲。

坚韧的盼望是一根愈缫愈细的生丝，临到不曾断绝的边口儿上……

地瓜秧子栽下去，天天要抢在日出之前，每一株上搦起一个土包包，把两三寸长的秧苗埋进泥土的襁褓里；日落前后，再赶着扒开一个个土包，好让软蔫蔫的秧苗抿一点夜露，滋润滋润。从来没有什么庄稼要这样子劳神；几亩、十几亩、几十亩的地瓜，就这么样大把大把花着心血和劳力，只为着一丝儿生机——地瓜的一丝儿生机，人的一丝儿生机。

这是一种叶子也吃得，梗子也吃得，根子也吃得的口粮。好一些的年成，这都是猪饲料儿。

短短的紫绿色秧苗，是在地瓜垄上点的一炷炷香火，给庄稼户点起一线隐隐约约的生机。

也是最后的一线线盼望，多少菩萨、罗汉、龙王爷、城隍爷，全都请过，龚家寨和左近几个村子，这又联庄儿到远地去迎接雨师老神。

寨子里头，初初听到老远老远那一丝隐隐约约的锣声，只像一只马蜂在附近哪儿嘤嘤地飞绕。就有那样的远法儿。

真还够远的，寨子里渴等了两天的人家立刻惊扰了。有些香案昨天前天就摆到寨子口上等着迎神，夜里都没有收进去。

日子是数着过的，日子记得很清楚：谷雨那天来了一场杂着雹子的坏雨，过后一直就没有落过一滴滴水。一百整天了。都说那场古怪雹子不是个好兆头。

祈雨是老早就开头了，一直没断过。村童跑去涸干了大半边的弥河河底挖来一些淤泥，赛着捏把出一条比一条花哨的盘龙、长龙。各色的碎碗碴子黏成鳞鳍，抬在条凳拼搭的神舆上，走村串庄子去祈雨。

孩子头上箍着杨柳条子编的圈圈——那时柳枝儿还是翠绿的——敲起不成套的响器，柳枝儿沾着桶里浑水，一路洒，唱着那个唱老了的歌子：

青龙头

白龙尾

左童男

右童女

迎来龙王下好雨

大雨下到庄稼地

小雨下到菜园里

收过粮

打过场

金满屋

银满仓

猪头三牲供龙王

……

村童哈哈嘻嘻不知有多乐，要不是闹天旱，哪儿来这么个热闹！

起先，天还不算苦旱，那样子祈雨，终归是半真半玩地取乐子。黄历上多少多少主雨的日子，都白着眼子过去，孩子光脚板子给热砂烙得直跳，祈雨就让给大人去了。

主雨的日子多得是：四月二十六，南鲲鲟李王爷千秋。四月二十七，南鲲鲟范王爷千秋。五月十三，关平太子千秋，青龙偃月刀不使一滴水，干巴巴儿地磨了一天刀。《丰歉歌》唱的是"有钱难买五月旱，六月连阴吃饱饭"，五月本该是个涝月，五月旱到了底子，六月更不必说了。六月十八又是南鲲鲺池王爷千秋，干鳞干翅的打了一天滚。六月二十四，雷祖大帝和关圣帝君圣诞；关老爷试青龙刀，敢情是学着剃头匠，只在挡刀布上干蹭了蹭。所有这些主雨的日子，净是白白过去，如今晚儿，只等明天七月七，牛郎会织女，但看七星娘娘哭不哭一场眼泪下来。

龚家寨这一带联庄儿祈雨，上城请过城隍爷、地藏王。北大寺迎过倒坐观世音。又说湖东关帝庙最灵验，也去请来过，关老爷脊背上居然泛潮，都说可也好了，可也好了，关老爷出汗了，一时传开来，家家户户平空多出一番喜事那么骚乱，井口上站了人，不准谁下桶汲水，怕触了神忌。可三天下来，什么动静也不曾有，水缸底子干得嘎嘎响，井里倒是积聚了半井的水。只当那是关老爷出的汗儿了。

祈雨的锣鼓嘤嘤地敲打，还在老远老远。

寨子口上，黄黄的日头当顶降着火雨，人是跪在滚滚生烟烫人的热砂窝子里，一颗颗脑袋上擎着虔诚的香火。辣和暖和火爨，给人一种举家围炉的肉墩墩的年意。庄稼户像是等着受戒的小僧，下跪、合十、喃喃祷念，在浑噩的土雾和香火烟里……

寨子里，总觉得唐油坊那方土围墙里，老是往外漫着什么。比方那是一只做囤子底儿的栲栳，粮仓装过了头，粮食哗哗地老是往四下里流泻不完。

天旱到这个地步，七十岁的老人都不曾阅历过，可唐家的水井不枯。唐家的菜园、瓜园，一片泼绿。唐家当院子的葡萄棚子底下，整嘟噜整嘟噜的青的紫的桂花葡萄。伴着这些成串葡萄的一只只鸟笼，里面养着粉眼儿、洋燕儿、黄雀、百灵、红裆靛颏，还有无论寒夏都要围着三面皂帘子的画眉，整日价争着啼唤。顶真地计较起来，唐家到底是些什么老要从那只栲栳里往外流泻呢？说不齐的，也不过就是漫过土围墙的那些个绿，那些个一条声儿的啼唤。

正像画眉那样干干净净的水声儿，打西耳房里传出来："林大爷呀，你老人家就只会教给八福那些个？"那样的水声儿，厚厚实实的圆润，只怕皮弦子上蹦出来的曲子，才有那么受听。

"娘，林爷爷说，天要出旱魃啦。"孩子冲出西耳房垂下竹帘的窗口，离着老远叫唤。"你宋爷爷呢？"娘儿两下里都看不见地搭着话。

"找我？"强老宋停下来，肩上扛着又从仓房里量出来的一麻袋大豆，徒然想昂昂压偏的脑袋昂不起。

"强大爷，劳你驾吩咐下二墩子罢，把油篓收了，再晒，怕不要散了底儿。"

那样悦耳的曲子仍在耳房里，没见人出来。

靠东边院墙那里，堆落着三四十口黑污的大油篓。整个大院舍不算不大，就这一堆小山一样的油篓，人走到哪儿，那股子油喀味便跟到哪儿，鼻孔里好似老是堵住臭骆驼毡子，只看闻得惯还是闻不惯。

"娘你见过旱魃？"八福一只腿蹦着，蹦到耳房门口。

敲完了一阵算盘，做娘的磨过脸来看着孩子。

"旱魃，娘你可见过？"

"你就专听林爷爷那套唠谑罢！"

"怎么林爷爷讲得活真活现？"

"瞧你那张小脸儿呀，哪儿弄的？"做娘的走过来，白大似胖，老高的身架。"水再艰难，脸儿能不要啊，真是的！"

"林爷爷还讲，哪家坟土要是湿的话，坟里就有旱魃……"

满院子热秃秃刺眼的老阳，妇人领着孩子走出穿堂。那一对稍微有些吊梢的眼睛，乍乍地受不住刺眼的阳光，眯觑着，愈显得细长细长的有一种诧异的神情；且有几分气不忿儿的样子，牙齿咬得狠狠的。

"我说强大爷，陵上那些小松树就得了罢。"

"这些油篓还真占地方，仓屋里哪儿还腾得出空来放它！"强老宋睨一眼愣在那儿不知怎么下手的二墩子，"判官还没座儿呢，小鬼倒吵着腿酸。"

"不是说了，挤到碾房旮旯儿里？"女当家的说。

"够挤的——我看。"

"就堆到南墙根儿不行吗？"壮得像肥贼的二墩子出了主意。

"好啊，脱裤子放屁。"

"真是的，"女当家的有些不高兴，收紧了尖下巴，牙是咬了又咬，"几口臭油篓，敢情得请阴阳先生来看看风水。"

"他顾大畜那个老小子，做点儿尿事儿也是沥沥拉拉不干净。"

强老宋似乎不太方便跟女当家的顶嘴，就拿那个把空油篓丢下不再照面的家伙来嚼嚼出气。

那边碾房里的两盘大石碾，沉沉地滚压着，老远老远，地面都跟着震得打小颤儿。

"我说二墩子，"唐小娘闷声不响，过了好一阵说，"往后，陵上小松树别去浇水了。"

"娘，有几棵活得过来。"

"不了。水这么艰难，别招寨子里闲话。"

"多可惜呀！"孩子从掬着水的手掌里扬起脸来。

"年底再重栽。"做娘的断然说，"本来就不是栽树的时令。"

"我就说嘛，那个老小子是倒着放榔头——靠不住。还包活呢，白让他坑去两石小麦。都过了小满了，哼，沾上五月边儿还栽得活树，奇闻！"

强老宋说着，偷瞄一眼女当家的。他是逮住理儿了，当初不顾跟女当家的争粗了脖子，争说陵地上栽扁柏不是个时令。看罢，看罢，水贵得像金子，整挑子整桶的天天浇，如今该服了罢！瞟瞟女当家的闭紧了嘴巴，强老宋倒又好像害怕自己这份儿得意给女当家的瞧去不大好，忙着转身过来说："墩儿，我说，别老空手愣在那儿，站大了脚找不到婆家。"

"还是碾房里？"

"废话！"强老宋扭过下巴去。

两个动手把油篓往碾房里搬。强老宋油汪汪的光背上，沾着些牲口料儿碎碴。

给晒得一动就嚓嚓响的大油篓，用的是头号粗的柳条编的，有大栲栳的底条那么壮。每个颈口上蒙着一张猪尿泡。要不是颈口小，钻不进脑袋，像那么大的一只油篓里，足够松松宽宽睡得下一个汉子。

坛子口才不比油篓口大多少呢，女当家的撩了撩不知什么时候垂到眼梢上来的一绺发梢。那双眯觑着的长长的凤眼，慢慢挨惯了刺眼的阳光。望着那些大油篓颈口，又望望蹲在井边那么卖劲儿洗脸的八福，想起老耍"钻坛子"和"刀挑金童"的傻长春儿那孩子。

算算，也不小了，傻长春该有二墩子这么大了。就算没有二墩子这么壮，这么粗实，总已是十七八岁的半桩小子了。

真是教人没法子想出来，如今十七八岁了呢。那么一个瘦骨嶙嶙的傻小子，亏他把只合黑碗大的坛口儿当作被窝筒一样，钻进钻出不当一回事。生八福的时候，小脑袋要出不出的，要把人撑死过去。那个当口，不知道尖叫了什么，害他在外面直打转，手心掐出了血来，就有他这种人。说她叫的不是人声——或许他撕掉过的女人就是那样子惨叫的罢，他该想到的，没有说；可他眼睛说了，飞快眨着，心虚地避过去。她只觉得自个儿就是那样的一口坛子，七星宝剑反反复复割裂着她这个坛口。收生婆麝面一样揉着她肚子，不停地念叨着：没有过这么大的脑袋哟，没见过这么大的脑袋哟，恭喜生个贵子，再使使劲儿罢……再贵的贵子也不要了，剑刃黏着坛口上犁着来犁着去，干么吗要长那么大要人命的脑袋呀！眼前就现出傻长春儿那一副硬装的苦怜怜的死相，像只遭大雨的蛤蟆，睁一对绳勒的暴眼，眨着眨着打坛口里一点点挣出来。

　　分不清是眼看到的，还是心上想着，把堵在自个儿身子里的这块肉，活真真地当作傻长春儿那个样子，打坛口里一点点地挣出来，挣得要人的命，以为自个儿活不成了。

　　真是臊死人的，第二天晚上他那个人学着给她听："小爷啊，你来呀，亲小爷，我不要活啦……"两手堵住耳朵不要听他那样学样儿，摇散了一枕头的乱头发，也还是聋不住他把嘴巴抵到耳朵上来说的："叫床也没叫得这么亲……"

　　深深地，深深提上一口气，像要赶走落在脸上的什么……那是脸上涌出的一阵子热罢，连连地撩开老要垂到眼角上的一绺发梢子。眼角是细细长长插进两鬓里。

　　为了赶走不知该是什么滋味的那些老要显灵似的旧日烟尘，走到井边上探望了一下井底，好像这就躲开了。

　　"娘，你瞧，生出多少喽！"八福叫响了一井的回声。

纵算是满满一井的金银财帛罢，恐怕也未必就能逗得一个孩子乐成这样。

深得可怕的井里，水是少得可怜；尽管勉强照出井口圆圆的一团光亮，照出嵌进井口他娘俩儿脑袋的黑影子，可要避开那一团骗人的水光，才看得出黑亮的井水还不曾生满井底。

"找林爷爷缒我下去，又不肯，"八福嘟着嘴说，"乘寨子里都去迎菩萨了，多是时候啊！"

孩子仰起脸来看看，耐住了性子等在一旁。做娘的只管痴痴地探视着井底。

"唵？好不好？娘你缒我下去。"

"小孩子家，别学着这么贪。"

"还贪呀，后院子大砂缸，还不够饮一顿牲口的嘞。"

"你哪是要下去舀水，还不是贪玩儿！"做娘的似乎这才打一阵迷迷糊糊痴想里清醒过来，认真地瞅着孩子。

"才不是。"八福说。

"下边冻死你。"

"才不怕。"

"你听话，老老实实给我摇辘轳！"

八福扭过脸去，拧着一身的不对劲儿。

太阳照在孩子胖嘟嘟的后脖子肉上，那上面净是粗粗粝粝的红痱子。

"怎么啦，小福？嘴噘得挂得住油壶啦。"

强老宋又扛起一只油篓，瞅一眼女当家的，朝着八福做一个歪脸。

"是了，才籴的豆子，强大爷你可掏底看了？"

女当家的隔着水井问过去。

"嘿，这倒是……连口袋进仓了，只说斤头够就算了。"

"说你是实心眼儿，你又好不服气了。"

"说是这么说，谅他梁瞎子也没大鬼出……"

"记性多好啊！"妇人走回穿堂去，一路数说着，"防人之心不可无；天下都像你强大爷，秤斗尺子都不要了。"

强老宋给数落得只顾歪一边嘴角愣笑，越笑越没了味道。"小娘，你别老揭短人了，开天辟地就那一回。人吃五谷杂粮，早晚也得吃点亏。"

"欸，多吃点儿亏，日你姐，大补的。"碾房那边，老油把式又逮住了话头，只听到声音不见人地嘲笑过来。

"二墩子，"女当家的从房檐上拔下一柄芭蕉扇，扇着吩咐说，"我可再叮你一声，陵上那些小松树，别再去浇水了。"

"记住了。"

壮小子应着，禁不住有点疑惑地多看了女当家的一眼。

碾房里有那两个不服老的打打骂骂地噪闹。

好像要替自己解说似的，女当家的又赘了句："大伙儿给天旱得眼睛都旱红了，别让人家说，人都喝不周全，还浇树。"

"那咱们还不是……还不是白天黑夜都敞着大门，尽让人家来打水！"

做娘的没理会孩子跟她讲理，手里的芭蕉扇子倒过来，找荻子缮的房檐上那个老缝子，把扇子柄重又插回去。

兴许只因今天正好是一百整天的缘故，打一大清早起，稍稍冷了些的那些心伤——也不尽是那些，还有说不出的什么，又牵牵绊绊地涌着，又像堵着，把人弄得有些心神不定，恍恍惚惚好似映在水井里波动的影子。冷冷地睨着孩子顽皮地把整个脸孔沐进半铜盆水里，屁股翘得老高地朝着天。

肥墩墩的小腚盘儿，裤子上没有打补靪，就只愿这么肥墩墩的，不打补靪，一路顺风把孩子拉拔成人就行了。

"娘，我能在水里睁眼嘞。"

孩子挂着一脸淋淋沥沥的水叫着，瞪起一对大眼睛珠，活脱脱就是他爹那副神情。只是眼瞳不似那般黄。

"等塘里水满了，我就能倒蒙子了，娘你可信？"

"好啊。"

做娘的漫应着，听是听见了孩子喳呼些什么，没有听进心里。那两片嘴唇抿了抿。嘴唇好像画上去的，和那副嗓子一样鲜凌凌地干净，找不出一丝儿细纹。

就是这样子算了。没爹的孩子真的可怜么？瞧着难过的是大人的事。做爹的在孩子心上，就是这样子算了，换一条裤子似的丢到一旁，想不起再有意地去找了；漠漠的，就那么忘掉，有没有爹娘都是一样。

看来打小里失去爹娘，倒是省去多少心伤。她自个儿就是那样的身世：爹娘是个什么模样？空空落落的，心上没有记存一点点影子。总是有过爹娘的，可无从想念得起，没有丝毫亲味儿的一些个自怜，可要不和人家有爹有娘的比，连这些个自怜也无从生起。

其实又跟谁去比呢，一起长大的莲花姐，后来的傻长春儿，都是不很记事的小时候，就被丢掉一样地流落到佟家把戏班子里。轮到自个儿生了八福，想起傻长春儿钻坛子，就觉得那孩子该是因着没娘疼，才老是玩着打娘胎里往外生的把戏给自个儿过着瘾。

瞧着八福一根骨节都看不出的这么壮，心里总是很落实。傻长春儿那一把好像木梳一样根根可数的肋巴骨，似乎随时都能把单薄的皮肉顶透了刺出来。那些肋巴骨，总是教人担心就会被坛子口喀嚓喀嚓的一根根整断掉。

那就是看把戏的乐意看的又吃紧又害怕的玩意儿。当然，只靠着教人担心肋巴骨给整断了，那可讨不到赏钱；人钻进坛子里，还要躲得开锋利的七星宝剑插进去。宝剑插进坛子里，猛刺一阵，猛搅一阵，捣得坛子当当响。

想不出这十年里傻长春儿是怎么熬出头的；人大了，要还是在耍把戏，没有客户，就得练点儿新武艺，坛子是早就钻不成了。也没办法知道是不是后来真就跟莲花姐圆了房。十七八岁的半桩小子，敢情也耍不成"刀挑金童"了。

任一回耍过那套血淋淋的把戏，傻长春儿就等不及地到幔子后头，使上洋碱，猛洗一脸一肚子的洋红。再冷的天也得那样。

那是诳人的把戏，只有那个爹玩得手熟：肚子上猛戳一镶子，鲜红鲜红的血迸散开来。翻过来趴到长条凳子上，菜刀上打叉贴着两条黄符纸，举起高高地砍下去，菜刀便直站着嵌进脖子里，一样的鲜血滴答滴答流进下边等着的黑釉子盆里。傻长春儿耍的是拿手的那一套；杀过了、砍过了，人趴在长条凳子上死了。大锣仰着放到场心，等着看把戏的叮当叮当地投铜钱。钱差不多了，金童转世，跑进幔子里洗脸，洗肚皮，浑身冻得青一块，紫一块，戴上灯草绒的火车头棉帽子，像是顶着一只抱窝的老母鸡，翅膀耷拉下来，盖着老生冻疮，一烤火便抓得血赤赤的烂耳朵。冻疮总是拖到清明才收口。

耍一次那样的把戏，洋红水便染一次烂耳朵，洗的时候又得躲着，往往一冬过来，能抠下脚茧子一般厚的红壳子。

瞧着八福胖嘟嘟的蹲在那儿，猛往脖子后面抄水，真是一堆发面团儿，惹做娘的眼里瞧着，心里不知怎么疼才疼得够。

看上去哪里像没爹的苦命孩子呢？自个儿也是生得白大似胖，富富泰泰的一副福相。

可也就整整一百天了。这一百天不知是怎么挨过来，居然也就慢慢地淡了。尽管一想起来，还是信不过那么一个活蹦活跳的汉子，说走就走得那么干净。

出事那天，黄得怕人的云堆，一垛追一垛，低低地擦着树梢。没见过那么低、那么赶路的云，漫天调兵遣将的一片嘈乱，搬来了一场大雹子。那是一段天也昏、地也转的日子，只觉着自个儿熬不过来了，晕晕沉沉的，一个不吃不喝、不哭不闹的木头人，压根儿不知道还有自个儿这么一个人。

天昏地转的日子，终究还是熬过去了，渐渐才又把自个儿这个人找了回来。想想那个当口失魂的样子，恐怕真的教人担心她活不下去了。碾房停碾，油槽也干了，一盘两尺五的麻石大磨盘压在井口上，怕她小娘跳井寻短见。

井封死了，她也不知道的；哪里弄得清想死还是想活？老油坊那边，大叔带着家眷和伙计来奔丧，把丧事料理清，老爷儿俩又留了些日子。大叔把瘫掉的油坊重又扶起来，金长老则把瘫掉的她这个人重又扶起来。

在那以前，把大房村的福音堂当作避难所的那些日子，以及后来在老油坊那边的两年里，听道也算听了不少，也学了不少赞美诗，而老是觉得有些无端，一种管它也可，不管也可的痛痒；甚而至于只图人家夸她一声多巧儿，就像夸她一下子就学会了绣花、擀饺子皮一样的。说得更羞耻一些，和朝山进香的求福允愿实在是一回事。金长老吩咐强老宋他们几个把井口上的磨盘搬走。磨盘打前院滚到后院，留下一道迹，滚回磨架子上去。

"一忙一乱的，怪我也没留心到；谁出的主意——那是？"金长老稍一不悦意，深深的眼神就结成冰凌子，"除了井，就没别的死法儿了？"

若不是金长老那么训人，她倒真的不知道井口上封了麻石大磨。那段天昏地转的日子，该说是任有的什么全都给那一连几声枪响打飞了，什么也看不见，听不见。妇道家死了男人，总是那么地拉长了调子，唱唱儿一样诉说着："我那皇天呐，你塌了我靠谁……"什么皇天哟，教人听了发嘲的。可碰上不是听着人家，是轮到自家了，连皇天也喊不出，不就是塌了天一样的什么都完了么？

人是被下到十腊的冰窖子里，冰冻把她这个人钢钳子似的封进去，缩紧了，压紧了，冰冻封进了五脏六腑，不留下针孔大的一丁点儿空路让她漏出一滴泪，或是漏出一声哭号。望着拇指上的玉扳玦，想到那样被封进冰冻里，该就是玉扳玦里陪过葬的那一颗血子。血袭之后的新孀，从冰冻心子里半透明地往外看出来，殓葬种种，在她面前浑噩地进行，被张罗着服上重孝，一声一声钉进肉里地锤着棺钉，也听见五更鸡鸣，匍匐在芦席上守灵，也跟自个儿念着，只剩这一夜的缘分了，只剩这么一夜还能挨着这样贴近。留不住的一夜，夜去了，被人搀扶到经过一场雹子仍然涌流着无尽的绿浪的麦田，从垂在脸上的孝巾斜空里，看到一片麦浪镶着一片黄腻腻的菜花。风里柳条齐齐地扯着斜线，白首巾拍打着脸。墓穴张着无告无赝的口，然后鲜黄的松土一点点地在墓穴上凸起来，凸起来……

好驯良的妇人，就是那样由着人张罗到这，张罗到那，自始至终完全顺从。

油灯底下，金长老领着双生的孙女幽幽唱起那首赞美诗：

> 基督我魂避难所
> 让我投你怀中躲
> ……

灯火里，随着赞美诗低沉沉的歌声，老人闪灿灿的银须流颤着。那是一道流颤的雪泉，玎玎琮琮地滴着。流着。泻着。

泉水流颤着一丝丝的弦子，双生的一对小天使那种甜香的奶腔，倾尽所有的虔诚，那样为一个新孀虔诚地唱着。

被漂浮起来，远远地流去，流去远远大房村的福音堂。她那两片被郁积的哀痛胀肿了的嘴唇，不自觉地跟着翕动，茫然地，无声地，那样地翕动。

大房村福音堂里，他那张生满了虬须的口，一把把粝砂似的磨磋出来的声音：

求你藏我在此际
等此狂风暂停息
……

那是江湖上闻名的"铁脸"吗？铁，化了。不屈的双膝，臣服在只不过是从一只杯子里抄起的几滴清水的点洒之下。

从来男子汉们不兴那样敞开粗嗓管儿唱什么的；打号子，唱小唱儿，总是捏扁了嗓子，挤出没膏油的车轴那种尖叫。流荡过那许多地方，在大房村的福音堂里，头一回听到男人家用那种生来的粗嗓管儿唱唱儿。金长老领着会众齐声高唱，河堤决口的声势，卷向天去。妇道人也那么地尽心尽性，不怕羞耻地高声唱着赞美诗，实在惹人诧异。妇道人除了"我那皇天呐"的哭丧，怎么敢那样大声唱唱儿！又不是打花鼓的，又不是戏子。

虬结的胡髭修光了，人走了样子，可仍旧唱着一把把的粗砂。这么多年，无论是闲时，乐时，闷时，他总是出口就唱起这一首老诗，粗粝粝的，笑他老唱走了调子：

基督我魂避难所

让我投你怀中躲

……

　　回生的是这一首诗，送葬的也是这一首诗。每个人在走过后的路上，都曾留下一些辛酸，又常是连缀了一些完整的或者残断的声律。而后，岁月的荒草遮去了那些走过的路径，辛酸掩没了，可声律依旧，不时地涌起，鲜亮如路标，时不时从邈远的荒草丛里扬起，声律不再代替什么，本然就已是那些辛酸了。被过深的哀痛浸胀了的两片嘴唇，迷迷茫茫地跟随着动，命里多少纤细的牵连给绷紧了，每一牵连都足以销魂蚀骨要人的命。

　　入过土的玉扳玦里那一滴血子——封进冰冻里的她，隐隐约约地活还了过来，冷冻像小弥河开江时那样，喀喀有声地在初春的深夜里，响得好远好远，不过只是裂出精细精细的碎纹，打河这岸裂到河那岸。灯火底下那一对细长的眼角上有泪光跳出来。这才看到和感觉到，他那个人走了，棺柩不在了；这才看到和感觉到丧事完了之后，家里留出来的一片空荡荡的凄惶。乍乍地，家里乍乍地少去了不知多少东西，走进哪间屋子，那屋子总是大得她上不着天，下不沾地，四围靠不到壁。

　　凝视着拇指上粗厚的玉扳玦。就像照老规矩，正经的妇人家不兴高声唱些什么一样，妇人家也绝不兴佩戴这种玉器。

可这是爹最后给她的传家宝。姓佟的上人做过一个亲王的幕客，这便是那位上人开弓用的钩弦扳玦。不知传过多少代，玉里有一颗叫作血子的红斑，爹说那是陪过葬的记号。为什么尸血会浧进玉里去呢？含殓时，默默地伏在棺口，想起这颗玉器，扳起他冰凉冰凉的僵手，把扳玦戴上去。可是出棺回来，扳玦在大婶子手上，还给了她，替她套上拇指。她就顺从地戴上了。谁又从那只僵手上褪下来的啊，就不肯让他打她身上带去一点什么么，多忍心哪！

"别那么郁，"金长老一旁瞧着说，"生没带来，死不带去。活着，就得替活着打算。"

为那些个琐琐叨叨的事，寨子里又生出不知多少闲话来。

人都是很好的人，封了探丧礼，又是挽联，又是幛子，还又齐打伙儿出人、出力、出家什什么的，来帮忙料理丧事。处邻居处到这么一步，过往多少闲言闲语的不睦，都没有什么可说的了。

丧事完了，领着八福到寨子里挨家挨户去谢孝，人还是傻愣愣的刚睡醒的样子。听着，看着，寨子里老奶奶老大娘都十分哀怜地劝解她这领着孤儿去磕头的寡妇。

好像遭到一场变故，整个寨子把她唐家接进寨子去了；往天，一直都当他这一家是挂在寨子梢上的外来户，好像松了扣榫的凳子，松散垮落不合辙，拿起凳板，腿子就哗哗啦啦掉下来。

老奶奶大娘都有许许多多的看不过，气不过，替她这孤儿寡妇难过的事太多了。俭省也不能俭省到那么个穷凑合地步，丧事不是那种办法；凭那份产业，又不是睡不起天地同棺木，那么个排桲料子的薄盒子，对不起唐大哥呀！送老衣，理该现做三面新的，倒不是省钱费钱的事了，忌讳不能不讲究，"老衣不新，子孙断根"，这话就不该提了。最最犯了天条的，居然一把纸也不烧，叫唐大哥到阴曹地府去拖着棍子讨饭呀，怎么挨得过去十殿阎罗一殿一殿那十道关？灵前不烧劳盆，脚头不点引路灯，孝子也不摔劳盆，产业留给谁继承呀，着实地可疑。家里开着大油坊，缆绳粗的灯捻子也点得起的，害他唐大哥摸黑路。坟地也不请阴阳先生看看风水，不为死去的，也要替后代子孙想想才是。

　　一场丧事下来，随便地顺手拾拾掇掇，就有这许多是非。

　　成殓时，金家那么些个人围着棺口哭丧，拦着劝着都不听的，眼泪掉进棺材里，主后人穷。不该说的，他金家存的什么心。唐油坊固属是打金家老油坊分出来的，既经分出来了，就是各立门户，没见过那样子一把抓到底，唐家省不省，费不费，干他金家哪一门子事哟，刻薄了死者，又咒了人家后人，打着吃洋教的招牌，起的什么歹念呀！远亲不如近邻，往后，你是半边人了，可怜见的，咱们一个井口打水的不照顾好你，指望谁来照顾你？你唐大嫂也是精明人，别只顾松了囤子，给老鼠存粮了罢。该有什么要讨个商量的，尽管来，咱们寨子里，坤道家出不了主意，他哪一位爷们儿也得尽心尽意给你盘算。往天有唐大哥一手撑天，如今晚儿天塌了，家邦亲邻的，谁能忍下心来袖手瞧着不理呀，人心都是肉做的，掺不得一点儿假。人不亲，土亲，谁教咱们一个寨子紧邻呢……

都是那么上好的好人，一个个都是心软得说着说着就陪上一腮的眼泪。

倒是她自个儿，只管痴痴呆呆地听着这些，瞧着这些，什么感应都生不出，漠漠地觉着这是谁的一些琐琐叨叨的闲事，仿佛被遗忘得太久，太隐瞒，简直绝迹了，生不出一点法子找得回来的那些记忆。

当然，都是为她好的那些规劝，都不怎么新鲜了。像小抄子、歪头拱子他们几个师兄弟，不知怎么得了信赶来奔丧，也是老把她请到一边："小娘，你得自个儿作作主，不能老听他金家摆布。不用你多操心劳神，只需你丢下一句话，小爷的后事全交给咱们哥们儿办，你就放一百二十个心了……"

在外面闯荡混事儿的人，忌讳敢情更多。尽管小抄子跟他师父往年一样儿什么事都干得出手，独卵边子也厚道不到哪儿去，可在师徒情分上，那一派义气可没得说处。不过又怎么样呢？歪头拱子急得给她这位师娘跪下了。她一句话也没有。一样地觉着这是谁家的闲事，为何都拿了来骚扰她。她只能够那样，不解地，漠漠地，痴痴地瞧着跪在脸前的歪头拱子。

后来也难为他几个想得周全，临去把井口封死，又千嘱咐万叮咛地托付强老宋多留神师娘，不要再有什么差池。

　　可没有谁懂得她为何一直都那样子一滴泪不曾掉，不言不语，也不吃喝，人像行尸走肉一样。

　　是那一连几声枪响，把什么都打迸了。

　　也知道他倒在油榨上，血淌了一油槽，干在上面。也知道他装棺了，下葬了。所有这些变故，一点也没有走掉地看在眼里，听在耳朵里。可就是没法子承受和相信所有那些一个突兀又一个突兀的变故。

　　不要说是那些时，到今儿整整一百天，人已整个儿回到家常日子里来，也吃也喝的，一日里上上下下不知多少个事情，上房到耳房，账房到灶房，榨房到碾房，手停了，脚不停；脚停了，手不停。人是清清明明的，可家前屋后，炕上炕下，少了那个人整整一百天，可还是认定那个人随时会打哪儿迎面走过来，菲薄菲薄嘴唇儿，要笑不笑的，没有哪个时候不是那副坏相、那副蛮相。

　　哭，自然也曾昏天黑地地哭过不知多少场；金长老领着两个小孙女，用那首赞美诗把她眼泪引出来，金长老说：这就放心了；如其不然，不必封什么井，人也会给郁死。但怎样哭得死去活来，也是躲在房里，好像偷着哭的。不又怎么样呢，没学过"我那皇天呐，你塌了我靠谁呀……"那种拉起调子的哭法。绣花，擀面，都是打头上学的。没有过家道，两辆骡车走南闯北，简简陋陋的吃喝拉撒睡，都离不开车上车下巴掌大地方——尽管那个巴掌大的地方，今夜捺在这儿，明天那巴掌又捺到十里八里，说不定三五十里之外了。

有家道的小闺女们，打小里就学会两手搓着脚脖儿那么哭着玩儿。着实的，那是唱小唱儿的味道，不管人家夸她有多巧，针黹茶饭看几眼就会了，独有这样拉长了喉咙的哭丧，没想过要学，只怕学也学不会，学会了也未必在那样哭都哭不出的时候还记得什么调子。

为这个，也惹出人家不少闲话。

人是整天价忙着怎样把肚子填饱，强老宋常说，嘴嘛——这个洞真不大，用不着一把烂泥就严丝合缝地堵死了。可是人一辈子忙着堵这个洞，偏就一辈子也堵不死。照这么说，吃喝从这个洞进去，闲话从这个洞出来，人吃五谷杂粮，怎么不养出整堆整垛子的闲话？堵不住人家的嘴的；只是人又偏偏受不了闲话。这倒又觉得还是往天那种走南闯北的日子，省掉多少烦神；没亲没邻的，想听闲话也听不到。一旦有了家道，好像就得分出一大半的日子，替人家活着了。

可怜的八福，便老是被人家闲话惹火了，吵了打了，哭着回家来。孩子们动不动就笑他爹干过马贼，娘是跑马卖解耍把戏的，一家子吃洋教什么的，多着了。

鬼狐的故事打小就听多了——大人也是一样；不外是进京赶考，途中贪路，错过了宿店，眼看天撒黑了，弄得上不把村，下不把店，紧一段，慢一段地往前急赶。忽见远远一处灯火，喜不自胜地前去投宿。好大一片庄院，高石台，锁壳门，抓起铜门环一阵子敲打，白须老头出来应门，山珍海馐的殷勤款待，小姐丫鬟个个都是下凡仙子一般，又都那么开通，歌呀舞的谈笑风生，末了总是酒醉之后，一番姻缘。一觉醒来却是睡在乱坟堆里。

寨子里对他们唐家似乎就是老犯着那点疑心。一个外来户，红马埠金家油坊托了人买去寨子东首五十亩不到的学田，契约上言明十年之内，年付二十石麦子。这样的交易分明买主认定了是吃亏的买卖。只是不两年的工夫，这个油坊就站起来了，吹气一样儿快，寨子里的人是用那种邪气的眼神看这个唐家，好像疑心着，终有那么一天，大清早打开寨子东栅栏门，看看东边的天色主晴还是主阴，说不定就一下子发现到那片贫瘠的学田上，哪里有什么唐家油坊来着！依旧当年的生满了遍地的白茅和蒺藜。不出籽粒的薄田总是那样的，只配猛生白茅和蒺藜，或者还有猫二眼一类的毒草，只能用来煮水洗疗疥疮什么的。

就是在这样一块不出籽粒才捐作学田的荒地上，靠着大叔和大哥他们父子俩操心劳神的，前后擘画了多半年，才把这么一座油坊竖起来。不必说两座碾盘和四副一人多高的大石碾，足足动了十六辆大车搬运；就是这口水井，也淘了约莫三个月才完工。井深得好像一路穿通了十八层地狱，掘上来的泥土可以堆一座小山。整个宅基占地三亩六分，垫起四尺高的地基，没到别处去取土。门前两座鱼塘只不过是起土拓砖开出来的。

如今遇上这七十岁的老人家也不曾阅历过的大旱天，不能不服大先生那眼光看得远了。整个龚家寨，连唐油坊这口水井，一共是三口，不到四十户人家，人口，牲口，加上浇菜什么的，很少闹过水荒。而今三口井枯了两口，就连唐油坊这口深井，出水也像出油一样地艰难了。

淘井时，也没请风水先生来看看龙脉就开工挖土。

寨子里漏出口风来，说来也是一片好心，怕他们徒劳一场。然后眼看他们不理那个碴，不大悦耳的闲话才放出来，好像认定他们存心要跟寨子里打对台，不买寨子里的账。人心真是很难说，说变脸就变脸。就存心另起炉灶地打一口井，不要指靠寨子了么？似乎就是那个意思。

约莫打井打到两丈五左右，连坑带堆土，占去了三四亩田，幸喜找出了三个冒水差不多的泉眼。大叔打红马埠赶来，看看地势和土质，摇摇头："不行，别干这种短命事儿，再打一丈下去；顶好再翻一番儿，五丈。"

"咱们那两口井，没　口过了两丈的。"雇来起土的寨子里的汉子说。

"比起他们寨子里，也差不多了，"大哥接过这话，跟他爹商量，"再翻一番儿的话，材料，工钱，再籴十口粮食也不够。"

"谁说够了？"

大叔脸上刮得下一层冰碴子。

"地势高是高了些，可总也高不出水平五尺。"

"你就是想省钱，黑嘴呲子（未长大的黄鼠狼）泥墙——那么小手！"大叔冲着大儿子说，"你给我记住，不架风车，也得架辘轳。该花的，就不要省。"

只为了这一带是金八岭的余脉，地势过高，大叔指定非打五丈深的井不可。

饶是那样，碰上这种大旱，井底也只剩三两道细流流的泉孔，存水连井底也盖不完全。如今，整个寨子四十户人家就全靠这口深井，昼夜不停的铁水箱碰撞着青石井口，一回汲得上一两碗水，常时为着争水，吵嘴打架的，扰人不得安宁，不等熬到下半夜，自家的井自家打不到水。像这样大白天，要不是齐伙儿全都到寨子头上去迎雨师老神，哪里会有这样清静。

瞧着正贪玩的八福，居然乘这个空儿，又顶真又小器地在那儿抢水，总禁不住有几分心酸。倒有多大呀，胖墩墩的缩着脖子伏在井口上专心调动着井绳。井底就那么一点点的水洼，汲水真还要一点本领。美孚牌洋油桶子，把底儿敲圆了，缒到井底，要像吊偶戏那样地操绳，兜来兜去的，使得水箱适好横倒在水洼中央，箱口朝着最大的一股泉水，安心地等着。让开井口投下去的光亮，看得到圆圆的一汪水。圈着这一汪水是黑晶晶的砂底，三两股精细的辫子似的水流，款款向当央汇合。

人多的时候，谁也不准谁的水箱等候稍久一些，催着，嚷着，骂着脏话。井底坠进四五只那样大大小小改装的箱子和桶量，一时争闹起来，只要一动武，总是先打井底开头，操着井绳，你撞我水箱，我顿你桶量，震出深井里的回声，那是响雷一样的动静。吵完了，打完了，多半要找到房里来，要点棉花、破布，再去油槽那边，沾沾油脚，一人抱一只撞漏的水箱，迎着太阳去塞漏水的小窟窿。若是水箱碰瘪了，碰歪了，就找根合手的棍子，乒乒乓乓一阵又一阵子敲打。就是这么样昼夜闹嚷着。强老宋常时受不了这些，说气话，要把井给封死。有什么用呢？也只有说说罢了，至多安静半天，过不多会儿就又旧病复发了。

唐家自个儿打水，总得熬到下半夜五更天左右，强老宋跟二墩子，还有榨房的高师傅，三个人，三天轮一回地起个绝早汲水。八福难得碰上这样的时际，好有耐心的，摇一次辘轳多不过两碗水，一遍一遍地总是凑足了大大的两花鼓桶水。水是混混的灰黑，近乎铁锈味的泥腥，闻着，倒是稀罕得比大槽麻油还香得人嘴馋。

"二叔，水满啦！"

八福叫着，也有他娘一样干干净净的嗓子。两大桶混混的灰水，真不知有多宝贝，使得孩子好兴头地嚷嚷着"水满啦！"孩子除了喊叫出那种干干净净的甜润，口气里还有一种闪闪的光亮，仿佛拼去大半辈子血汗，才挣来这两大桶金汁银汁。

油篓搬完了，东边院墙那里空出挺大一块地方，好像院墙往外推出去了五尺远。听那沉重的一下子、一下子的震动，多半是二墩子正在榨房里帮着高师傅打油。若是高师傅自个儿打，大铁榔头总是慢慢、慢慢地举起，然后配着一声扯裂了什么似的尖叫，大铁榔头才狠狠地捶下去；不是二墩子年轻火爆的一下跟紧一下的猛打。那样的打法不出十榔头，就得歇到一边去喘粗气。

"别等二墩子罢，找扁担来，娘跟你抬。"

做娘的把晒得烫手的扁担插进花鼓桶系绳环子里。

"娘你听，祈雨的回来了。"八福直起一边耳朵，专心地倾听着，眉毛拧得紧紧的，嘴角也跟着吊起来。

瞧那副小模样——做娘的深深看着孩子，活脱脱就是他爹那副讥诮人的神情。

"打油的榔头啦。"

"不是不是。我听到了。"八福着急地摆摆手，不要他娘插嘴打岔儿。

"真不信你耳朵有那么尖！"

"真的，不是擂鼓，是吹呜哇，又听不到了。"

八福又不甘心地倾听了一会儿，这才慢吞吞背转身，把扁担这一头丧气地往肩上放。

好像是顺着一阵风飘来唢呐声，孩子兴头地丢下扁担，真的那是远远传来的鼓乐，尽管只像一只马苍蝇嗡嗡嗡地绕着飞在附近哪儿。

"我说罢，我说罢。"八福好像可也抓住了理儿揭短人。"林爷爷！"冲着碾房那边叫喊起来，"祈雨回来喽，林爷爷，祈雨的回来啦，你说要去看的。"

碾房那黑深的抹檐底下，出现了老油把式，手里还提着一束包饼的蘁草把子。

鼓乐声听来很清楚了。

"你等我包完这块饼，带你去。"

"那你快点啊。"

"别急，还远得很呢。"

"快点才行啊。"

孩子好兴头地跳着，忽想起要跟娘讨商量。"娘……"掉过脸来，那是一张喜孜孜的小圆脸儿，红红的，胖胖的，可慢慢地拉长下来。

"娘……"

做娘的不作声，冷冷地看着孩子。吊梢儿长眼睛眨也不眨一下。那是虎头风筝一双眼睛，剪贴上去的。好像也有风筝那么高，八福仰着脸怯怯地望了一会儿，就避开了，拾起扁担，试着往肩上放，似乎只有这个是他可做的，可讨好的。

可从握在娘手里的扁担另一头上，孩子仿佛觉得到有什么不妥当，隐隐传过来。

娘儿俩这样地冷着。

那边，重重的脚步响过来。永远是打桩一样钝重，永远都在匆匆忙忙。女当家的知道那是谁；却不理会。

"怎么了小福？男子汉，两桶水都抬不起来！"

八福望望他宋爷爷，又望望娘。

"又惹娘生气了？不行，要挨揍。"

强老宋大约一下子就看出文章，接过娘儿俩手里的扁担。"赶紧给娘陪个不是，"说着把两只大花鼓桶提开一些，扁担两头插进两边桶系环子里，一面真不真、假不假地训着八福，"这怎么行，小福？点点小儿孩子家，就学着忤逆？嗯？……"挑起满满两花鼓桶的水，奔往后院子去。

如同一路滴洒水一样，滴洒一路的教训。可那样子教训似乎也只是顺口流下随随便便的闲话罢了。他强老宋是个不大乐意让嘴巴闲着的人；实在不吃什么、不说什么的时候，也得顺手掐根草枝儿咬在嘴角上嚼嚼。

"我说小娘，这一回，你就别再什么了……"

老油把式打碾房里出来，脱着踩饼的草鞋，一面跟女当家的说。

"知道了，我的林老爷子！"

借着儿子的口气，女当家的重重地这么样回了老油把式。

"嗯，知道了；知道了就好，一斤咸盐腌不死人，一句闲话倒能把人杀了。"

"何止一句！车载斗量也完不了的。"女人狠狠地咬着牙说。

"可不是说嘛。"

"别的闲话咱们顾碍点儿，防着点儿，倒罢了。要说不去跪着爬着祈雨，就犯了天条，那就等着瞧咱们挨天罚不就得了！"

"话哪是这么说！"老油把式扯下光脊梁上污黑的大布手巾，抹一把下巴。

"你要去的话，林大爷，谁也没拦你。"

"你瞧，又说这种话。"污黑的大布手巾搭到肩上。翻着白眼，瞪住女当家转过身去的那个胖胖大大的后影。张了几次口，终还是说了："小娘，当真我有那个兴头！我只说，这也不是什么为难的事，当作看看热闹不也行么？到那边去拈根香，露露面，咱们这个大门里总算去个人了，不就把那些坏嘴给堵住了吗？"

"……"女当家的咬着嘴唇似在想什么。

"你也是伶俐人，众口难挡啊……"

"倒蹊跷了；只要行得正，还怕人把路扳弯了！"

"路是扳不弯——"老油把式又是那种老长辈的口气出来了，一句话拖长一个尾子，"挖个陷阱伍的，也坑得到人——"

"教他们挖罢。"

"这你又不是不知道；往天请了什么城隍爷啦，关老爷啦，咱们扎边儿都没去过一个人，给人咬诘了多少闲话。这都不去说它了。如今，联庄请来雨师老神，就这么一回了，往后再想请个什么菩萨爷，也没得可请了，这一回万一还是祈不下雨来，你当是这些人不发疯啊！还又说啦……"

"我的林老爷子，您老人家倒还有个完儿没有！"女当家的忽然泼起来，咬着牙，撅起的下巴差不多要抵到老油把式额盖上。"难道只兴他祈雨，不兴人家祈雨！只兴他敲敲打打热热闹闹地张扬，不兴人家关在房里祷告！谁也没碍着谁，人家也没硬拖他来做祷告。井水不犯河水，这不就结了！"

老油把式给这么一撒泼，一抢白，那张病秦琼的刮黄脸子愈是黄得发干发硬了。女当家的恨恨走进上房去，老油把式想着自家这是犯的哪门子邪呢？瘪嘴巴瘪得菲薄菲薄，像只绽了边的扁食。

回醒过来，发现二道门那边，强老宋可正一脸不怀好意，咬着旱烟袋一下下点头。

"日你亲姐，笑个鸟！"

"人家喊我强老宋，奶奶的，也碰到性情还要强的人了罢！"

强老宋怪笑憋在喉咙里，听来像夜猫子叫。锣鼓渐渐近了寨子。能听得出那个大鼓手愈近寨子愈擂得疯。

"林爷爷，你不信，待会儿娘不知要怎么整我。"

"有你林爷爷，你怕个啥！"

八福让老油把式拉住，脚不点地地跑。不时回过头去，不放心看看柳行后面家宅子。

"反正，你娘是强到底，"老油把式急步走着，"敢是了，人家祈到雨，一样也下到咱们地上。"

"娘才没那个歪心眼儿呢。"

老人瞪了孩子一眼："老天敢情没那么小器，当央留块空儿不下雨。"

"娘才不是。"八福说，"林爷爷你都不让我穿鞋来。"

"干么？又不是赶去相亲！"

"脚烫死啦，地上跟烧火一样。"孩子瓦起脚趾头，像个小脚老嬷嬷。

"哪兴这么嫩法。受点儿苦，心才诚，雨也是随便祈来的！"

老油把式摆出一脸老长辈的责备，忽又放慢了匆匆忙忙带着小跑的脚步，把八福端详了一下，好似不大认得手里搀着的这个孩子是谁家的。

"好了，给你顶上这个——"

灰黑的湿毛巾盖在八福头顶上。有一个角把八福半边眼睛遮住。不等他扯掉这块又是汗臭又是蒜臭的污手巾，已被林爷爷一把提溜起来，扛到肩膀上。

一转过龚三太爷高宅子枪楼拐角，扑鼻子香火味迎上来，一股浓浓欀欀的庙味。

锣鼓捶得人心慌意乱，地也跟着突突地震动。似乎总有地方被擂出一个个大窟窿。这样吓人的阵势，该有一百面大鼓，一百面大锣，一百支唢呐罢。

"下来，下来，别惹人骂你是大少爷。"

孩子一对赤脚又落在烙人的麦场上。来至龚三太爷高宅子前面路口，八福挺溜活，当作翻墙头似的从老油把式粗厚的肩膀上纵下来。这位林爷爷的光脊背上，不知哪来的那么多泥沙，又黏又碜的沾了他一手，带上一腿。孩子受不了脚底下踩在烙铁上一般的炙人，顶着下火的毒老阳，一口气跑过一无遮拦的大场。

赶到跟前，祈雨的队子已经过去很多，八抬八撮的神龛，正一耸一耸打面前过去，神龛上蒙着绣罩。四周彩珠子、彩绦流苏，不知从何乐起，按着节拍有板有眼儿摆动着。

神龛后面紧跟着又是一班乐鼓，笙管笛箫的细乐，锣鼓小得多，不似前头那一班那样地猛猛捶敲了。

"嘿！小福！"有个刚变嗓儿的大小子招呼过来。

"你怎么不去金八岭哪？"

"听到没有，小福？锣鼓家伙打得多热闹，怎不叫你娘来走钢丝？"

八福迎上去的笑脸，立时拉长了，眨眨眼睛掉过脸去。小嘴巴紧紧地抿成一条线。

老油把式到人家香案上去点香。油黑的背肉随着呼吸一缩一胀的。脸前过着一对又一对的彩绣华盖，也是和神龛的绣罩那样，流苏穗穗左右款款地摆动着。老油把式分了几根线香给八福，拉他一同跪在路边。这儿倒是有一行半枯的椿树和杨柳遮着荫。

八福斜愣着眼神，有些迷惑，眼睛被忽地飘到脸上来的香烟给熏辣了，揉着，揉出一手背的脏眼泪。

那班子细乐稍稍一去远，满树知了便鸣成一片，一下子把火毒毒的老阳叫热了一翻儿。如同那个刚变嗓儿的大小子笑他，笑得他把脑袋恼大了一翻儿。

脸前是一张连一张高高低低的香案：条几、八仙桌、春凳、地八仙，都有。香案前后跪着那么多人。跪在八福前面的是锁扣儿他爷爷。八福看不到这个老爹的脸，看不见他伛偻到胸口的脑袋，八福认得出那皱像豆腐皮的光脊梁上，生着许多豌豆大小的瘊子。一见到这些瘊子，就想伸手过去一颗一颗掐下来。

光背一个挨一个，该是一垛垛城堞子。八福跪下来，昂着头只能看到一些绣旗梢子。城堞子上落着一枚枚金钱似的日光。打城堞子缺口里，看得到一些个光脚，从香案底下匆匆走过。路心是没踩的沙土，不知烫不烫脚。一些小小的光腿走过去，如意钩上挑着长系子的黄铜香炉，扑鼻的檀香气味，扑鼻的扬起的沙灰，都是一样憋得人喘气喘得挺难过，好像再久一些，就会把人闷死。

老油把式埋着脑袋，认真祷咕着，听不清祷咕些什么，只见胡桩子簌簌抖着不停。八福立愣眼睛看着，有些怯生的样子，或许以为他这个林爷爷躲着人在那儿偷偷哭泣。他见过宋爷爷跪在他爷尸首跟前大笑一样抱着脑袋哭号。一个老大老壮的男子汉放开声来哭号，真把人吓死。说实在的，他爷被人家一条子枪摞在榨房里，他真还弄不清是怎么一回事，嘴里含着冰嘴的雹子，不懂得伤心，倒是被宋爷爷那一声哭号给吓哭了。

八福看看手里线香，把它长长短短排整齐了。大太阳底下，尽有树荫遮着，也只看出一束蓝烟，委委曲曲飘走了，飘散了，看不出线香头上的小红火。

有凉凉的水星星，落到人光赤的身子上，给人一眨眼之间的欢喜，真当是雨师老神显灵了。

柳枝儿沾着水冲着天上洒。两个大汉合抬一大桶水，后面那个就那么一下下沾着桶里的水洒，跟老天爷引雨。

那些个假雨点儿，在锁扣儿他爷爷净是瘊子的光脊梁上，开出一小朵一小朵莓子花。没有什么花还能比雨点打出的水花美得教人乐死。

人背后，龚三太爷宅子里送出来两大桶水，多少个打旗子、扛月斧镗镰的，还有吹鼓手，打香案空当里齐伙儿抢过去，头上柳条编的圈圈丢掉了，伸长了脖子，插进嘴去喝水。

挑水的大汉直起嗓子嚷嚷："还有得是，都别抢呀，好好的，都糟蹋了！……"屁股喊掉了也不生效。有个吹唢呐的从人堆里挤出来，唢呐湿淋淋地往下滴水，人是神气得了不得，一定是用他那唢呐狠狠吸饱了一肚子水，占到一个天大便宜。

祈雨的队子散了，那些旗幡、华盖、月斧、环叉什么的，不等靠牢到树干上，都歪的歪，倒的倒。两行树底下、路心、路边、麦场上，到处是大红大绿一片热闹。远远看过去，蒙着绣罩的神龛没有放稳当，就那么歪斜斜在远处路口上，看上去很有些孤单冷清。

人声嘈杂着，接着有几户人家送水过来，半腰儿就被人堆埋了进去。

神龛冷清清歪斜在那边路口，一块"回避"木牌，仰脸枕到神龛轿杆上。

一面大鼓不知怎么被碰到了；或许根本就不曾放稳，在龚家祠堂那边高宅子上缓缓滚起来。大鼓有一口小砂缸那么大，笨笨地滚着，滚在看不出有什么斜度的那片宅地上。滚过宅地边口，便是一路斜下去的坡子，大鼓便开始以一种惊人的、居心要闯祸的险势，短暂地停了一下，仿佛试了试狠，随即顺着一无遮挡的长坡，昂昂然滚下去。那长长的土坡，地势并看不出什么斜度，大鼓却开始一跳一跳地滚将起来，缓缓的，不慌不忙的，一个兀自作祟的灵物，嗡嗡地震响，一种静寂得可怕的大动静，这就要一路滚向地老天荒的断崖去。

井里，黑洞洞的，总该是通得到黄泉的样子。那么阴森，有一股寒气，不知道该不该说是阴曹地府。

井底浅浅一汪水，泉水差不多生满了一井底，映出井口这边一面又圆又亮的镜子。似乎那就是阴间那边通到阳世里来的一个口子。

镜子里嵌进她这个人避着老阳的黑影。老是觉着是阴间那边有人往上面窥探，那人伏在那个圆口底下，来偷看阳世。

镜子放在太深太深的地方，算来应该离她有井口到井底两个那么深；那是说，离她恰恰有十丈远。伏在井口上，脸背着光，镜子照不出细长的凤眼有多亮，鼻子有多俏皮。镜子里只有一个梳髻的女人剪纸的黑影子。若是想跟黑影子说句体己私房话，两下里隔着多远哪，那得隔着一片野湖那样大声叫喊才行。

可要是不侧一个脸，照出后面的大发髻，那一把好头发梳理得服服贴贴的，照在镜子里也只是一个光着脑袋的男人。就觉着真是他那个人，打东边陵地底下拱过来，伏在那个黄泉的圆口当央，一个阴间跟一个阳世在这里相会。

体己的私房话太多，只是分在阴阳两界里，再怎样大声叫喊也没用。有这么一把好头发给谁看呢？有一阵，人挺少心无魂，解散了黑涌涌长过腿窝子的头发，垂到井口里。你看罢，爷，你当作命一样疼着的这把头发。

每一回每一回，都非要拔掉髻上的金簪子不可，每一回做那样事的当口，他那个人就非要抱一怀这一把青丝才成。

要说称赞她这一把好头发的人，头一个该是小抄子他亲娘，不是八福他爹。

李三大娘夸赞她这一把黑乌乌油亮亮好头发，说是挽起髻子比和尚庙里揽笼卷子还肥。"福相哪，小娘！"还没成亲，就那么喊起来了，真臊人。李三娘给她开脸，重来倒去就这么念叨着。

开脸是怎么回事，也是头一次听说。从小没有家道，一进了人家，什么都不懂；做新娘子一定得开脸？

"用说！"李三娘噌了一声，木梳跟着重重地刮到她头上。

"没有过呀，小娘。他小爷对妞儿哪有过这么好性子！"

起先，听不大懂话里含的什么意思；如同弄不明白给她梳头，干么要从当中打横里分开。

头发前一半分到前面来，覆到脸上，整个一张脸孔都遮住了，手捧着害怕拖到地上的长发。分开一道缝儿，瞧见镜子里是个披头散发的女鬼。

没有这样地梳过头，莲花姐也没有这样梳过。往天，姊妹俩轮换着，你给我梳，我给你梳。莲花姐一根粗辫子拖过腰眼下头，她是一对长辫子漫肩垂到小肚子，甩到脊后的话，辫梢儿能扫到腿窝子里。

坐在高脚凳子上梳头，发梢儿差不多也都拖到地上了。

"唉，啥都不说了，小娘，但望你这个富富泰泰大福相，就有这么大福分，压得住他小爷……"

李三娘不住嘴儿絮叨着，沾着粉子搽在她又高又阔的额头上。分到脸上的前半边头发，一总拢上去，当顶随手缠上个髻儿。瞧着镜子里一会儿披头散发的女鬼，一会儿画上的麒麟送子。搽上粉子，又该是庙会上抬阁的白娘娘。

李三娘手不停着，嘴也不停着一直念叨："往后啊，小娘，正归正的，好生把他小爷这个魔王伺候周到罢。少让他糟蹋些个人家正经妞儿，你小娘就胜造七级浮屠了；俺这话可是打心眼儿里冒出来的。"

"敢是了，三大娘。"

应着，不知道自己顺口应的什么。只管想着，人家都是一家一道的，独她是今这儿，明那儿，一个爹换一个爹；离了那一伙儿，又入了这一伙儿，有谁家十六七的大妞儿是这样子？这么看来，不定这一辈子还要怎么长怎么短呢。要说有什么分别，这儿是把爹喊作爷。

"真个儿的，难得呀，他小爷这个魔王，天不怕地不怕的，谁敢跟他进一句话啊，"不知道老嬷嬷怎对她巴望得那样期切，"难得他这么买你账呀，可也盼到他想要收收心了。凡事也不定规，活到三十出头的人，谁见过他笑了？有了你小娘，都说这是头一回见他笑，真个儿就是俗话说的，盐卤点豆腐——一物降一物。没错，就你小娘降住他。往后能拴住他这个人，少去外头胡来，你就是造化这一方的活菩萨了。"

拴住他？她想笑，用链子，还是用鞭绳？

"是说他从没笑过，人家才都叫他铁脸的？"

这话，说来也是多问，已经有过耳闻了。

"用说！都说他小爷生来就是那张铁脸子。不说扎边儿没笑过；实指他不会笑嘞。"

镜子里照着李三大娘扯弄一根长长粗粗的白棉线，那一双每个骨节都像肿了的干手，看来不大灵活的，不知要编结什么玩意。

"翻被套玩儿？"

这是玩笑说的。这个老嬷嬷心肠再好，料也想不起来跟她来起姐们儿玩的那种小玩意儿。

骡车行在赶码头的路上，睡都把头睡扁了，没什么可做，便常跟莲花姐翻被套玩儿。两尺多长的棉线，两头连到一起打个结子。就那么简简单单一个线圈圈，十只纤巧的手指勾着挑着撑着扯着，便翻出一朵花；等着另一双手过来，一样又是十只纤巧的手指，勾着挑着撑着扯着，翻到另一双手上，又是另一个花样的一朵花。反复那么玩着，骡车滚过荒无人烟的野地，一里、二里、三里的玩下去。

就是不能让爹看到。"翻被套，雨来到"，爹是忌讳那个。吃那行饭，怕的就是坏天。遇到风雨连朝的天气，生意完了，人蜷在车篷子里，醒了睡，睡了醒，牲口遮在幔子拼搭的棚子底下，嚼着干豆杆子，一下下嚼到人骨头上来。风卷进来，带着雨扫进来，淅淅沥沥没有尽头。眼睛里空得无底，望着雨雾蒙蒙里多少层层叠叠、挤挤挨挨的家屋，多少家屋覆着多少安顿，多少家屋又干燥又暖和。只有他们那两辆骡车，偎缩在一堆儿，被丢掉的，被忘了的，被内急折磨着。在那样困守的日子里，爹除掉没日没夜闷睡，张开眼来便用难看的脸色独自喝闷酒；一脸皱纹更深，眼眶也更深。

要是真的"翻被套，雨来到"，那么样犯忌又灵验，像眼前这么个大旱天，用金线银线翻被套玩儿，那也甘愿了。

鼓乐停下，远远地听到一片嘈囔，弄不清那是怎么回事。

碾房里一人多高的雨盘大石碾打面前慢慢滚过去。紫骡子近些日子跌膘了，使唤了一辈子牲口的强老宋，也找不出什么道理。瞧它歪着头，认命地挣长了脖子拖拉那么高大的碾滚子，心里很不忍。

"强大爷！……强大爷！"女当家的朝着榨房里和后院子喊了两声。等着，没有回应。

蒸桶突突突顶着热气。砖地上两副饼圈和包框子都放妥了，四束蘁草把子铺散开来像朵盛开的狮子头大菊花。

喊强老宋没喊应，把榨房里打榨的二墩子喊停了手。

"做么，小娘？"二墩子打榨房里出来，抹着汗。

"紫毛该下碾了。"

"还有一会儿罢？"

两盘石碾从那半边黑角里慢游游滚过来。

为首的黑骒骒，五匹骒子里数它最猾，听见强老宋和女当家的声音在近处，它就能扯起小跑讨好；若是半日听不到这两个人的动静，你就瞧它不知有多懒，步子慢了，脑袋也垂到了地上。

黑骒骒扯起小跑打人面前跑过去，把紫骒子拖得那么惨，伸长了脖子挣，肋骨越发地一根根绷出来。

傻长春儿的肋骨，那上面该有洗不干净的洋红水的老迹子。

等着再一圈过来，女当家的"嗫嗫嗫……"唤着，迎头把黑骒骒拦住。这是一匹老要咬人的母骒，性情烈得除掉强老宋和女当家的，谁也不敢挨近去。

女当家的揹住黑骒骒长长的鼻骨，退着，大石碾游了一会儿才停下来。黑骒骒的肚皮栗栗抖着。

二墩子望了一眼女当家的，不用等吩咐了，赶紧去解紫骒子缰绳。

"我来罢。"强老宋打后院子出来，挑一副空水桶，忙把挑子放到井边去。

"我看哪，"强老宋说，"再压几天，还不上膘的话，得去找吴兽医看看。上好的料，准有大半个月，不知撞哪儿去了，日它的！"

"听到没有？"

"嗯？"强老宋望着女当家的，"你说啥？"

"寨子那边怎么回事？"女的说。

强老宋侧起耳朵听过去。

寨子那边依然嘈嘈的，只是不似方才那么大声了。

"锣鼓也歇了。"女当家的赘上一句。

"是啊。"

"去看看罢，不要出了什么事儿。"

"八成散开歇腿儿罢。"

"死林大爷！"女当家的又习惯地咬咬牙，"撂下活儿就跑，没见过这么倔的。甑子怕要烤煳了——我看。"

换上了老要偷嘴的黑骚骡，这两口跑家算是对上了，两盘大碾合起来，三万斤也有，拉着飞跑。地面隆隆隆地震颤着。

"去看看罢，强大爷，这边我照顾。二墩子你也打你的榨去。"

把强老宋和二墩子都给支使开，女当家的心里打算着亮一手。顺便也给不听话的老油把式一点颜色看看。

老油把式也是个大好人，就只是老光杆儿坏毛病多着。这个女当家的装平了一甑桶的豆钱，换下该要蒸过了火的甑桶。碾房里，小半间都上了大雾一样，腾腾热气立时把人蒸出一身汗。说起来，也是挺什么的，打了一辈子光杆，还是金长老手里调理出来的老油师傅。那些世代，金长老还不曾出来传道，算算也快三十年了。老油坊那边，都喊他老油把式林牌坊。二十岁那年，金长老给他定的亲，没过门就给他妨死了。后来说什么也不提成家的事，为他那个“望门妨”守到今天。甑桶热豆钱倒进包饼圈子里，走过去，换上踩饼的草窝子，便站在包饼圈子里面踩起来。这双旗脚板子也是招了寨子里不少闲话。脚踩在热气扑人的豆钱上，该是腾云驾雾的味道，只是汗太大了，汗从那个尖下巴滴下来。隔着大院子望了望西仓房，堆到屋顶的豆饼，老油把式滴进去多少汗哪，加上高师傅的，怕要用斗量汗了。数着日子算，高师傅总还要四五天才得回来，说不定要拖上十天八天的。想不出整天嘻嘻哈哈的那条汉子，怎么样扯长了鼻涕哭娘。脚底下隔着草窝子渐渐烫上来。垂头瞧着自个儿这一双不比男人小的旗脚板子，也该感恩打小被卖给旗人；莲花姐就没她有这个福气，九岁才卖过来，一双脚连放是放，已经是大不大，小不小，不成金莲，也不是旗脚板子了。

离开爹，前后也停过好几个地方，羊角沟、大房村、红马埠，除了老油坊一家人，没哪个不笑她这双大脚。金长老也不是旗人，可是下边小姊妹们全都没裹脚。

“爷就要的是你这双大花脚。”他那个人老这么说。说这话时还是给人铁爷铁爷的尊称着。

不就是多了那句嘴吗？只说是一句闲话，随便讲讲，立时就送了条人命，真是教人发疯得又急又疚心。早知道那样，九跑子媳妇就是指脸骂上来，也不敢在他那个人面前漏出一点点口风。

只为了这双耍把戏的旗脚板子，像杀条狗那么方便就送掉了一条人命。

"爷就要的是你这双大花脚。"丢下这句话，掉转过去，纵马就走。过后回来，说不出那张铁脸有哪点儿不大对劲，铁是生锈了，还是刚出炉的新黑，总是不大寻常。人在马上，标着她走，腰里拉出光身子二把盒子递给她。

"试试看，还热。"嘴巴几乎没见动，声音不知是打哪儿憋出来的。

人命到他手上，倒算什么玩意！

"爷就要的是你这双大花脚。"丢下那句话，一点儿也听不出含着什么杀机。他什么不要？常挂在嘴上的：爷要的就是你这对大辫子，爷要的就是你这口高头大马……要她的一对凤眼，要她的一大抱盛发，要她跑马卖解的那一套花招骑术……要的多着，整个这么一个人，总归是包下了。要不是好久后告诉她，打了那个"贱女人"，借她那句闲话只不过是找个名目，不那样的话，早晚还是躲不掉赏一枪；要不是教她真正地相信了不是她那句闲话惹的祸，这一辈子也别想得到心安。可就算那样，总还是老记挂着，疑心那个"贱女人"是不是亲姊姊。两个人长得那么像。

豆钱踩实在了，当央放上铁印模子，四周蓝草包上来，丢掉拢圈，还得再踩一阵子饼。铁印模子是个"唐"字。

当初找生铁匠翻砂，两口子要沿用老油坊的招牌；油坊这么大的本钱，老油那边出了九成也不止。不管怎么说，铁印模子都该铸个"金"字。金大叔不答应，借口说是别砸了他们金家油坊老招牌。那是个借口。哪有那种事呢？油把式都是打老油坊那边分派过来的。老油把式和高师傅，都是老油坊那边的头把手。出油好坏还不全看油把式手艺？争执的工夫，红马埠那边把铸成了的六十块"唐"字铁印模子送了来。老油坊那边的恩情真是没得说的，什么都准备周全了。铁印模子送来晚了几天，又是金家大哥亲自骑马拉一匹骡车驮来的，三天两头跑来监工的大叔倒是挂一脸的冰渣子。

"下回，哼，再别找郎瘸子，说话不算话。"金家大哥似乎觉出他爷那张冰脸冷得逼人罢，自言自语解着嘲说。"他那只好腿，还该也给生铁浆烫瘸了才是。"又那么狠狠叮了一句。避开眼睛不去看他爷。

其实大叔已经冷冷瞅了他大儿子好几眼了，她一旁瞧着，真怕大叔要发大脾气。说起来，大哥也是个干家，多半做爷的太过精明强干，为儿子的就显得窝囊。可他金家三代下来，倒是一代强过一代。

大哥弟兄三个，一个个都那么生龙活虎，又都是读书解字有学识的人；老大守家，老二城里教学堂，老三刚去北京念大学堂，八个小姊妹也都是读书人。一大家子真是过得那么齐齐整整的。大哥为人处世，那个神情，做事那么干净利落，连急急忙忙走路的架式，没有哪一点不硬是大叔那副铁印模子塑出来的样子。做爷的也该没什么疵儿好挑了。铁印模子就是再迟十天半个月送来也不误事的；再过十天半个月，也不过才得试试碾。

"你是跟郎师傅怎么订的货？"大叔直到看着碾盘外的圈板完了工，一遍又一遍验过了，装一袋旱烟坐下来，这才好似忽而想起地问起他的大儿子。天都快黑了。

"说好的限期，也是他自个一口应承下来，都是照爷你交代的——月底交货。偏偏到时候跟你泡了，气人罢。"

"郎师傅怎么说？"

"理儿总有得编，敢情活儿太忙了伍的。"

大叔冷冷地等儿子话完了，冷上好半晌儿才搭腔。"这倒还是头一回。"

好像听得出做爹的话里有因了，大哥紧闭了闭嘴，没说什么。

"头一回，嗯。"大叔品着烟说。

做儿子的有些不安地看看他爷。

"倒是头一回听人喊郎瘸子。"

"哪儿会当面喊呢，再不懂事——"

"心里那么喊，也就够了。"大叔口气放柔了些，"将钱买心尖儿肉嘛，敢情买主要比卖主高人一等。只是嘱咐你一下，什么油坊不油坊的，也不过就是个卖油郎，别老是把自己看得多大多粗，咱们不是那种张牙舞爪的人家。跟郎师傅，咱们做了两代买卖了。哪一次炒锅裂了，蒸锅炸了，碾轴磨剐了，哪一次不是一招呼就什么活儿都先放下，连夜替咱们翻砂、现倒？谁还乐意残废不成，就算是作奸犯科，给官家锯了腿，也没什么可笑人家的。人不重，年岁重，学着敬重人家。有一天你给碾子压断腿，总也不是乐意那么着。洗个脸吃饭罢。"

数说这一番话，把她这个一旁听话的也给听愣了。这才忙着去打水。天挺寒的，锅台煨罐子里有热水。抓起铜盆才又放下，老记不住大叔最烦人家伺候他，就是小辈给他添碗饭也不成。金长老也是那个样，有年冬天，走在院子里冰地上滑倒了，慌得各房里跑出人来去扶，老人家也不准沾一沾，大把白胡子直泼了一地。

"还起得来，看看不是？等爬不动了，再来拉。"

就是那么死硬硬的爷儿俩。

住在老油坊那边，不去说它；后来搬到这边，也是另立门户了，他爷们儿早晚来龚家寨一趟，总想尽心尽性拿当上宾招呼。可就是招呼不上，挺恼人的。杀只鸡什么的也不算过分，又不是特为赶集上镇去办货，就只是不肯扰。有一回八福他爷也恼了，一把拉住大叔："你是瞧不起你大侄子？还是嫌你大侄媳妇一手粗菜吃不上嘴？没这个道理！"

"等你俩把我这边的债还清了，摆下满汉全席，我把全家老小都带来扰你们。做你们一天债主，我就一天不能破费你们；少破费你们一天，我就早一天收得回账。"

真是满口歪理！果真是那个意思吗？也是实情，也不是实情，五个年头了，现款加上冲账的油啦、豆饼、麻饼啦，一座碾房还不曾还清。八福他爷说的更是道理："就算是还得清盖油坊这笔债，你那笔恩情债，一辈子我也还不清。"

"重生，不是我说，你还没重生，就凭你把恩情算到人的账上这一点。"

"敢情那是上帝恩典——"

"那就截了；上帝免你的债。要说人，我可免不了你的债，反正我放心得很；人不死，债不烂，还怕你把碾滚子拆下来当车辖铲，把这片家私拖了跑掉！"

当初那是真真假假逗趣的话，想不到如今人是死了。人死了，如今这债烂得掉吗？当然，大叔是那么样为人；八福他爷在世时，不用说，账是照还，老油坊那边照收，一文钱也不含糊。那样子一是一，二是二，不必明说，无非是叫他这两口子凭本事创家立业，没有倚三靠四仰恃谁。就是如今剩她这半边人，独撑门户，豆油、大槽油、豆饼、麻饼种种，不送去红马埠，那边也不来催；送去，那边也照收冲账。真就是金家不肯免这笔债吗？如若真的一笔勾销了，看罢，那大的恩情，不用说这一辈子，就是八福，就是再下去多少子孙后代，也还不清这番山高水深的恩情债。他金家只做债主，恩主留上帝去做，就是那么个道理。多少个不能安枕的深更半夜，思来思去，末了就只想通了这一点。那就是债罢，孤儿寡妇的领着这片家业，谁也不仰靠，活得气势儿，很有奔头，就是这样。

饼踩结实了，压上托手，试了试害怕把饼搬散了。

"二墩子！"女当家的朝着榨房喊过去，"有空儿把饼托过去上榨罢。"

等着回应，榨房里并没有打榨声。好像这么大的半桩小子总是不大听得见人家使唤；不知道就该是这么不灵通，还是凡事都太专心了。

"二墩子在不在？你——"

又喊了一声。刚喊出口，就听见好耳熟的串铃声。串铃晃啷晃啷，好似一路带着红马埠那边的口音吆呼着来的。

铃声还很远，约莫着还在弥河沿儿那边；可耳朵就有那么尖。

每一回念到福音书上百姓拿着棕树枝高呼"和散那"，迎接骑着驴驹进到耶路撒冷城的耶稣，她就看到飘起一把雪白胡子的金长老，骑在花斑驴子上，晃啷晃啷响着串铃，走进大房村那座晚霞染红了的土圩子门。

她佟家把戏班子赶进大房村的那天傍晚，正碰上正月十五庙会。

满街的人，满街红红绿绿爆竹屑。进圩子门就是一座红石桥，桥下面，沟岸蔽荫的那一溜，还积存着脏兮兮没化净的残雪。

在圩子外边岔路上碰见的那个大白胡子老人，先他们班子一小段儿路，进了那座给晚霞照着好似红土砌的圩子门。

连爹也赞不绝口，没见过那么好的一大把风吹到两肩上的白胡子。皮二大爷扬起长鞭，要赶上去看仔细。差那么一小段儿路，紧赶慢赶，大房村高居岗子上，血红的圩子门口要仰着脸往上看。就那么一个大坡子，花斑驴子不费劲地三蹭两蹭地上去了，班子这两辆骡车可不那么轻便。

进了大房村，就没再看到那个大白胡子。

"说不定哟，或许是个老狐仙。"还这么瞎胡猜过。

迎着骡车，充耳尽是一班班的锣鼓家伙赛着敲打，夹着冒冒失失发作起来的鞭炮。一波过去又是一波的霹雳，孩子挑起尖嗓子怪叫，冲着骡车扔爆竹。

"瞧罢，大难不死，必有后福；大买卖来了。"

皮二挥起长鞭子，冲着天上炸出一个响，跟一个往车里扔爆竹的顽童做个丑脸："谁的响，伙计！"

"不响！再来一下罢。"

"再来一下？一个铜子儿来一下。"

皮二大爷就是那么容易乐，把下巴底下皮帽带子解开来。有一滴清水濞子悬了许久，要滴不滴的，一直偷偷悬在那个干瘦的鼻尖儿下。

一进大房村，车辕上的皮二大爷就回身招呼莲花跟她姊妹俩，要不要到前头座子上亮亮相。

"我可不要。鬼一样，还得见人！"

姊妹俩还在对讲路上遇着的那几个歹人。

"大美人就是大美人，变鬼还是个俊鬼。"皮二朝着车篷里说。

"鬼又变鬼了。二大爷就不瞧瞧人家，披头散发的！"

"顶上风帽不结了！"

鼓着嘴，"才不要，风跟刀口儿一样。"照照镜子，挠了两下头发，圆绷绷的脸盘儿，给野湖里的尖风刮得搽上一层胭脂。

说是披头散发的鬼一样，又说是串街风割人脸痛，就是憋着劲儿逞强，不肯说路上给几个小马贼吓唬了一场，到现在还觉着鼻子眼睛没有回到老地方。

"姐，要嘛你去亮亮。"手肘拐了拐莲花。

过野湖，七八十里旱滩不见人烟。皮二大爷也说，少见那样狼死绝地的荒湖。

骡车里头，爹是窝在铺盖卷夹缝当央，扯长了声儿打鼾。莲花也是背抵着车辕睡死了，断了脖筋似的脑袋一刻不停地摆着。车里没什么隔的遮的，刘海垂在鼻尖上，就算遮饰了。后头车子上，终年都得陪着狗熊腥气的杨老爹和傻长春儿，约莫也就是这个样子睡掉了脑袋。

只皮二大爷精力总那么旺，坐在车辕座子上，哼一阵小调子，吹一阵小戏，可野湖那股子荒年味道，也教他慢慢儿地没多大劲儿了。

歪在车帮儿上，老想目个盹儿，老又觉乎着有点儿什么使人不安顿。不由得学着皮二大爷那种咧着嘴打牙缝里吹口哨子。只是累得嘴巴酸了也吹不很响，更不用说吹出调子来。

野湖一眼望不到边儿，不是荻子就是茅草，干索索的，铺到天边还是这些荻子和茅草。地是粗砂子干壳儿，车毂辘得照准了深深两道辙沟走，骡子迈着方步，怎样加鞭也似乎跑不快。望到天根儿，只有靠北边遥遥远远的一溜灰蓝的山影，略略有些起伏。

"那是什么山哪，二大爷你可认得？"

"嗯，远得很，望山跑死马，指人都是假。"

"多新鲜。"秋香说，"问你认不认得呢？"

"喝，香嫚儿，你二大爷上通天文，下晓地理，你别把人瞧扁了。咱们这是东行，转完了渤海边儿，下年就打金八岭那边往西回。你伙儿都还是头一回走生路，无怪。来，二大爷说个账给你算算：金八岭，八个岭，一岭八里地，你算算，摇摇呼呼倒是拉扯了多远。"

"那还不方便！八八六十四里地。"

"哟喝！香嫚儿，多早晚学的这一手？你参教了你古书，又教会你算账了咩。"

"爹肚子里囤货多着啦，只你二大爷没把爹睬在眼里。"

"没那说法儿，你爹要是放在十来年前，不是武状元，也是文举人；干这一行？——瞎说！"

"别状元举人的了。"回头看看，爹还在扯着长鼾。就跪直了身子，凑近皮二大爷。"爹可不乐意听你说这些。来，我替你装袋烟罢。"

"好孝行。"皮二打肩上摘下烟袋荷包，给了她。

"总是命呗，没赶上时候。如今不要科举了，功名也没了……"

"爹可还说了，念点儿书，多识两个字儿，也累不着人，多少总比睁眼瞎子强些。"

"敢是的；说个书什么的。"

"谁说的那个！"受了爹的教导，顶恼听人说这样的话，便忙着护短。

可是这话又怎么说来着？实在也就是了，每逢夏天，车篷上勾着盏马灯，乘凉的人都带着扇子来听爹说水浒。打去年夏天，爹眼睛闹毛病，眼力不大行了，就调教她接班儿；尽管照本子念，又怕，又不是那个味道，一回两回还是顶了下来，慢慢儿也倒放开了手，反而比爹说书多来钱，莲花姐可赶不上她这么又伶俐，又胆子大，又脸子厚。不用说，爹面前她是吃香得很了。可爹说多念点儿书，不是这个意思。

心里明白，就是说不明白。

"说书有什么出息，爹才不是那个意思。"

"眼面前，挣两文开销开销，也不什么……"

"哎呀，二大爷，怎么就跟你讲不清了呢！"有些急起来，说着说着嗓门儿挑上去，忙回头看看车里，怕把爹吵醒了。

皮二吧嗒吧嗒赶紧吃烟，眼角儿眯眯笑。烟溜着拱篷底下往后流。好像品品味儿，还想说点什么，又都顺着口里吐出的烟绺子流散了。

"有嘞。"粗像胡萝卜的老玉烟袋嘴子含在嘴里说，"二大爷这才弄清楚你爹的意思。"

打后面瞧得见皮二大爷眼角上深深的笑纹。

"没有好话！"捶着皮二脊梁。泡泡的老羊皮袄，怎样用劲也捶不响。敢也捶不痛。

"嗐，好孝行，好生给二大爷捶捶腰。要听好话，香嫚儿，拉辆大车来拖罢。"

"好话也不要听，二大爷你说，这还要多久才走得出这遍牢地方呀？"

皮二望望歪过头顶的老阳儿。天倒真是个好天，用鞭杆儿指了指："老阳儿到了那儿，差不多就看到大房村了。"

"要人命，唉——"叹长长一口气，人像化软了，缩回帘子里，剩大半边白胖胖的脸露在外头。

"说个书给二大爷听听，都忍个躁儿了。"

"想！"

"二大爷想什么？又不想婆家。倒是好生听你爹话，把个字儿啦，账儿啦，都学上本事，将后来找个开店作铺的婆家，强似这么……"

皮二的脊梁骨成了一面大鼓，尽管老羊皮袄里又衬着棉袄头，打上去赛似打被窝，一点也不会痛的，可还是把皮二的不是好话给打住了。

"……你爹……你爹还不就是这个意思吗？……到那天……日子过好了……你就晓得二大爷的话……"

那位皮二大爷，就该是强老宋亲胞兄弟，一个型。话是让皮二大爷说中了，照着开了油坊以后这日子来说，可不就用上爹教给的本事了么？只是后来那么些个波折，可就没谁想得到了，谁也就不中的。

天下就有那么相像的人，如同自己跟九跑子老婆长得那么像是一样的；其实强老宋性子才不强呢——总说信教以前是个要命的绝户头——跟皮二大爷都是那么乐和，嘻嘻哈哈过日子。他俩连那张带着些苦情又略嫌歪瘪的脸子，也都生得比一对胞兄弟还像。如今自个儿做了娘的妇人家了；若是放在当年十六七岁那个光景，强老宋怕也一样要整天逗她没个完。

"八成啊——我说，咱那个风流的爷在外边什么了……"

常跟强老宋提起有那么个皮二大爷，强老宋就这么开了玩笑。"咱那个爷，可巧也有个马桩呦。"

大约只有那么一点点的小记号，把两个人分得很明白；强老宋每使她念起皮二大爷，就不禁看一眼强老宋那双招风耳朵。

皮二大爷耳孔外沿口儿上，生有一颗枸杞果儿大小的肉柱子，胎里带来的马桩。她是老爱用指头去拨弄着玩。"痛不痛？"指甲一点一点试着用劲儿掐它。"这样呢？痛不痛？"孤单单一颗小肉柱子，不知有多嫩。迎着歪西老阳儿，透明透亮的鲜红小肉柱，活脱脱就是一粒鲜枸杞果儿——有的地方叫狗奶子。

"二大爷，你才该有武功呢，你有这马桩。"

"喝，怎不有武功？马上马下的伺候你俩嫚儿。"

"伺候马，不是嫚儿。"

"这都是闲磕牙；正经的，就照这么样，下心跟你爹多认两个字儿，学着算算账什么的，都有用场。"

"爹还不是借这个散散心！"

"别那么说。"皮二扭过头来看她，挺吃力的样子，使得贫苦的那张脸，越发歪了。

望着皮二大爷鼻翅两旁直勾到嘴角的鱼刺纹，心里冒出一个气泡那样的怜惜。气泡冒上来，随即也就破了。麻衣相书上说那是主饿死的纹。皮二大爷自个儿倒活得蛮乐和的。

"你天分高，又争气，"这种话，他皮二大爷说得太多，"好生学点别的本事。吃咱们这行饭不养老，不养小，我这话也不怕你爹听了不悦意，将后来还是挑个有家有道的，写写算算，进门就当家。二大爷是实心人，说的实心话，你别不信。"

"得了；咱们这一号，吃露水饭的，谁肯要——"

爹常那么说，吃露水饭的，一坏了天就没活儿了。

"唏，说出这种话！"

"假吗？有个样子摆在前头了。"

缩回骡车里来，看了一眼背后一冲一冲睡得好黏的莲花姐。

车子晃晃颠颠往前游，眺着金八岭迤逦百里的灰影，走了这老半天，金八岭还没变位子。

莲花姐已是虚岁廿一的老闺女，那不是个样子摆在那儿了吗？皮二大爷宝归宝，到底是厚道。知道皮二正拿两眼瞪她，她避开不看，垂着眼皮，一下下抚弄皮二大爷有股子烟味掺和蒜味的毛朝外皮帽子。

皮二瞪着她的那一对眼睛，该是噌着她说：你俩也是站到一根横竿儿上比得的！

那就只能拿两眼瞪她；伤人的刻薄话，不是打皮二大爷那张嘴里出得来的。

强老宋可也不是那股子刺人的烟味掺和蒜味，走到哪儿带到哪儿，老光棍的味道闻得出的那种贫寒和苦情。

老阳撒出整片整片星星灿灿，撒在野湖远处那一带高滩的枯荻子梢上。

荻子满野湖都是，流着草浪，从无边无际流向无边无际，流乱了老阳直上直下照着的那一带高滩上的枯荻子梢。望久了，眼睛里仿佛印上了那些星星灿灿，眼瞳转到什么地方，变作绿色的星星灿灿就跟到什么地方。

就在那一带星星灿灿的高滩上，蠕动起一些个黑点点。以为眼瞳看岔了。

拿莲花跟自己比，当然不光是存心拿话堵皮二大爷口。

还不只是等傻长春儿再长两岁，便给他俩圆房么？有天夜里醒来，爹跟皮二大爷老哥儿俩嘁嘁嚓嚓聊着这个。吧嗒着烟袋，好像是天落小雨，老哥儿俩起来收拾家什，就那么停在一旁现搭的油布棚子底下私话起来。车篷上撒着稀稀细细的砂子声，牲口有些不安地顿蹄子打着响鼻，真是天哪，他俩做两口子么？莲花姐可乐意要傻长春儿呢？多不好，得喊傻长春儿姐夫，怎么也不像。经那么一清醒，再也睡不回去。许久许久，一边胳臂压麻了，愈睡不着，愈是这样，不是这儿刺闹，就是那儿痒痒，老要换换身儿，又怕把莲花姐扰醒了，怕她醒了，听到老哥俩儿又拾起刚才那番话头拉聒下去。

也不知莲花那场不知不晓的梦，直到什么时候才醒过来。算算年月，多半是那之后三两年光景罢？该是八福断奶那时候；八福是两三岁才断的奶。也或许等不了那么久，说不定一离大房村，爹一心寒就把他俩赶早成亲了。果真那样的话，也只有个名分罢了，傻长春儿不知傻到多大才懂得做男人呢。可怜的莲花姐，得那么耐住心等着小男人长大。

这多少年来，心里老是祷念着，爹不能那么迂，靠着那些金锞子，找个合适地方落户下来，强似吃露水饭那么没根儿地东闯西荡。祷念是藏在心里很深很深的所在，明知道不该，又老要禁不住疑心爹是要讨她。她不在了，是不是要讨莲花姐？敢跟谁提起呢？哪怕是跟他那个人也不好说。跟上天祷告更是念头转也不敢转到那上面。金锞子来的不是正路，只怕去的也不是正路；如同那些个祷念不敢见亮儿一样，这桩心事也是暗暗紧搂着。上帝若要收回那些不明不白的金锞子，实在太容易不过；只要像路过野湖那样没人烟的地方，遇上几个马贼就成了。

野湖远处那片高滩上，原先没留神那些个黑点点到底是些什么在那儿蠕动；老鸹子还是什么，再一眨眼才发现是些人。寒天里，一旦遇上这样好天，老阳把冻地烘化了，地气腾腾泱泱贴着地上回流。远看那些黑点点漂在地气上面，真就像低低打旋的几只黑老鸹子。

在那么个好像已经走了几千里路没有人烟的野湖里，一旦看见人影儿，打心里头觉得遇见亲人一样的安稳。

“二大爷，你瞧是些什么人。”

皮二照着她伸直了手臂指的那个方向，打起眼罩瞄过去。

“还是你小孩儿眼尖，”皮二大爷瞄上好一会儿说，“八成是些跑买卖驮贩。”

“牲口身上只骑着人呢，没见驮什么，跑得飞快。”

“我说香嫚儿，别仗着小孩儿精力用不完，目目盹儿去。大房村是个大集镇，又赶着刚过过年限，又是好天，十天半个月的，你休想闲着——”

“二大爷，”她是老不放心瞅着那伙儿仿佛不沾地，漂在地气上的人影子，“瞧着没路通过来的，倒朝咱们这边来了。”

看清楚是五匹走骑，蹄子都被回流的地气给化断了。上上隔着约莫二里多路的光景。刚开春的时令，日头还是黄浑浑的；那样黄浑浑照着一小撮上上下下颠动的人影，似乎是真的直奔过来。

“哪里什么驮贩，二大爷，你眼力不行了。”

“噢？我看看。”

皮二手里的鞭杆儿擎到头上，用杆子握手捅进翻毛领口里刮痒痒。

“也别说，这一带野湖里可是有名儿贼窝。”

秋香皱皱鼻子，不相信皮二大爷老编瞎话吓唬人。“才吓不倒人家。”

“你当是赚你！”

"就算是大响马罢，也怎么不了人。几个小毛头，不用惊动你跟爹，光我跟姐，就收拾个干净。"

"有这一手？"

"用说！"

"几时学会这么大口气，傻嫚儿？你要真有那一手，还拉住你姐做个帮手干么啦？"

"也行啊，一个人敢要稍微吃点儿力就是了。"

皮二大爷似乎挺赏识这一套，拍响大腿，嘶嘶哑哑放开量大笑，她自个也跟着开心笑起来。

"干么了，你爷儿俩？"

背后爹乍醒过来含含糊糊问了一声。

皮二越发上了劲儿地笑个不停，好大的动静，似乎既然听见老板醒来了，索性就索性罢，笑得呛出一串子咳嗽，呼噜呼噜地哮着满嗓眼儿痰，脸也憋红了。

眨眨眼儿工夫，几匹走骑拖着一股贴地尘烟奔近来。一股子三匹马穿过前头车道，冲着右首奔个大弯子，踢腾起一把把撒得高高的枯荻子渣。另外那一股，打左边斜抄着荒，兜到后头去，团团交会了打起一个圈子来。

早要认得是小抄子一伙儿，哪用得着吓成那样子。要死的小抄子，胡呲了那些个难听的死话。有那样放肆在前，活该以后不敢拿正眼看她，避着他师父，拉住独卵边子，简直要给她下跪地求着别学给师父听。

"真要照你那张没遮拦的坏嘴踹个烂。"气得人狠狠咬紧了牙。实在的，心里可又觉得好笑。跨在马上尖头尖脸的那副神气，前后几天工夫呀，又是一副孬种相。想到自个儿多大年纪，倒板紧了师娘脸子；真怕一下子忍不住，破颜笑出来。

"你就请罢，小娘，骂也骂得，打也打得，只念不知者不为罪，要让小爷知道了去，那可休想挨两脚就算了……"

当初那样气人，经这么一来，只怪自己脸软，弄得憋不住那口气，又出不得那口气。"往后你就小心伺候师娘罢。"究竟这样的话还是说不出口，刚让小抄子他娘开了脸还要压三天才是好日子。就是冲口说出要踹他坏嘴，也觉得好冒失，不知怎么会一溜嘴儿就出来了。

那一伙儿把两辆骡车和一匹枣骝包在当间儿。枣骝见了生，哗哗地嘶啸，一时间闹得兵慌马乱的一片嘈杂。

爹那副身手挺溜活，只觉得车里一个动静，皮袍子和车帘抖下一股子风，人早就纵到前面车辕上。

车帘蒙住了脸，把老觉得又潮又冷硬的油布车帘给拦到背后，揎紧了皮二大爷搐腰的粗皂带，爹那一双麦红镶黑白条子边的羊毛窝，正齐眼遮在脸前。

"请教各位小爷们儿，有啥吩咐？"

听见头顶上，爹声音洪钟一样响。

一阵踏动的马蹄响近来。

够到皮二大爷身子一旁往外看。瞧不怎么完全：一个二十来岁，尖头尖脑的小伙子，勒住马缰，马头勒得高高的，顶住了挽骡，堵住去路。胯下的小川马似抵不住这匹高大的黑骡子那派气势，心虚不安地动着四蹄。

"打咱们湖里过，也该招呼一声吧？"

小伙子一手按在腰里的盒子炮上，狐皮帽子斜罩着一张存心使坏的尖脸。

就是那一类歪戴帽子斜瞄眼儿不干正事的家伙。

"小哥子，话不是这么讲法——"

"好啊，刚还小爷们儿，一下子就矮了一辈儿！"

有人一旁插嘴，声音很近，紧隔在车篷外面，不知道是个什么样油嘴滑舌的坏蛋。

顶面那个尖头尖脸的家伙，朝着车旁这边打个制止手势，手落下来，又回到腰里盒子炮上。似乎那儿是他命该放手的地方，就像老年人，手底下离不开拐杖一样。

那家伙把爹打量了一下。"瞧你这位老人家，也是外头闯荡了大半辈子的，张口怎么这么不够意思！"

"这是怎么说！生来一张嘴，吃的百家饭，要够意思还不是现成？"

瞧见皮二扯了扯爹的袍襟子。可是没扯住爹又是骨楞又是刺儿的那些不中听的话。"官路阳关道，有前人留的辙，就有人跟上车毂子，不关不卡的，要排场也得拣个风水地是不是？"

"嘿，老头子，"一个尖嗓子插进嘴来，"你是仗着谁，出口这么强梁？"那真该是闺女家的小嗓门儿，至少也是个傻长春儿那样没变声的小子。

"叫明了说，要怎样吧，别误了咱们各赶各的路。"

"当是你那些破锅烂灶的还值得咱爷们儿脏脏手？"

"那就截了；卖艺的腰不缠财帛，夜不存隔宿粮。逢关过卡，钱粮赋税，课不到卖艺的头上，咱们井水不犯河水，各奔前程。"

"少跟他老小子噜嗦！"尖嗓子的说，唧唧哟哟的一口女人腔。

"把那头大走拉了走！"

"嘿！还有头狗黑子。"声音贴着背后接过来，以为人已打后头上了车子，吓得她连忙回头看看车里。莲花姐攀在她肩上。"什么人这么气势？"嚓嚓地小声问。

"大走要拉，"紧旁着车壁外面的家伙，策马到前面来，勾头看了看她姊妹俩，眼睛直了。"倒有这么两匹小骡子，好水色！怨不得咱们抄哥傻了，要拉就一条绳吧！"

一下子就听出油嘴滑舌的那个意思，吓得她赶紧放下车帘，躲进里面来。

莲花姐还趴在她肩上，一闪身子让她落了个空儿。

真是傻糊糊的愣大姐，还以为妹子让出地方给她，忙不迭要去掀开油布衬棉的帘子，生怕放过了不大遇得到的稀罕景儿。

左右都在那儿唆使尖头尖脸的小伙子。看来该是个小头目样子。

小头目一直没开腔，哪个出主意，他就看看哪个。姊妹俩又害怕，又不放心，分两下里贴着车帘两边细细一道缝子偷瞧。

"得，抄哥，还有啥蹭蹬的？"又是油腔滑调的那个插嘴进来，"正好俩，你一个，小爷一个，有得新鲜荤腥尝了。"

"守着小闺女，你伙儿少胡吣！"爹顿顿脚喝了一声，"老二，赶车！"

"那么容易，老头子！"小头目歪起存心不良的尖脸子，瞪着一对麻衣相书上主凶死的猪眼；只是瞪得再大，也还是没神。"爷们儿馋得掉水，把没破瓜的小荤腥留下！孝敬爷尝尝鲜，再赶路也不迟——"

"放屁！"爹忽打起响雷，踩得车子一直摇晃，"老五，你给我看好枣骝，谁敢动，你把蹄子砍断！还有莲花，秋香，你俩一人一把镶子，金镏子含到嘴里，谁敢动一根头发丝儿，就死给他看！"

一时什么声音也没了，好像天忽地夜了。

小头目愣了一下，尖脸上晃过一抹强笑。"哈哈，爷们儿也是好吓唬的？"

"有那好事！不信就请试试罢。"

"爷们儿可舍不得那两块嫩肉。"

小头目把狐皮帽子抹到后脑勺，一脑门的热气腾腾，歪着嘴，使坏地咧着。

车里，姐儿俩愣看了一阵儿。车帘缝子透进一条亮带子，斜斜贴在莲花姐木头样子的扁脸上，教人想起刀挑金童那把板刀，斜叉里贴着画了符的黄裱纸条儿，靠那个变戏法唬人的。

都说她秋香是个一点就通的巧嫚儿，可爹那番叫唤，也还是打了几个转转才弄清。

"赶紧，"忙跟莲花姐悄声说，"你要的飞刀呢？快找出来。"问着打被褥上面爬过后面去，连咬带抠地解开捆着螺箱的绳扣，一层一层打开，把老是戳得傻长春儿一肚子洋红水的小镶子找出来。

"赶紧哪，姐！"催着，可莲花还在那儿卖呆呢。

飞刀也罢，刀挑金童的小镶子也罢，可都是切豆腐也切不光滑的假刀。爹那番话，她是心里有数儿，要吓唬吓唬这些贼羔子，要紧关头就得比画像真的那回事儿才行。

莲花姐没着没落地爬在那里乱翻一阵。四把飞刀一把也没找到。或许压根儿就胡涂了，不晓得要找什么，瞧那副蠢相呀，老棉袄老棉裤的，爬在那儿可不是头笨狗熊么。

瞧着你急她不急的莲花姐，一下子又想起爹跳刀圈的那些个小刀子，洋鬼铁做的，不能近看，可总比空着手的好。这就又是一阵子乱翻乱找。家什都是皮二大爷收拾照应，一个人顺手放东西，十个人都找不着，还有金镏子呢？爹那么说，好像她姊妹俩穿金戴银的，不知有多大富大贵呢，真是唬死了人不偿命，打小摸都没摸过什么镏子、坠子、项圈伍的。可莲花姐指头上戴的有玻璃箍子——充翡翠的白里湮着绿*丝丝*。

不问情由，拽住莲花姐左手，把二拇指上一只琉璃箍子抹下来就往嘴里送。嘴有个东西含着，敢情唬得住这些个欺负人的小毛贼。

"……服你厉害，老头子！"无心地听见那个尖头尖脸的小头目隔得很近地说。

望着莲花姐那么规规矩矩地两手握紧一把刀山圈上的小扁刀，刀尖顶在胸口上，心里一阵子可怜，跪着爬过去，把莲花姐右手上的铜顶针脱下来，塞进愣张着的口里。

"姐，"要多甜有多甜地叫了声亲热的，好像这就可以补偿把那只琉璃箍子先抢到自己嘴里的亏心事。

"姐你留神哪，别真的咽了下去。"

听得见皮二大爷出来圆场，说什么"得，小爷们儿，大家伙儿都是吃的没根儿饭，哈哈一笑，可都是朋友……"，听着这些，也还摸不清外边是个什么动静。

定下神来等着，这才发现握住小镶子的手，栗栗打抖，身上也忽地寒起来。怎么回事儿啊——这么丢人！莲花姐倒是木木地跪坐那儿，一点儿也没显出害怕的样子，只管翻起眼白，痴望着篷顶，好像专心防备着，那些贼秧子不定突地会捣通篷布和芦席，打那上面跳进来。

"恨起来真要撞出去捅几刀煞煞恨！"咬着牙，憋在吞嗓管儿里说。

行么，那样？爹跟皮二大爷倒都信得过她有那胆量。"不说别的，这个香嫚儿真够机伶，找我，半天没转过向来，"皮二用那根旱烟袋点着她说，"香嫚儿啊，你那个小心儿，约莫着总比别人多一个窍。"

想到自个儿狠狠打了好一阵子牙骨，心口里往外涌着的那个冷法儿，手捂着腮帮子就觉着一阵好热。莲花姐不像她，寻寻常常的脸色，说她没心眼儿不算冤枉，不定当热闹看呢，贼秧子那些个胡呲，也不定红都不曾红她一下脸。

想不出自个儿倒是打的哪一家哆嗦；怕那个小头目老盯过来的一对馋馋的猪眼么？还是怕爹一点儿不肯低头，终要闹蹚了，不知怎么个收场？

小毛贼们临去，那个阴阳脸的冒失鬼，冷不防把后车帘子扯起一个角，探进脑袋来贼瞅了一阵子，确是教人吃了不小一个惊吓，可那已是后来的事了；栗栗打抖，可不是从那张半边猪黑的脸子生起的。

车篷是两层油布夹着芦席，外面一层油布长年风吹雨打，加上磨了，碰了，路窄给树枝刮了，净是小窟窿连着大窟窿。

风是老北风，开春老北风利得能把树皮吹裂。隔着车篷，车一停下来，靠荫一面就该是一垛冰墙。老担心紧贴着冰墙外那个油嘴滑舌的家伙，单等小贼头子递个眼色，便一把扯开车篷架了她走。冰墙什么也挡不住，一枪托子就捣得开花，大辫子咬在嘴里，咬一嘴腻腻猥猥的刨花油，似乎就剩了那么一点儿靠得住的东西，垫住牙骨，免得把人抖散了板儿。

真恨自己那么着没出息，心里又不甘。小镶子纵是一柄做样子的假匕首，倒是做得挺考究，乌木包银柄子；乌木包银鞘子上，有两个黑鼻孔一样的留作插筷子用的洞洞。刀尖隔一层老蓝的花大布厚袄子，顶在心窝里，冷飕飕的一股子凉气透进来。果真是一把利刀也倒算了，到时候一闭眼睛就把自己结果了。刀尖索索地顶在厚袄子面儿上，琉璃箍子对在牙齿里，咬紧了便窖得牙根子酸，咬不紧又栗栗地碰着牙响。别人未必听得见这样细微的响声，可震在自个儿耳根子底下，简直是捧着一大落子没放稳的碟器碗盏，走着，哗哗啦啦响着好大动静。

日头重又亮得耀眼。一伙儿小马贼绝尘而去。好似经历了一场人事不省的重病，一场吓得人直出冷汗的噩梦。大伙儿颜色一和缓下来，皮二大爷跟着就俏皮起来了，骂起小毛贼，没见过那么小手，借着"留个念头"把爹大拇指上菜石扳块要了去。

"贼不空过，不那么打发，休想撺他们上路。"

那一伙马贼，跟他们一个方向地上了路，直奔南去。一望无际的野湖上，不过就是这一条直贯南北的车道，反正要不是一个方向，就是背着走。这都没有什么可留神的了。还不是顺路又顺势地扰了他们一阵子。

"要是专程打咱们主意的话，"皮二说，"怕也不是扳玦就能打发得了。"

爹那颗菜石扳玦倒不稀罕，另外倒是有颗传家宝，轻易不戴的，入过土的血子扳玦。把琉璃箍子吐到手心里，贴着袄襟擦擦，还给了莲花姐。想起金镏子，这才认真起来。"奇怪，金子就那么毒呀，二大爷？"这事教人挺纳闷儿的。

"嗯，毒着啦，吞下去就甭吃饭了。"皮二大爷做出挺难下咽的丑脸。"毒是毒，人见人喜。"

"那咱们这一号的，这一辈子休想吞金镏子寻死了。"

进了大房村，又想起跟皮二大爷提起这个。

"是啊，没那个指望了。香嫚儿，也别难过。"皮二苦苦脸说。

常被皮二大爷那样逗得笑个没完。捂着嘴，这一回不好意思放开量来笑，人是和皮二大爷挨肩坐在车辕上，多少眼睛看到脸上来，满街炸棒子花一样的鞭炮，炸得人心乱。

就像拿一顶白兔子毛压边的风帽，把满头乱丝团子一样的头发盖住那样，八下里找话跟皮二大爷扯，用来遮掩一些什么，免得呆呆痴痴地敞着一张光脸等人品头论足。人是渐渐长大了，耍起七宝莲花弓腰伍的，觉着把胸脯什么的挺得像被扒光了衣裳一样，比起来，这样坐在高高车辕上亮相，真还算不得什么了。

又跟皮二大爷提起那个白胡子老头。"你瞧，他大房村，房子都这么老，陈年古代的，不定是个老狐仙。"

"敢是的；千年黑，万年白，上万年的修行。"

听起来，这话倒像是顺着她口气说的那么正经，侧过脸去瞟一眼皮二大爷，就满不是那回事儿了；那副鼓不住要笑的摆弄人的样子，恼得人又要拿拳头去擂这个裹在老羊皮袄里别想擂得透的二大爷。

骡车喀噔喀噔压过青石板大街，摇晃着，走走停停的。街道弯来弯去，老以为前头走不通。皮二大爷还恍惚记得路，大房村是一头直肠子驴，打西到东，就这么一条十里长街，走完长街有个大场子。

"老天，还有十里路？这么走走站站的，哪辈子走到那头！"

"叫着是十里长街，你就当真的。撑死了三里。"

骡车又被街心的一只蛤蚌精堵住。

多少人一层层围上去，一片大红大绿过年的色气。

一层层人墙里，两瓣绿得腻人的大蚌壳子，前走走，后退退地扇合着。莲花姐，还有后边的傻长春儿，都挤了上来。

人在车上比人墙高出大半个身子，看得可够清楚。难得轮到这样子看人家耍把戏，傻长春儿挤挨到中间来，看着还拍手叫好。棉袄袖子长得包住手，光听到他砰砰砰拍着棉被似的。

两瓣大蚌壳子身子合着，转向这边来。蚌壳里的人，教人愣了一下。蚌壳外面绿得腻人，里头可又红得吓人。蚌壳里夹着一个大男人扮的女妖精，一身肉色的紧身衣裤，勒着红兜兜，乍一看，人真以为那是个剥得光溜溜、精着腚的小娘儿们，给人大吃一个惊。

好像是打那两瓣血赤赤壳子里剥下来的蛤蚌精，脸上搽着一层厚得教人担心动一动便要下雪一样哗哗洒下来的白粉子。尽管粉搽得那么不顾本钱，脸上的骨棱子也没有抹平一些些，长长的脖子也仍是木头一样的原色。这样看上去，那张石灰脸，就活像顶着一颗假脑袋，跟他们猴三儿戴的鬼脸子一样。

锣鼓反反复复敲打着快长槌，蛤蚌精俯向前去纵两步，再仰起身子退两步，就这么样反反复复挺棒儿硬地耍着，也没有变点儿什么花样。

跟蛤蚌精对脸进进退退的，是个戴一把白胡子的老渔翁，一撒网就撒进蚌壳里去，被蚌壳子牢牢钳住，也是挺棒儿硬地跟着反反复复前走走、后退退那么耍着。看似一对安上机括的木头人，前走后退，没有了结的日子；没见过有这样子黏缠得教人丧气的把戏，没头没肚儿取乐子。

只剩半边街的屋顶上沐在残残的黄老阳里，残残地泛起土色。骡车停下来，尽管不拉风了，也还是冷飕飕教人老想加件衣服才安心。

尽管这样没完没了的反复，也还是里三层，外三层围上那么多闲人；一个个看得傻张着嘴巴喝风。有个卖风车的挤到骡车旁，麦秸靶子上，插满了纷纷乱转的纸风车。麦秸靶子没有知觉地老是挨到她脸上来。

风车都是些艳绿艳红不大逗人喜的色纸，像是开了一树吵吵闹闹的花。吵吵闹闹地赖着人买它一朵。

屋顶残留着一些晚霞的这半边街，有家酱园挑出一挂蹩脚鞭炮，怕还没有一条辫子长，挑到蛤蚌精的顶上放。一时间，烟和纸屑子四处迸散开来。只是刚一炸响，鞭炮也就完了。

蛤蚌精还在前走后退地扇合着，只说经这挂鞭炮一崩一炸，该把那黏缠得教人丧气的反反复复给崩开了炸散了；不料蛤蚌精跟老渔翁好像可也得到叫好的了，越发上了劲儿，大肆前走后退黏缠起来。

风车吵吵闹闹把人眼睛转花了。早已不是玩风车的小年纪，也从没玩过风车。尖着嘴凑近去，冲一只桃红风车使劲儿吹一口，再故意拿捏地翘起兰花指，一个换一个地挡住风车的翅子不要它溜溜转。骡车走不动，蛤蚌精又教人看着生腻，正巧这样一个风车又一个风车地数着忍忍躁儿。这样子数着，数着，便替自己从小没玩过的小玩意叫屈起来。从小就是供人玩的小玩意，让爹用鞭杆儿挑着练空心筋斗，敲敲打打的练弓腰、练撇叉，也念四书，也打小九九。还有弹腿、小红拳什么的。辫子绾紧了咬在嘴里，苦练硬练的，口干得仿佛喉咙拽掉了，舌根子木木的，没膏过油的车轴一样。爹不是亲爹，就是再疼她，也隔着一层，鞭杆儿底下，敢是有打骂，也有恩情，拿当小玩意总是没错的。

把风车拿当小玩意，轻轻地，拔下一只桃红的。风车杆儿上那一撮鸡毛是用洋紫、洋绿染的。

卖风车的傻佬可一点没觉得。恐怕人家把他上百只风车全都拔光，只剩个光秃秃麦秸靶子扛着走，也还不觉得呢。都怪那个蛤蟆精把人迷住了。

桃红风车顺手丢进背后的车篷里，想都没有想想要这个做什么。偷眼看看莲花姐，又看看皮二大爷，傻长春儿更是傻里瓜叽的，下巴颏掉下来都忘掉捡起。一个个都跟卖风车的一个样子，都被那个倒胃的蛤蟆精把魂儿给迷走了。

正高兴没给人看到，冒冒失失忽一声笑，那么近，比刚才那一挂不如她辫子长的鞭炮炸起来还要响亮，吓了人一大跳。

一听那笑声就是假笑。

"人生得俏，偷也偷得悄。"

故意把笑声捏成了夜猫子叫，又故意把嗓子捏扁，说出这样的话来。

一回头，一张脸好没人色！比他那一声冒冒失失夜猫子叫还要使人吃惊。

那是什么样刺耳的声音？人也会生出那样破哑的嗓子吗？或许是相书上说的什么"豺狼之声"，也是主凶死。

后来，他那个人回头了，慢慢地嗓子也柔润了许多——或许只因听惯了也说不定。好像也放了点儿心。那总是不由人的，甩不掉地藏在心里一个不大不小疙瘩——豺狼之声。

可是不信那个邪成吗？信了耶稣还能再信那些个邪灵？终究还是犯了忌，该怎么说呢？

一点也不曾留神打哪儿冒出来的那么一个家伙。一张教人打怵的脸子，真不知道该怎么说那个长相。一张脸子又宽又霸道，原不算瘦的，却教人觉得满脸尽是棱棱方方的骨板子。或许下半个脸都包在枯黄枯黄的胡桩子里那个缘故，那个阴凄凄的，又那么高洼不平。

割过的麦根子似的短胡碴儿，兜着一张没血色的嘴，嘴唇浇薄浇薄的，不知为了什么性命关天的大事那么吃紧的样了，把整个一张方脸给牵扯得板硬板硬的。

或许不全在那两片吃紧得发硬的薄嘴唇上；是那一对黑不黑，黄不黄的黧瞳子，兜在凹得深深的眼眶子里，发狠要胡来一阵子的那副蛮相，把一张脸子弄得铁青。

不管怎么说罢，就凭这么一张森人的脸子，真不相信方才那一声笑，是从那上面响出来的；可也该说，只有那张面无人色的铁青脸，才笑得出夜猫子的磔磔怪叫。

心里头越是害怕，越不放心地又多瞟了一眼；这次避开了那张脸子，只见一顶黑皮帽子像个尖屋顶，短像魁魁绒的黑毛，有一波一波水纹亮光。狐腿皮袍子袖口翻卷过来，真是烧包要死。

骡车给高低不平的石板挡了一下，车身挫后去。一眼看到了这个铁青脸子背后，跟着那个尖头尖脸的家伙，旱湖里碰见的那个小头目，一眼就认出了。

心像陡地掉了车去。

没好气儿地咬咬牙，白了一眼尖头尖脸的家伙。

车子往前蠕了蠕，又停下来。蛤蚌精不知又到哪儿黏缠去了。街上看热闹的，一时还散不开，又围着看起他们这两辆耍把戏的骡车来。

心里头有病，噔噔噔噔地跳个不停，觉得出鼻孔止不住一张一合。不管怎么说，总得装出不在乎；找着皮二大爷讲话，说说笑笑的，把二大爷手里的缰子拉过来。

麦秸靶子上少了一只桃红风车，还是开着一树吵吵闹闹的花。只她看得出来哪儿谢掉了一朵。鞭子抽下去，黑骡子伸直了脑袋使不上劲儿。

麦秸靶子傍着骡车走，不紧不慢的，好像愣要等她回心转意，再把那朵掐走了的桃花给插回原位子上去。

"老大爷，你也舍得走开点儿，留神车轮儿拐着了。"

又是铁青脸子的豺狼之声，哑嘎嘎的，仿佛拍着踩劈了的竹竿子。

抽一个不让人察觉的空儿，跟皮二低声打了一个招呼。"二大爷，咱们是闯进贼窝儿来了。"

沿街兀自一片年景，多半都已凋残了的红纸压金花的门吊子，飘在两旁铺子门上坎儿。街是够老的，钢硬的青石板，也禁不住积年累月，压出了两道深辙。铁蹄掌磕出一街清清脆脆冰渣子响。

皮二大爷故意没事儿样子。"瞧大房村儿这个市面哪，少说也有十天半个月盘揽。"口里大声说着，一面避过人家疑心地往四下里遍伺着。

"是说啊，又加上还没出年，天又这么干晴。"

顺口这么搭讪着，一面笑得那么样没收揽。要说把戏上不上生意，才没工夫为这个发愁呢；就是生意好，也犯不着乐成这样。心上是悬着一个沉沉小秤锤，料得出那俩家伙还钉在车旁没离开。都是那只桃红风车招来的蹭子，要死不要死！插口里掏出一个两个铜角子也就买得了，强似这么着让人抓住了小辫儿根子。

眼角上时不时跳闪出那片宝蓝——华丝葛面子的狐腿皮袍子。那样子不在外面加上罩袍，敞穿光皮袍子，总不是安分的正经人，多半是流氓地痞罢。大房村是个什么鬼地方呀，容着这贼羔子大舻架儿走在大街上摇吗？正经人里头也少有那么体面的。多使人心烦的宝蓝华丝葛皮袍面子！

想着恼着，使个坏罢；一咬牙，往左首紧紧缰，陡地再打回右边来。这样连连的两鞭子，车轮打青石条沟辙里咬上来，重又陷回沟辙里，骡车摇摇抖抖折了一个小弯子，狠晃了一下。

"留神你拐着了人！"皮二大爷瞪过来一眼，抢走她手里缰绳。

大街上给年尾巴甩下来的闲人还是那么多。

就是存心要拐上一个人的，把那一身宝蓝华丝葛给扯掉半个襟子就好了。可惜街道干干净净；若是车辙里存着些泥水，溅他一身脏也挺大快人心。

鞭子还在手里，试了试，咬出一嘴的白牙，只是估量着抽不到偏后一些的华丝葛皮袍子，不禁泄气地把鞭子还给了皮二大爷。

骡车耐住性子走走停停往前游，别想甩掉那两个存心不良的家伙了。

后来重提起这一段，"爷有那闲工夫！相亲相中了就结了，还猛钉着干么？"到底还是小抄子给他通的风。

"剩下的，就看怎样把你弄到手。"

"那一下能把你绞到车底下也罢了。"

"你是白使坏。"

"真恨没打你脖子上辗过去。"说着又狠狠咬出一嘴的白牙，送到他脸前，鼻子皱到额头上。

"爷可头一眼就看中了你这副狠相。"

不是他这么提醒，压根儿就不知道自个儿打哪儿学来的那副坏样子；动不动咬牙切齿要啮人一口的那么泼，到今天还改不掉。

车毂子没滚过半条街，孩子便嚷嚷着跟上一大串。有个小瘸子纵着纵的，攀住辕架跳到脚踏子上来。好像走到哪个地方，都少不了这一类混事儿的地保小人；又好像都是跟一个师傅学来的，抓住辕座上的把手，跳上来领路。

车圩子门里，一大片空场子。整个大房村都是干干净净的黄土层，只有这一带高地势，独独是胭脂一样的红土。小地保走路有些点腿儿，将就些说，还不算是大瘸子，一挪一拐地绕着车前车后打转转，帮忙卸车，赶小孩，一面大吹这儿宿过凤凰，宿红了这片土。大房村的人都把这儿唤做凤凰墩。

"敢情都来这儿挖红土，腌咸鸭蛋罢？"爹接腔儿说，仰脸看看晚晴的天色——粉绿粉绿的天上，似有若无一点儿霞尾子，仿佛啃到了青皮的红瓤西瓜。大白天的味道就这么缓缓地淡下来。

"您真是，佟老板，真是的，"小瘸子缩着肩膀笑，"给您说中了，咸鸭蛋，就是了。"挑尖了笑声，不知道是打嗓子之外什么地方挤出来的。

爹对这帮人，总是出手很大方，撩起袍子，打板腰带钱兜里摸出一大把铜角子，数也没数一下，就赏了酒钱。

"不行，这不是骂人嘛，您老真是……"小瘸子地保虎着脸，一挪一拐地躲闪，好像躲一锅热油，生怕溅到身上来。

"改天，小哥子，改天得空儿，咱哥们儿再好生共一壶。"

"不像话，佟老板，初来小地方，您真是……"酒钱还是挺为难地收下，受了冤枉似的一再摇头苦笑。

这一类的小地头蛇，似乎走遍了天下，到哪儿都遇得着。就像到哪儿都见得到土地庙一样。真教人以为地保都是住在土地庙里。

嘴里横衔着风车棒棒儿，夹在大伙儿里抢着打桩子，扯幔子。若不是野湖里一场耽搁，大街上又堵得水泄不通，天色不会这么晚。

这么着，幔子围起来，就算是家院子；两辆骡车架平了拢在一起，便是里外两间房，牲口家什的都杂在一块。走到哪儿都是这么一般大小的家院子。

好像都是坐北朝南一个方向；就只是脚底下踩着的不是一样的土。

桃红小风车贴在腮帮子上，随着匆匆忙忙的操作，贴着腮帮儿顾自转转停停的，像只爱跟脚的小猫，跟着里外打转转儿。

索性让自个儿忙中多打几个转转儿，好教腮帮儿上的风车转得滴溜溜儿快，转眼就把宝蓝华丝葛给忘了。到底还是没花钱的小玩意，占一个天大的便宜。拍拍里面小襟子上的花荷包，压岁钱还没动呢。可若是花钱买只风车来玩儿，这么大的人了，不成的。

打小到今，玩是一直都在玩，可玩的是让人家寻乐子。自个儿原就是这么一只油光纸做的小风车，不停打转转儿。打转转儿好卖钱。拿手的把戏就是打转转儿。跑马卖解，绕着枣骝的肚子上下打转转儿，七宝莲花儿的七只盘子打转转儿，空心筋斗，倒筋斗，蹬坛子，打旋，都是打转转儿。自个儿原就是一只地地道道小风车。

小瘸子地保见她把螺箱扳斜了，等莲花来合伙搬过去，便赶来帮她忙。爹是吃软不吃硬的，对这些苦虾虾总是大方得很。想起白胡老头子和宝蓝华丝葛，就觉得大房村这个地方有股子邪，未见得就如皮二大爷那么个想头，这儿是个出金出银的十里长街。

螺箱里一层一层装的尽是小家什，本来倒不沉，可跟这么一个小瘸子合伙儿抬，退着走，就觉着有点吃力。别看瘸得不怎样惹眼，圆筒子螺箱倒被他左右晃着，老是有些往两边摇滚，箱里的小家什啷啷地滚动，一路小心着不要让猴三儿那些副烧泥的鬼脸子碰破了；这么就和着小瘌子，就感到螺笼很沉了。

"问你一个人，小爷子……"放下螺箱，把嘴上衔着的风车拿下来。

"好说，小大姐。"小瘌子忽让人喊了小爷子,倒有些慌张。

"有个……"跟咧着嘴等她下文的小地保做了做手势,"这么大把白胡子，该有六十来岁——"

"骑着匹花叫驴，是罢？"

"那你认得？"

"跟你们一前一后进的圩子，对不对？"人是提眉溜眼儿不知有多乐，像是可也猜对了一个挺难破的谜。稀稀朗朗的老鼠胡渣子上，不知怎么沾上去的一抹口水，或许是透亮儿一滴清鼻水。

"还以为是个什么精灵呢。"

"哪儿是个精灵——嗳，也别说，差不离噢。"

"怎么呐？"

"洋精灵——福音堂的金长老。"

那还是头一回听说什么福音堂。小瘌子地保给她讲福音堂是个做什么用的去处。重重倒倒讲了好些好些，人家正忙着，得帮忙莲花姐去张罗张罗下桩子饭呢。也听不懂那许多，总是个大庙罢。听着有些不耐烦了，傻长春儿拎一斗子绿豆切面回来，愣在一旁听。原不要知道那么多，只要知道那个白胡子老头是不是个老狐仙就行了。而外，本还想探听华丝葛狐腿皮袍子是个什么人，着实不敢再惹这么碰一碰就像黄河决口子滔滔没完的小地保。

接着话头，小地保又跟照应牲口的杨老爹扯淡起来，连忙借着帮莲花姐烧火，避开了这个噜苏鬼。小瘸子似乎还在那儿讲着他们大房村哪个人家老宅子让黄鼠狼作祟给闹得全家搬进县城去了。

好一个洋精灵！别怪那个后来跑来说媒的小瘸子地保罢，当初自己还不是无知无识那么可怜。还记得好清楚，那个刮风下雨的坏天，马车停在福音堂盘花铁栅栏门前，心里直念着洋菩萨、洋菩萨……如同那之前，一进龙云寺直念阿弥陀佛那样，像有了巴望，又像什么也抓不着的那么空落落的。

妇人来到门口，一尺高的门堰，一脚门里一脚门外还不曾走出大门，只见牵着白底麦斑小花驴的金长老，都已到了塘边上。

洋精灵！——有多该死，还老记着这个。

那张白大似胖的脸盘儿，红扑扑的热上来，眼瞳立时就被一泡子烫人的眼泪给蒙上了。

白胡子飘飞在大太阳底下，耀眼的雪柳一样，只能看得出一大团闪闪抖抖的白。闪闪抖抖响着串铃。

好似有一腔子装不完的那么多委屈，又说不出是些个什么委屈，胸腔鼓着，鼓得不能再饱了。

背后响起大牯牛蹄子那样重的脚步声，约莫二墩子也听到串铃响了。

大白胡子老头拉着毛驴上了宅子。

不知给什么提醒了，这才忽叫着"爷爷！爷爷！"伸直了双手迎上去。不知这样子是要接过什么，还是送出去什么。"爷爷！爷爷！"一路叫过去，仿佛只叫一声两声着实不够。孩子那样灿开的笑，又衬托了两眶眼泪，该说是老阳儿全都照在她大脸盘儿上了；就有那么样地闪闪惹眼。

金长老停下来，停在平硬得反光的麦场当央，默默微笑，好似什么都让他料准了那么有把稳。

毛驴儿钻摇了一阵脑袋，打着挺大声儿响鼻。

跑到跟前，女的那一双手臂张开，一下子抱住垂到脐下的一把白华华大胡子。

"只说爷爷再不来了。"把白胡子捧在面颊上揉搓着，像捧着一方新漂白毛巾，洗脸上泪迹子。

"要来的。久了些就是了。"金长老不住拍着这个比他哪一个孙女好像都要小得多的大妞儿，尽管这个小孙女个子不比他矮多少。

"怎样，小二哥？壮得像条大莽犍一样。"

二墩子傻哈哈地红了脸，低下头去看看他那一身骨架，不大相信自己居然壮得像头大公牛犊；又似乎很羞惭不该长得这么壮。这么一来，手脚着实不知怎么安放了，这才笨笨地猛转过身，赶过去，抠住高门堰上的两枚铁环，把门堰提起来，让路给老人。

"你老太拘礼了，这么大年纪，别说进村子，就是进宅子不下驴，又该怎么样！"二墩子搓着两手说。

赶着过来拉牲口的二墩子，说出这样通情达理的话，两个人都显出有些另眼相看的神情。

"两腿再不多活动活动，还行，小二哥？"老人说，"寨子里都嫌咱们信教的不守礼法了。旧礼里头要守的，还多得是。八福呢，怎么没见？"

"别提了，林师傅硬把他给提溜去，那边……"

妇人往寨子头上嗷嗷嘴，陪上长长地叹一口气。

"不妨事。"老人家咂着嘴，似乎只图安慰人家，不得不勉强自个儿一些。

"人是给旱疯了，"老人家说，不让人插手，打了一铜盆洗脸水，端到屋檐底下。

"天这么挺住了幼儿不来雨，真是怕人呐。"

"人是给旱疯了……"

老人还要说些什么，停了下来，眨眨眼睛又算了。然后搂起一胸的白胡子往后一甩，担在肩上，低下头去往脸上哗啦哗啦抄水。

"进县里去的那条官道，你可走过罢？"不知是冷水激的，还是脸朝下控成那样，老人红起一脸好健旺的气色。望着老人，妇人吊梢长眼睛眯觑着。也许用不着那么仔细眯着眼，用力去记。"走过。"恍惚地说，又像是没用心，顺口应了一声。

"沿着官道不是扯长了一根根电报线？"

"是了，"女的这才醒过来似的抢着说，"那年正月，爷爷你在县里办奋兴会，全家都去了，爷爷还叫了八福他爷去作见证。"

"嗳，你脑筋是好。"

"记得的：还像才是昨天的事儿。"

"那就记得那些电杆儿了：打电报的。"

"八福他爷讲的那些话，可都还记得。"

"说是你脑筋好嘛：那些个见证，又都是你自个儿阅历过的。"

"有啥好！你瞧，单顾着说话了：爷爷还是喝凉的？"

"别张罗。"老人从放在屋角的褡裢里取出小得那么精致的白铜水烟袋，"你要学着马利亚，别像马大那样，老是忙着伺候吃的喝的。"

"不就是吗？洗脸水都没给爷爷你舀。"待要去取火，老人掏出洋火来，"都是让爷爷跟大叔惯坏了，把我惯得来了人从不知道怎么招呼。"

"有什么要招呼？有腿有胳臂的，又没断掉，又不是走不动，爬不动。"

兜洼得很深的那对亮眼睛，责怪地瞅了她一眼。烟袋咕噜咕噜地响着。

就是乐意要让那样的眼色瞅一瞅，多少得不到的亲情都从那眼色里得到了。抿一口热高粱似的，热荼荼地直暖到心口儿里。

"爷爷你说的，什么进县去的官道来着？"

"倒不是官道什么的了，说是那些电杆儿呗——"

纸媒子火头儿点在小小烟窝子上，火头一下子扯长了。

"所以我说，人是旱疯了……"

"是说呀。"

"那些个电杆儿可都给锯掉了。"

"说的是啦，那又碍着什么来着。"

"电杆儿的'杆'字儿，你可熟呗？"

妇人皱起眉根想了想，眉梢越发吊上去，重又眯起了那一对细长细长的凤眼。

"不知哪个看阴阳的，还是测字儿的，把地方上哄了起来，乡绅什么的都去县衙门求情，县知事也挡不住，由着暴民把些电杆儿一根根给锯倒，电报线也砍了一截一截的。"

"哪儿碍着什么啦？"

"不就是说吗？天是把人旱疯了。说是没见过这么大旱；

毛病出在电杆上。不是'木'字旁摆个'旱'字儿吗？[1]你倒说去！"

女的就着地上画了画，苦着脸笑了。"倒真是怎么说起，这真是！"

"如今害得县知事内外挨夹攻，蛋厂跟玻璃厂那些洋人出来办交涉，要县里赔银子，限定十天之内一总修起来。这事挺扎手；洋人不讲理，县里也没理儿可讲，老百姓又不让修。好了，事情就这么僵住了。"

"那可怎么好？"

"僵着罢。"

水烟袋咕噜咕噜响在耳边，望着地上四五颗烟核儿中间，有一颗还冒着精细一丝儿蓝烟。痴痴地想着爹讲过的八国联军打北京，把皇上皇太后都给打跑了。

"要是闹大了，爷爷，不是又要闹兵乱了？"

"一时——还不至于。"那一对深陷进去的闪亮的眼睛，又侧过来瞅她一眼，并没带责怪的眼色。

"除非呀——"话没出口，便觉得蠢得要命；留又留不住口，就含含糊糊地喃喃起来，"要就是……早晚狠狠来那么一场大雨。"听来倒也像自言自语说给自个儿听的。真废话。

瞅着老人家听让纸媒子无声无息地烧着，不安烟，也不

---

1 "杆"繁体字为"桿"

吸，不知道思索什么，那样子定定地凝神着。隔墙传来打榨铁榔头钝钝响声。垂到腿上的一大把银丝，随着年事高了的那种喘息，微微起伏着。

好像金八岭皇恩洞的流泉，用那么大的动静日夜奔泻着，隔着老宽的山涧望上去，那股瀑布反而是定定地一动不动，只是个扯上扯下的一片雪崖，白得刺眼。不仔细一些，便看不出那雪崖是在微微款动着。

皇恩洞瀑布，如今也完了；听梁驮贩说："别提了，老舐牛尿尿还粗些儿。"想是想得出的；要不，小弥河也不至干成这个样子。

眼前这一股雪白瀑布，衬在它后面的是后墙上那一幅"宽窄路途"大立轴。衬着满山白桦和针松的那股瀑布，也有枯水的时候；老人胸前这一股瀑布，水势倒是愈发汹涌。

"这一趟我来，"老人清了清嗓子说，"有三桩要紧的事，来跟你商量——"

"爷爷你说得太重了；再要紧的事，你吩咐一声还不行？"

"别慌，你听我说……"

"叫个人来招呼一声就行了，要什么商量！还大热天跑来，真给小辈儿加罪。"

老人又用那种责怪的眼色，不声不响瞅瞅她，隐在白胡子里的两片薄唇，紧紧闭成一条细缝，咬着一嘴的不乐意。

妇人就不再言语，有些儿窘，一阵子急急地眨眼睛。

真是啊什么样的缘分，逢到从那样眼色得到再没有更亲的亲情之际，伴着心里涌上来的一股子热，晚霞烧红了大房村土圩门那幅图像，便那么灵验地出现了；背着一身红霞的老人骑在驴背上，款款进了那门。曾给当作老狐仙，又曾给小瘌子地保喊作洋精灵的老人，怎么想到那就是日后亲得不能再亲的一个亲长？

"比方说，"长老又清了清嗓子，"给你做媒，那能叫个人来吆呼一声就算了吗？嗯？"

"爷爷你……"

太莽了一些，如同天和地一下子倒转过来，使人受到很大一个震动；怎么冒冒失失提起了做媒不做媒的事情来呢？

"这事留在后头说。先跟你商量办福音堂这桩事。"

"爷爷你以前提过的。"口里含糊应着，心里已让做媒什么的给搅乱了。怎么会这样呢？忽觉着要被谁准备把她丢开了的慌乱，手停在脸上，微微有些搐筋。小拇指滑进嘴里，不知觉地咬着，隐隐地挺疼。

"不用怕，只要信。"长老慢吞吞摇着头，用这个安慰她，"所以要跟你商量。"

"福音堂就用不着商量了。"

"怎么不要？"

"以前爷爷提过的。"她是揸紧了两手，用劲地揸住。仿佛那些心乱就可借此给镇压住了，不致露出形迹来。"八福他爷也一心想有个福音堂；说过的，想把靠外头那间仓屋腾出来，打外边开个门。也仔细盘算过，就是预预怠怠没有上紧，一拖就拖下来了，要是——"

"那也不大合宜，虽说跟宅子连着，照应方便，终归不大利索。总得请位传道的姊妹来领会不是？住哪儿？躲不住又得住进宅子里来……"

"那有什么？房屋这么宽，空着反而教人走哪儿都觉乎着空空落落，没倚没靠的。"

"到底不方便。"

"真是啦，爷爷，多个人，多双碗筷，又是姊妹，怎么都好安顿。"

"你听我说，秋香，这还有一桩事情连着；福音堂要办，学堂也要办，房屋是非盖不可，索性就一把手盖起来。你懂这个意思？"

妇人点点头，可还没仔细想一下。只是立时知道那是要盖个像样的福音堂，像大房村的福音堂那样。

大房村的福音堂，两扇铁栅栏门，带着教人挺熟悉的那种动静，响在耳边儿。

两扇铁栅栏门，下面有一副小毂辘。晨更祷之前推开，晚间，查经班散了，再推上。真像是推车子一样的沉，咕噜咕噜推拢了一扇，再咕噜咕噜去推另外一扇。不管是启门，闭门，都是夜里。夜深人静的时辰，铁栅栏的动静，十里长街，足能响彻到街两头去。

宿在凤凰墩的头一夜，人困马乏，没听到那样的响声。二天晚上，本就被白天里又是银洋又是金镏子的闹得心乱，跟爹顶了嘴，小瘸子地保又赶着晚饭时儿跑来，领着个什么大爷的给她提亲，一夜都不曾合眼。那铁栅栏门的动静，噜噜噜噜的弄得她不知是怎么回事。翘起头来听，心里噗突噗突跳。提亲不成，宝蓝华丝葛那家伙肯轻易放手吗？又是噜噜噜噜响过去。心就那么一直吊在悬空里。数着一遍鸡叫，又数着二遍鸡叫。"那有啥可说，天一亮咱们就拿腿！出你大房村，上有天，下有地，路是留给人走的……"爹气成那样，八成也是瞪着两眼等天亮罢，整夜都没听见打鼾。

等着天亮罢，等着，又等来噜噜噜噜的响声，怎么也猜不出到底那是个什么动静。掀开车帘子一个角看看，好清的月亮，照出一地寒霜，冷气刀割一样刮到脸上、肩上。又是那样的一阵响声，锉到人牙根上来涩粝粝的那么冰冷。怎么也猜不到到底是什么响声。终有一天豁然发现了，缰子粗铁条焊成的铁栅栏，一方方长格子，挡不住风也挡不住雨的，却把那一对要人命的鬼蝴蝶挡在外头。而后仔细看去，才懂得一方方的长格子原是一座座十字架连结起来。

在那噜噜噜噜的门里唱起"基督我魂避难所"，不再是锉人牙根那么冰冷了；皮二大爷口里的南天门，赞美诗上的

"天堂恩门为我开"，都成了一颗珍珠、一颗珍珠穿引的花串。做小妞儿时，常乘骡车停到茶棚子一旁打尖儿的空子里，跟莲花姐俩儿，像一对饿坏的小羔羊，见着野花就采，顶喜欢微微带点儿粉香的堇堇冠。穿成紫色花串当作项圈戴在脖子上，三四天都不萎，香能香到梦里去。皮二大爷教她姐儿俩唱：

> 堇堇冠
>
> 开紫花
>
> 娘亲死了谁当家
>
> 大娘当家还好过
>
> 小娘当家卖水磨
>
> ……

皮二大爷笑她从小就比莲花刁；问她姐儿俩，大娘当家好呀还是小娘当家好，她就跟莲花姐不一样，小娘当家好呀，卖了水磨有钱使。大约是刚被卖过来的那旮子罢，就如同记不得是怎么卖给佟家把戏班子一样，也记不得自个儿说过那种话，挺臊人的。后来净给人喊作小娘，乍乍不习惯，老想起堇堇冠，难不成命中注定要做小娘吗，尽管这个小娘不是那做小老婆的小娘。

要盖福音堂，也要那种会把整个寨子都惊动的铁栅栏门吗？想得多没滋没味儿！

"方才，"老人说，"路过你们那块地，我倒是细看了看。"

"爷爷可看到那些地瓜秧子了？真是瞧着心疼。"

"不错；我瞧这一片儿，数你那块地最薄，地瓜秧子倒又数你家最壮。"

"没断过水就是了。爷爷你说，哪见过整亩整亩的地，这样子见天浇水来着？"

"天既然这么挺住劲儿旱下去，不下功夫怎么成呢？人假地不假，一分功夫一分收成。"

"只有爷爷你才肯这么体恤人。地瓜秧子比人家壮些，也惹闲话——其实还不是比着的，放在好年成，谁要那么没出息的秧子？喂猪都嫌老了。"说着，眼眶有些酸酸的，"闲话一传过来，强大爷就受不了了，磨着我说，别教人家眼红了罢，咱们又不指望那几亩地瓜养生，白教人瞧着整桶的水挑了去泼地，惹人嫉心恶肚的难过。干在地里就算了。强大爷敢情也是说的赌气话，那么个疼庄稼的人，哪忍心让庄稼枯在地里！"

"我看——"老人沉吟了一下，"说真的，那几亩薄田，压根儿就不是长庄稼的地，也亏得你下心领他大伙，盘进去那么多心血。老宋也说得有道理，哪儿指望那点地瓜养生啦？我就品索着，原本就是学田，不如就上面办学得了。你看呢？"

"爷爷你还错得了吗？"没有稍稍思索，她就满口应允了。

"爷爷怎么说就怎么好。"

"地是在你名下……"

"那爷爷把我看成了什么人！"

"各人的产业不能乱；要用那块地办福音堂，办学，就得照规矩买下来。"

"捐了不成吗？"

"你孤儿寡妇的，万万不可；有重生在，那又不同了。你听我给你说……"

"我拿来兑账总成罢？爷爷别老把……"

"账是另外一回事。再说，办学也罢，办福音堂也罢，不是我金家一家的事，怎么可以兑我金家的账？你衡衡情看？"

"那——"似乎有点语塞，但忽然闪过来一个念头，止不住撒娇说，"那爷爷也没算过账来；就说是现钱买我的地，我再把钱还老油坊那边的老账，还不是跟兑账一样；倒是多费一道周折。"

"出钱买地的，不是我金家；那不一样。"

拧着转着大拇指上的扳玦，想到这块地来历。玉里一粒粒蚕子大小的血子，疏疏密密的就像蚕卵生在桑皮纸上那样，密的密得好几颗重在一起；稀起来，好大一片没有一颗蚕子。待在老油坊那几年，说是不错的，口省肚挪积攒了一些工钱才买的这片薄田。可认真说起来，倒又积攒了多少呢？八福他爷碾房榨房里帮工，一个啥也不懂的生手，怕还不如今天二墩子摸到的这么多窍门儿。凭那样一个生手，倒能赚得多少工钱？圆房三口，跟整个一大家子老少盘搅一个大灶，开销还小吗？就说自个儿，年年春里尽管也是狠狠忙上一个蚕季，又怎样呢？茧子三七分，桑是金家桑园采的；匾子、筛子、架子，一应俱全，也是金家现成的；连上苫的杨树枝条也是金家林子里伐了来的。

就只不过是花些工夫，从桑皮纸装进了棉袋，佩在贴身的袄里焐蚕子开头，到下苫子摘茧，前后不过个把月，就落得三七分；顶忙，也只忙在四眠前后那十天里，大婶和小姊妹还不是一样，白昼黑夜换班子照应；一个蚕季下来，整吊的银洋让大婶替她拿去打会，居然就够两架油榨和打井青砖，这都使她始终觉着好似扯张火纸，吹一口仙气，就拿去打酒买菜那么样的靠不大住。地产、房子、油坊，都是这么来的。

"那出钱买地的，又是谁呀？"好似又是把火纸当角票那样的，教她觉着陷进不准回报的恩情里又深了一层，着实教人不能再顺从下去了。

"教会出钱。"老人说，"不是差会。你是知道的，除了大房村那边的福音堂是洋人出的钱。那时光，教友少，老油坊又还没发旺起来。敢情你也知道，我这大半辈子传道，没用过洋人差会一文小钱儿；吃喝用度，都是大房一手接济的。本来，伺候主，不分洋人、中国人；用不着划这么个界线，没有意思要拗一股什么劲儿。就只是洋人把中国欺负倒了，百姓也恨透了洋人。这个'洋教'，不能再让百姓喊下去。是这个意思。"

"那就正好了不是？地，我捐出去，奉献给教会。"

"这还要从长计议，不是你说的这么简单。还有地邻什么的……"

"地邻还有什么潠子可撧？本来就是学田。"

"捐出来可又不同喽。"老人的神情很妙，仿佛不知有多溺爱，忽把她当作个不解事的小孩。

想不大出那和卖田有什么不同。

"况又是捐给洋教的。"半晌，老人又添上一句。

"这还是先放下慢说，"沉静了半晌，老人停下手里蒲扇，往下按按说，"咱们慢慢儿商量。倒是重生他陵地——"

"那不用操心；"似乎忽然心虚起来，觉着伺候死人的事做多了，"那些小松树，栽得就不是时令，也用不着那许多，占地也太大。好在活不成几棵。我是盘算过，但等入冬过后，一开冻，就拣活得成的，移到一起，贴坟有那么五六棵，遮遮坟头就成了，占不到多大地方。"

"当初，事儿又乱，咱们眼光也不够，只说葬在地当央就得了。方才站在那块地边儿，左看右看都觉着不大宜当。倒不是那些个树苗子。"

妇人舒了口气。从老人深深眼神里，看到给她的抚慰是那样教人心热，也就安心了下来。

"重生陵地当然不能叫你卖掉。"

"教会买了去，也不合用——有座坟蹲在上头。"

"所以说，这就要看买哪一边了。坟北是不大宜当，再不忌讳，当门堵着一座坟在那儿总不顺眼。路打哪儿开，是个疙瘩。坟南呢？地又嫌小了些。等着再说罢，目今先不定下来。"

"我是啥也不懂，爷爷你看着办就是了。大叔也是有主意的人。你老爷俩儿怎么决定怎么好。"

"不，秋香，打重生去后——有三四个月了罢？"

"整整一百天，到今儿。"

"你说说，日子多快啊！"老人像是跟自己说的。

"这一百天里，你可真真的长大了——也难为了你，照顾这大片家业，井井有序的……"

"哪里说！就嫌抓不开；多亏强大爷他几位老人家，要不——我倒懂得多点儿！"

"不不不，"长老摇着头，又摇着扇子帮助语气，"从你这番谈吐，这些个见识，真不易，秋香，不是爷爷有意夸奖你，这我就放心了。"

可她倒想，若不是一心嘀咕着什么做媒不做媒的，心思多少有些个乱，为这个办福音堂、办学的事，倒还能多拿点主意出来。想也不曾想的，多罪过啊，做了寡妇，还寻什么人！心里惶惶的，怕老人家这就要提这三桩事。可又觉着早提早回绝了也好，省得老这么嘀咕着放不下。

"将后来，福音堂呢，我到县里请个老姊妹来带领，"老人还是不提那第三桩事，使人分不清自个儿是暂时放心了，还是又悬起心来，"学堂那边嘛，就先叫庚新来创创……"

"那敢是好，"打心里高兴地抢着说，"大哥那么精明能干的——"

"恐怕整个盖房子的事，也都得交他一手办。"

"那他顶在行了；这片油坊，多操心劳神哪，大哥都挺下来了。"

"那就好。"老人很乐的样子。大半老年人都是这么乐意人家把他们儿孙看得比谁都强。

"当然，不用说，请来的姊妹也罢，庚新也罢，都得仗你多照顾，不晓得要给你添多少难处。"

"爷爷你乘早别说这话，那不是我应该应分的么？再说……"

"我就是想替你跟庚新做做媒，庚新这孩子，这两年也有不少家邦亲邻来给撮合，帮他续弦。说也是的，小两口恩情深，庚新忍不下心再娶填房，也是人情之常。可又说了，年纪轻轻的，一辈子的事，往后还长远着……"

老人慢言慢语地说着，就像手里的蒲扇，缓缓地扇着，扇出文文的小风，并不图什么凉快地扇抚着他那一大把雪白的大胡子，和那一身雪白的麻布短打儿。

觉得文文的小风拂过来，也听着老人的款款细语，可是有多远哪，渐渐觉不出这些个了，远去了，被涌乱的思绪淹去了本就不甚觉出的文文的小风，也淹去了没办法教她专心听下去的慢言细语。

庚新——家里伙计、邻居，都比着喊大先生地喊他小大先生。往天住在老油坊那边，那一家人都是不大守旧礼的；公公和媳妇，大伯子和弟媳妇，都是说说笑笑不拘点儿形迹。听小妯娌们讲，初到他们家，都不大惯；一般人家避都避不及的，更不要说同一张桌子上吃饭，有说有笑地替媳妇、弟媳妇夹菜什么的。住久了才惯了，跟小大先生也是无话不说。红马埠那几年，不去说它。后来到这边帮忙盖油坊，跟八福他爹日夜伴在一道，筹算这个，琢磨那个，自己也是差不多都跟他哥儿俩厮守一起，这也不去说了。就是再后来帮办八福他爷的丧事，也都从没避讳什么，一点点儿也不曾寻思到一个是孤男，一个是寡女；总是一个门里的亲人一样，不管什么名分罢，兄妹也成，大伯子跟弟媳妇也成，哪怕辈分上有个高低，也还是一样，没有什么好去计较、好去用心的；就只是压根儿没想过要做什么夫妻。

一时不知道要怎么处。原是心里挺有底子的，只要老人一提这事，就不用说二句话，一口便把它回绝；老人就会容让她，完完全全随她的意。自个儿也用不着稍存一丝儿顾忌或是别的什么。

这就不是一口回绝得了的事，尽管想也不曾想到要应允还是要怎样。人是木木的，一时调理不清这是怎么一回子事，可不是该怎么办的事。

又好像有过一个时节，老梦见耍着七宝莲花，满天都是溜溜打转的大瓷盘子，弓着腰，头仰到脚跟，听着皮二大爷一旁助势的吆呼："小嫚儿三岁练起的软功，不容易您啦，七宝莲花，七宝莲座，老爷子老太太修福修寿修禄修财……"那么耍着耍着，忽地发觉全身上下一丝不挂，什么遮掩也没有，满天的大瓷盘子溜溜打转，放下哪一盏也不行，腰也翻不回来，一心的急呀臊呀，不到惊醒过来，就得白白那么急死人、臊死人地等着，等着……

冒冒不料的事，也已东碰西碰的不止一遭。就说大房村那次什么哨官老爷给她说亲，还在做闺女呢，也没这么样着急害臊。

车篷顶上还剩下一些黄浑浑的残阳，是到大房村第二天傍晚。

两辆辘车并排紧靠一起。相连的车篷，该是双连的城门洞——叫化子拖着打狗棒子跟来往行人叫化的地方。野地上搭起芦席拱篷，地上是烟黑的地灶洞。总是这两座冬天冻得死人，伏天闷得死人的双连城门洞。

车篷里灰污污的什么也没有；几床灰污污的被物，芦席也是灰污污的，芦席篷子里外，各蒙上一层灰污污的老油布。闻是闻惯了，又咸又腥的油咯臭。闻得够腻的了，老油壶的气味，吊在车后装着膏车轴油的水牛角，都是一类的气道，驮着一背沉沉的困倦爬进闻惯了又闻腻了的油咯气道里。这样又是一天了。

又是一天了！年纪轻轻的就这么叹气，想也想得出是个什么心绪。车篷顶上的老油布，有一窝窝风雨蚀啮的蜂窝洞洞。沐在残阳里，便是一窝窝黄星星透进来。除了这点金花银花闪烁闪烁的，灰污污的车篷里再也生不出一点儿生气。

这样的车篷子里，还算有个哗哗转个不停的小风车，转亮了飘飘忽忽一团子桃红。

摘下车篷上挂着的褪色黑皮袄子，厚厚硬硬抱了一怀。袄子厚得铁重铁重的，一只袖子扶起来，直硬硬不打弯儿。

车篷子矮像河堤底下的涵洞，像她那样个条儿，一不留神，抿在额角的刘海儿，连着角拢子，便被车篷刮下来。刘海儿垂到眼角身上，挠得人痒酥酥的，脑子也似乎跟着不清爽。有时就由着它垂在那儿，甩甩耷耷的，赌气的时候，常用这个去呕人，心里有豁出去的撒了泼那么舒坦，啥都不在乎了。

大袄摔给傻长春儿。

"送给爹披上去。"

挨砍挨攮的小把戏，黄刮刮的瘦脸儿上，洋红水永都洗不净。家常用的食刀那个样式的砍刀，两面各贴着画了符的两根黄裱纸条儿，刀子照准了后脖儿颈一刀砍进去，下刀足有三指深的样子，滴答着鲜红鲜红的血，看把戏的不知就里，胆小些的居然别过脸去，捂着脸再从手指缝里偷看。

"人命关天哪！人命关天哪！"那样的当口，就该轮到皮二大爷那个宝贝耍了，跺足捶胸的，要命地大喊大叫着，"各位爷台，有钱帮个钱场，没钱帮个人场，那位二哥你可老腿站稳，你跑个什么劲儿你跑？你再跑，你再跑……"赤膊拍得吧啦吧啦响，人以为下面就要骂出脏话来。"二哥哎，你再跑跑看，你再跑，咱也跟你跑了。你可慢着点，等着咱。闹出人命了，不跑还愣等大秤来称？"大锣翻转来逗钱。要钱的节骨眼儿里，铜角子当啷当啷丢进锣肚子。钱逗得差不多了，乐子还有得耍；看看可怜的小子活不活得成罢。亏他那把年纪，捏得出教人发俊的哭腔："小子可不真完了！牙都硬了，耳朵都不动了，腔眼儿都臭了……"

傻长春儿一下巴斑斑点点的洋红迹子，愣瞧着车篷口儿上转个不住的小风车。还正是贪玩的年岁，抱着一怀比他个子还大的老皮袄，给小风车勾引了，往后倒退着走。什么刀挑金童！一脸刮瘦的金黄，打着金黄皱子。

皮二大爷还在指指戳戳跟爹争持。为那一堆银洋和金镏子，老哥儿俩一直在那儿顶嘴。

坐在车槛上，把眼眉上一绺刘海儿往回梳，嘴里狠狠咬住一支翠绿蜜蜡卡子。就知道那个宝蓝华丝葛贼头子不是好惹的。走到哪儿，都少不了碰上些好事的少豪。可碰到的，多半只耍耍油嘴，占占便宜，大不了得空儿手脚不老实一些罢了，不似这个贼头子专事用起心机来。大房村不是个村子，凤凰墩遍地的胭脂，古怪的地方也许命该要出点古怪事儿。银洋、金镏子，就像别个地方那些不务正业的少豪手里的花生、瓜子什么的，齐往她身上掷过来。

爹那个暴躁脾气，谁也拗不过，皮二大爷还不是白费唾沫在那儿瞎争持？明儿大清早，怕是非得开拔不可了。长远都是这样埋锅造饭，睡在城门洞里的日子。炊烟腾腾填满了帆布幔子里这一小片家院。明天这个时候，还是这两座城门洞，还是在这个小家院子里埋锅造饭，人也还是这些人，小家院子四周也还是四大捆死灰的帆布幔子扯起的一圈子围墙，就只是地是另一块地，地上不再是这么鲜红鲜红的胭脂。

从没对哪个地方留恋过。打不很记事儿那么小，就南北漂流，影影绰绰只记得有棵老招虫子的林檎树，踮着小板凳，够得到满树的林檎，从小青钮子吃到熟，好像一咬就是一口虫屎渣渣，里面探出玉色小肉虫，探头探脑的，昂头找什么。约莫那就是人家所说的什么老家了，可也说不准；要不，怎么记得林檎树，不记得亲爹亲娘了？就算那是老家罢，也没可留恋的。常时也有过，生意兴隆的地方，多盘上十天半个月；或是被风雪雨水阻住了。说什么也没有过这样子恋土起来。

来这个大房村，连今夜算上，也才不过停了一天两宿，真想挖一把红土当胭脂带了走。

说不上来什么道理，就有那样的情分拴住了脚，敢情就是常说的什么缘分。

歪在大烟灯底下，讲起那些个，就让他取笑："明明你就是迷上爷了，别拿裤子盖脸罢！"气得隔着中间的烟盘，够着手捶过去。"人家怕都怕死了，还迷上！"过后，避到福音堂，想起来才说真心话；多半是爹摔给她那样的脸子看，一呕气，发狠不如就跟了那个贼头子，马上马下跟着杀人放火去。

原是瞎发发狠罢了，可蜷在车篷子里，索性把自个儿当作唱本儿里那些个开黑店的贼婆娘，当真就编排了起来；男人不是别人，就是宝蓝华丝葛那个马贼头目，鸳鸯马奔起半天高的烟尘，偏就要疼着那张教人生惧的脸子。脸是又宽又霸道，又是满面枯黄的胡桩子，又是棱棱方方没有人色的那般铁青，偏就要把心整个都掏出来去疼他……

就呕的是那一口气，带着闯一场滔天大祸豁出去的狠心，居然疼惜起那片血红的胭脂地了。似乎一旦走开那里，就再也没有让人呕口气、发狠心胡来一场的去处。

多恼恨人的那一口怨气，是自家错吗？人家撒金撒银，干她什么过错？爹摔给她那样难看的脸色。遇上连朝雨雪的坏天，才是那样的脸色；把戏法儿停摆了，人蜷在车篷子里醒醒睡睡的。用扯掉的幔子拼搭的棚子底下，牲口拦在里头嚼豆秆子。狗熊那股子腥骚，就会越发刺鼻子的馊浆糊一样糊了满头满脸撕扯不去。可天是好天，生意是从没有过的好得吓人，挣来了白花花的，黄亮亮的，整捧整捧的现大洋和金戒指，倒是凭什么用那样难看的脸色摔给人看！

犯了错吗？"咱们卖艺不卖俏！"要说长得俏，从小就这样的，又没打扮，又没招摇。生就的一张俏脸，要能像猴三儿戴的鬼脸子那样，摘下来收拾到螺箱里，乐意摘下来就敞壳儿摘吧。

"他小子想拿金子银子把咱们砸倒，没门儿！"爹似乎一直那么跟皮二大爷顶来顶去，坐在一堆骡套上，猛抽他长管子老旱烟袋。"别的犹可，金子银子休想吓倒咱们姓佟的。"

不怪皮二大爷老说爹是生的江湖命，吃不得江湖饭。那么个爆竹性子，怨不得混上二十来年的江湖，还是混得吃了早上没晚上。

"吓不倒？兮！憋得倒也是一样……"听到那边车上杨老爹一个人自言自语地接腔，收拾着家什，丢来摔去的显得手头好重。"跟金子银子也有仇？兮！有仇就别愁日子越来越退板……"

听着那么抱怨，又有些替爹叫屈了。莲花姐过来叫她下去收拾吃饭，不知是装的还是真的不知道，看着她只管脸抵着车辕子，不动也不作声，问是不是身子不利落了，还是怎么的。"别闪着凉了。"莲花姐手试到额头盖上来，吃她搡开。

饭锅就在直对那边的地灶上，从油布帘子撩起一角里，灶火恍恍惚惚映进来。

"听话，妹子，爹在气头上，别去碰他。"

可见她莲花是装的了。装作没事就没事了吗？

"让爹说两句，也不是说不得的……"

"那他气谁？平白无故他气什么？"

"轻点儿声，好妹子。"

有什么好忌讳的？真要教爹听了去才煞恨。把身子缩紧了紧，又抱怨起自己干吗要搭腔来着；似乎能把身子缩紧些，缩得更紧一些，就能把说出去的废话再给收拾回来。

听见莲花姐娓娓嗦嗦地劝说。又怜她口齿那么笨，又恨她那么怕事儿。现成一大捆子理，随便抽一根儿就能把她堵得哑口无言。可要呕足了气，就不要理人；要理了人，气就算白呕了。听见收拾碗筷，心里跟自个儿说，这就快了，呕气就快呕出头。不定就能把老头子惹得个火暴三丈，跺一阵子脚骂过了还不够；再动鞭子——最好就能那样，也好狠狠恨一恨。要恨就要趁热，强似等到骑了鸳鸯马再回过头来呕人，等也等凉了。"那你打吧，横竖是你花钱买的，要杀要剐尽管来吧！"咬紧一口白牙，准能把爹气上个半死；就因着爹从没把她当作买来的嫚儿看待，才真的能气得死人。就是这一点不好，恨得起来吗？过了十二三岁，往后便没再尝过鞭子。

纵是把什么把戏耍失了手，哪怕是耍砸了，顶多也不过撺给她那种连朝阴雨的脸子看看。可有了错，该看脸子的；这一回不能硬派不是，人家冲着场子里扔金子银子，谁的错呀要看脸色！恨不得惹出两鞭子，狠狠地把所有恩情抽一个两断，谁也不要再欠谁的，上马就走，跟定了那个大瓢把子做他压寨夫人去。

爹果然过来了，听见爹清着嗓子一路走过来，趴到车槛上。不知道莲花学了话过去没有。等着那是什么样的一声罢。天是黑透了，可当车帘子掀起一角，还是有一丝儿什么亮光透进来。

"香嫚儿，香嫚儿！"

叫得很轻，第二声略重一些，还辨不十分清楚爹是怎样一个来意。挺硬又似乎有些回潮的被物，把大半个脸蒙住。有根辫子压在肩膀底下，脑袋给控住了，挺不舒服，又不甘心欠欠身子把辫子拽出来，免得发出声音，教爹以为她有回应。

"不小了，香嫚儿，该懂得好歹了。"好似闻得见苦苦的烟辣味儿从头顶上沁过来。谁才不懂得好歹！心里直想喊叫着顶撞过去。

"起来喝汤！"爹那一声似乎是吼出来的。

那是要胁人的一声，像是教她知道，若不乖乖起来吃饭，只好吃顿鞭子。

"长大了不是？就不能说你了？早着啦！"

可又很意外，口气又软下来："听话，香嫚儿，你是伶俐孩子。"

"来罢，香嫚儿，"皮二大爷插进嘴来，"还要你爹陪多少好话？"

要就是赔礼，要嘛就鞭一顿；要逼着没错认错，总别想！

可又该怎样呢？爹口气业已软下来，还有什么可拗的？看在皮二大爷面，不得不出点腔儿了罢："你都吃罢，我一点儿也不饿。"人是蒙在被窝子里，自家也觉着，声音闷嗡嗡的不大清楚。

"哪那个道理，吃了灵芝草啦？"皮二说，"原先，我也怪你爹胆儿小，担不得大财儿。可说来说去，还是你爹长二大爷一把年岁，阅历深，横财不发命穷人，待会儿把那堆现洋箍子送去黄董事的，听由人家本地户发落去……"

"别给小孩子说这些个！"

"老大，香嫚儿懂事儿多了，用不着瞒她。"皮二大爷说，"你爹总是为你好。当当响的金子银子白赏的吗？倒怪二大爷憨里糊痴的，见钱眼开，正乐着交上好运，还给你道喜来着……"

"老二！"爹像有整堆子的脾气等着发。

"你说，香嫚儿，不明不白的财，能受么？那可是交上霉运了……"

"谁起了贪财之心了不成？"他哥俩儿那么一说，好像她呕的是痛惜那点子金银了。要说交上霉运，除非人家要花大钱来买人，大不了就是那样。忽有一股子热突突眼泪涌上来，喉咙里直打结儿。那也说不上霉运不霉运的。心里一恼，话冲到嘴边上，差点儿没哭出来。"横竖早就交了霉运！"赶上那样人吃人的荒年，两吊铜子就买得个三岁小妞儿。如今谁出得两吊银洋，就由他买去！蚀不到本儿，还滚了大利，霉的谁家运呀？再霉运，也强似睡城门洞，弓腰弓到地，把身子上什么地方都挺给千只眼万只眼看个透亮儿。也强似专吃地灶埋锅煮的杂粮子面，马灯底下说书说得两腿叮满了蚊子疙瘩。遇上连阴天，也用不着囚在车篷子里头，囚得生出一身绿霉，还得看那样脸色。

爹索性坐到车槛上来，照着谈心的路道娓娓嗦嗦着。说是明儿一大早起就得上路，过南旱湖，又是七八十里没人烟，打尖儿都没处打，今儿晚上要撑上个十成饱，才抗得住辙……旱烟袋叭哒叭哒咂着。爹是个懒言语的人，不知道怎么絮絮叨叨就没完了，老娘们儿似的。可就只不提方才不该发那样大脾气的事。

"你先那边去抹把脸罢，老大，"皮二说，"嫚儿大了，脸也嫩了,你那个声气不行。来香嫚儿,二大爷给你逗个笑话,消痰化气,长命百岁。"

皮二大爷把爹支使开来,看似过不去今晚上这一场闲气,倒是不当怎么一回事儿就过去了,弄得她心软起来。鞭子吃不到,下车吃饭罢。跪起来整整衣,摸黑找皮坎肩。

"香嫚儿,这个——你收好。"

"什么?"

"手伸过来,给你个小买卖儿玩。"

以为二大爷还拿她当小小囝女哄着玩儿,跪着挪进去,伸一只手搁到车槛上等着,猜想着又不知打哪儿弄来啥小玩意。手让皮二大爷找到,塞一个硬硬的小东西到她手心里,把她手指头握拢了,恐它滑掉。

"收好,值钱的小买卖儿。"

皮二大爷低了声音说。手心里觉着是个小圈圈,小是小,倒是沉沉的挺压分量。

"镏子?"

"金镏子。"

"二大爷你……"忽觉得很害怕,甩又不敢甩掉。

"不作声,不作声。收好就行了。"

"你哪儿——"

"收好。"

"二大爷你怎买这个给我?"

不明白干么要装假问这么一问。

"买？把二大爷钩上秤，连皮带骨头卖掉也买不起！"皮二把她手推回来，"落个念头不为过。"

她是难住了。手颠了颠，试试重。

"别磨菇了，下来罢。"

"二大爷，我不。"

"别傻，明儿一大早就上路了，他好追着来要？咱们也不是讹他抢他。不收下，反而外气了。"

不知不觉把戒指套到小拇指头上。太大了。换到中指上，还是松旷旷的。

"嗯——我不敢要，还是还人家的罢。"只知道这是值钱的东西，不知有多贵重得怕人。"万一给爹知道了——"

一点儿也不是假意让让；只觉得有什么好！贵重尽管贵重，了不起只有一个用处——自尽；哪里懂得一个镏子抵得上十来块银洋，就是懂得又当什么呢？

也难为了皮二大爷那么上心上意地疼惜她，交代她怎么用线一道道把镏子缠起来，多缠一些线，戴到手指上就不松旷旷的了，又不会在爹面前露了白。

皮二大爷的恩情还不止那么些。皮二大爷怎样也料不到那只戒指多有用。从那满满一毡帽头的银洋金镏子里，偷偷给她留下那么一只，只说作个念头，往后也好想着在大房村挺露过脸。皮二大爷才料不到一只戒指就帮她把那么一个糟蹋了多少黄花闺女的贼汉子给驯得像口骟马。

天黑透了，地灶底下抽出火棍子当灯火，照亮着腾腾的一锅黄菜炸汤炝锅绿豆面条。耍狗熊的长柄子黑铁勺，插进面锅里舀，一人一个黑釉子大碗，捧到一旁蹲着喝去。油帆布幔子围住的这么一个小小家院子里，起落着一片呼呼噜噜的，听起来倒是吃辣喝热，挺像那么回事，一个个很响地擤着鼻子。

天上稀稀朗朗几颗星斗，幔子外头空场子上，贪玩的孩子还在追打，叫喊，不肯回家。间或爆响一声两声年下遗漏的爆竹。

还没有过在哪儿耍一天把戏就走了的，皮二大爷也说他没有经历过。

有一团红红的光晕，照进这个小家院子里来。就在幔子口那边，现出一只红灯笼。

"这么晚，佟老板，这才用饭？"

褪色的红灯笼，一歪一晃摇进幔子里来，照出红灯笼后面一只不稳当的瘸腿，和另一个穿长袍子的家伙。

"我当是谁，"爹在晃晃的灯笼亮光里站起来，"怎样，趁热来一碗儿罢。"

"偏过了。你请坐着了大老板。我给你引荐一下，这位是钱大爷，咱们这一方的团练哨官——"

"得了，得了，当年勇，不提。"穿长袍的说。给让到一张麻栅子上坐下。

就那么顺眼瞥了一下，也没留意那两个来人跑来做什么。或许要班子留下两天，以前也有过这种事。管它呢！饭碗一放下，又摸黑回到车里。

心也软了，怨气也消了，肚子也勉强撑饱了，还有什么呢？等着天一亮就起程。心里可平静不下来，多半是小荷包里的金镏子，把人弄得心上挂着什么沉沉的家伙。听见爹跟小地保嗡嗡不清讲着话。车后头，一马两骡喀嘣喀嘣嚼着豆杆子，像谁躲在那儿也不嫌牙累地嗑着铁蚕豆。戒指又打系在兜肚绊带上的小荷包里取出来，套在指头上磨着转，不哪那么些杂杂乱乱的心事，都凑到一时来。把镏子含到嘴里，怎么想，怎么不像刀刃抵到喉咙上那样森人。死，到底在哪儿？死有多远多近呢？

……

"去他娘！"忽地爹在那边吼起来，倒了一面墙那么吓人的动静。

"佟老板，佟老板……"

"佟老板，有话好说……"

那两个齐声嘈嘈的，想把爹火爆脾气按下去。

"他别把咱们这一堆混穷把式的看扁！随手摔两个臭钱

就砸倒了人！告诉他，那算他没长眼睛……"

"得了，得了，犯不着生这么大的气。你怎么说，咱们就怎么给唐小爷回话。"

一时闹闹嚷嚷不知出了什么事。

"是啊，反正明儿就开腿，一了百了。"皮二说。

皮二大爷是打场子吆喝惯了的，大嗓门儿把什么闹嚷都压得下去。

爬起半个身子，挑开一角车帘子看出去。

暗郁郁的红灯笼底下，影影绰绰一窝红人儿。怎会是那种色气呢？遮不住都倒到地上红土窝儿里打过滚儿。

莲花姐就站在车旁，傻长春儿回过脸来，仰着脸跟莲花姐说什么——或许问什么。傻长春儿戴着灯草绒火车帽，像顶着一只抱窝老母鸡，翅膀耷拉到两边耳朵上。那是一对老害冻疮的烂耳朵。

"姐，吵啥？"估着八成还是白天那桩事，不过不曾听出什么端倪。

人声遮住了，莲花姐没听到。爹还在气唬唬喳呼，经人劝说着，不时骂出一两声。"天不亮咱们就拿腿，你们大房村也太欺负混穷的了……"

"怎那么说！"似乎是穿长袍的家伙，口气很硬，"你这话太重了，不是在外边混事儿的口里说出来的。而况他唐小爷也不是咱们大房村的人……"

听见那样口口声声唐小爷不唐小爷的，心里似明白，又不明白。这才趁着叫嚷中一阵儿间歇，又问了一声莲花姐。

"好啊，你还在这儿没事儿人似的，"莲花靠近来，指头点到她鼻子上，"你的大事！"那是噌人的口气。

心上又掠过似明白又似胡涂的恍恍惚惚。

"我有什么大事？"

"还装迷糊。"

"真的，到底怎么回事儿？"

"让二大爷说中啦，头顶点蜡烛——红运高照。人家是封大礼，托大媒，给你说亲来了。亏你还沉得住气儿，躲在里头装死。"

"别胡说了。"

胡乱搪过去，护住腮帮儿，躲开莲花伸过来羞人的指头，心口里空空的，心滑落到不知什么去处，人滑回车篷里。

方枕老得不知年岁，早就不是方的了。脸埋在枕上，油烘烘的枕套子，就和老油布车篷差不多一个腻猥人的气道。方枕里嚓嚓嗦嗦的碎麦穰子，就该是嚓嚓嗦嗦说个不休的私房话，脑袋枕上去，就别想耳根子清净。

莲花姐的大辫子垂到她脸上来。也和方枕一样腻猥人的气道；脑油杂着双妹生发油，遇上阴雨天，还再加上回潮的咸鱼腥。

"也别说，唐伯虎单就点上你这个秋香了，不定是三生三世个缘分……"

　　莲花姐絮叨着，贴着她耳根子絮叨；真宁愿两只耳朵都能埋进嗦嗦嚓嚓的碎麦穰子里，埋得更深些。

　　敢情他是姓唐了。瘌地保和他领来的那个什么钱大爷，也是满口唐小爷不唐小爷。可是实打实问起自个儿，怎见得求亲的便是唐小爷？怎见得唐小爷便是差使那些人往场子里撒金撒银的冤种？怎见得撒金撒银的便是那个宝蓝华丝葛家伙？又怎见得那个家伙就是马贼头子？旱湖里吓唬他们一场的那些小伙子又怎见得就是小贼羔子？怎见得不是地方上那些团练的练崽子？经这么把自个儿一路盘问到底，才觉得一路都是无凭无据瞎猜想，影子都沾不上的，就像做梦一样，由着自个儿瞎诌瞎谑地乱编排。

　　"别管成不成啦，妹子，"莲花还是在耳根子底下絮叨着，"好歹总是大媒大礼的——"

　　"姐，也值得你兴头！咱们耍把戏的，饶是有人要——除非生疯了。爹……靠谁养老？"差一点就说成"爹肯放我！"

　　"爹是怕你错了人家，又还年小。其实，有钱主儿谁肯要咱们这一号的？"

　　"是说嘛；穷嫌富不要的。"

　　"可不！"莲花说，"终归还不是买去做小？说的倒好，正房，真是哄鬼也不挑好日子。"

　　跟着莲花姐冷笑了笑，自己也弄不清心里倒是什么鬼主意。——说得倒好，正房！心里跟自家念着，把金镏子偷偷藏回荷包。不管唐小爷是谁罢，好逗胃口的姓，又黏又圆的黏高粱做的汤圆，一咬一口烫舌头的砂糖浆。——别痴心妄想睁着眼做梦罢，再压两年，傻长春儿就不是按在凳子上杀一刀攮一刀的小小子；那时爹少不得又花上三吊两吊的，买个又瘦又脏跟着爹娘逃荒的小小子，那才是买来点她秋香的唐伯虎。三笑姻缘的小戏，唱到了那个地步，除掉丧气认命，没有什么戏文好唱了。

尽管莲花姐絮叨不完那么多混账话，又拿指头刮她羞；尽管说媒不说媒的，又冒失又活真活现地抵到眼眉上来；所有那些个，都没有教她像此刻金长老给她做媒这样又害臊又心慌。不知是心上恍恍惚惚先有了点苗模，事情来得再冒失，也有个挡头；还是做个小闺女家，只把成亲看作一场穿红戴绿的热闹，还不懂得炕上炕下那些个事；又或许心里有数，料定了事情只是一阵风，一朵云，风吹了，云散了，人一离开大房村，二天霜夜里又不知搭在哪块地上做家院子；又或许只当三笑姻缘说书本子，慢慢儿说给自家听，说到书也说黄了，也卷了角儿，愈说愈像别人家的旧讲儿。

那夜硬是黑里睁着眼睛到天亮，听过福音堂的铁门噜噜噜噜响，猜不出到底是哪儿传来的什么怪声。睁着眼睛梦见宝蓝华丝葛装作没爷没娘逃荒的苦孩子，脖子上插一根十字草棒儿，自卖自给了他们佟家走马卖解的把戏班子，单只为有朝一日点她这个秋香。尽是那些个瞎诌瞎谝的梦，梦得人睡不着觉。真是梦得无法无天，黑里，躲在自家心里，什么都不怕，还怕什么臊！

可眼前是大明大亮的大太阳，葫芦凉棚底下一排鸟笼，笼子里靛颏儿、粉眼儿、画眉，噪噪叫着等着上食。不是黑里壮着胆子做梦；这样的大白天，心事一点儿也藏不住似乎都跑到了脸上来；有老人那一对深兜兜的亮眼睛，对面对地盯到脸上来，能出像大太阳一样地炙在脸上，没有什么可遮凉。动几动身子想借个名目，到凉棚底下，给小鸟添食去，又不知是什么道理，碍着什么似的离不得傍着门的骨牌凳子。

"不慌，这事情。"许久许久，老人重又说起。"你多衡量衡量。庚新这孩子为人，我说了没用，你是看得透亮——"

"爷爷，不兴那样。"

"你自己作主。要说兴不兴，大伙儿祈雨，你怎么就不兴来着？嗯？不要单看人的意思，总要仰望上帝的意思。重生去了以后，你就把整个担子挑了起来。听大房他们说，治家理事的本事，你不输给男子汉；今天我来了，随便看两眼，就知道你是很行。靠着一个半边人，能把门户顶下来，退板一点儿的男人家，也未必就撑得住。这跟给你做媒，是两档子事；别想着什么：怎么啦，老油坊那边不放心我撑得住？怕我把这片恒产给弄砸了？全不是这么回事儿。将后来，你俩的亲事就是成了，油坊这边，也不要庚新插手；就让他专心一意把学堂办好，别分了他心，你说可是？……"

她只默默听着。

席纹铺地砖上，有一小撮一小撮水烟袋吹落的烟灰。重生和庚新他哥俩儿形影，不时在她眼前交替着隐了又现。

要说兴什么，不兴什么，老油坊那一家人，慢说不大管世俗旧礼，就是堂里好些规矩，也是不大理会的。金长老到东到西地传了半辈子道，水烟袋总是不离身。"又不是在理儿，做样子给人看！"老人拿过他自己做比方：从前在理儿的时候，烟酒不沾，却是穷赌，最后一条大褂晾在院子里，也被讨赌账的收了去。

在理儿不能使一个人得救。县里那些个牧师长老的，似乎都拿他们金家没办法；八福他爷起死回生的那桩事连那些洋人也不得不恭敬金长老。堂里的人为金长老在洋教士面前争风吃醋。那边大叔也是个头难剃的绝户头，顿饭都要两盅烧刀子。"禁什么酒？耶稣不是用水变酒请过客？"就那样把堂里传话来的一个执事顶了回去。"一个个教棍子！"那个执事八成也听到了。后来堂里又正式要大叔去守安息日，非要他礼拜天停碾停榨不可。大叔也没理会那个碴儿。"问问哪个教友礼拜天是白水煮白菜的？净学法利赛人挑小疵儿。"像那么一家人，要说是坏人家，实在罪过；但偏又老造闲话给人拿去嚼咕。八福他爷的丧事，寨子里没一个人不说闲话，都说老油坊一手包办的丧事，拿八福他爷只当个死了的伙计那么草草了事。那一段日子，自个儿是个没魂儿的人，敢情金家说怎么办，她就怎么好，管不得殓葬办得怎么厚，怎么薄。可是过了事儿，人渐渐清醒，听到寨子里那么多张嘴替她不平，就想到老奶奶的丧事，自个儿也是亲眼见了的，过了六十高寿，又是子孙满堂的老太太，那片家业，当真还是铺张不起的？要教寨子里他们看在眼里，又好说那家人多刻薄呀，把个福寿双全的老太太当个老妈子殡葬了。

这都教她没的可说。不是谁个错，谁个有理儿，就只是死心眼儿仰靠了他们金家一家人。

可放在眼眉前这桩犯了天条的大事，可就教人退着脚步不敢上前了。烈女不嫁二夫，敢情又是老礼数不成？这要是给寨子里知道了去，不把寨子折腾得翻过来？

心可真像没了底儿地托着，空荡荡吊悬着。仰靠罢，面前就是什么都可仰靠的这么一位老长辈，想在那张教白花花大胡子兜着的脸上找到教人安心的什么。

那双不老的亮眼睛，那张不比八福大多少岁的红嫩的脸孔，白头发碴子还那么浓，真教人信得过这位老长辈就能看着她一辈子；以前是看着她抱住男人打架一样进了福音堂铁栅栏门。看着她那时还没有发足个子，后来又长高了许多。看着他两口子受洗，而后住到红马埠去，生了八福。看着她一房三口搬到龚家寨子来，扶起这片产业，又看着她丢了男人，孤单单一个人操持这个破家，把它硬顶了下来。那往后呢？看着她成了金家的人？做了长孙媳妇，看着她一手把油坊做大了？帮忙把学堂办起来？福音堂安上铁栅栏门？看着她熬到做婆婆，做奶奶，又做老太太？见到四代人、五代人？……

说来真是一大堆子梦话，疯话。

可当作亲爷爷的这个老长辈，确确使她信得过他老人家就能看着她今生今世整整一辈子。不用老人跟她说什么，还是再给她什么真凭实据，那都无关重用。不老的亮眼睛，脸孔那么红嫩，那就是仰靠；长远，长远，没有限期的信得过。尽管听着老爷爷说什么油坊还是唐家的。八福还是自管姓他的唐。又说重生尸骨未寒，她要是于心不忍，等出了孝再说也不迟，只是让她心里有个底子，听由她自己作主，自自然然，不要勉强。所有这些个为她想得周到的种种打算，她是想都不要去想了；这些个，都留难不住她。就只一点，怎么能一个女人伺候两个男人？

"爷爷，我有话，不知该不该说……"

"哪——有那个道理！"老人收紧了下巴，不知有多疼爱地责备起人来，"有什么难处，尽管说出来。要是有什么不便，再叫你大婶，或是她们小妯娌来住两天——"

"倒不是那个……"

可又是哪个呢？一时也不知怎么开口的好。"二墩子！"

站到门前石台上喊了一声，等着回应。挨过了一会儿是一会儿。"瞧那两位老人家，跟八福也差不多少，一去就像断线风筝一样……"口里这么念着，心里倒真有点儿想着那两老一少应该回来了，也算打打岔儿。反正日子还长远着，好好儿想想，再好好儿从商。老实说，心里是有些乱马刀枪的，一时调理不清爽。

碾房敞门里，二墩子好像不很相信耳朵，迟迟疑疑走出来。"喊我，小娘？"

"行了。"看着二墩子手里的空扒斗，还是多问了一声，"碾上豆钱儿添满了？"

"刚添满。"

"甑子里哪？"

"我这就换。"二墩子似乎从没这么响脆过。

也许难得碾房和榨房这么空着没人，让他独自一管俩儿，没让女当家的吩咐就把事儿做了，人是显得挺管用，应对也响亮利落起来。

"还有啥事儿，小娘？"

"我看，你把甑子添满豆钱，多蒸一会儿也不打紧，还是去把林师傅他们给叫回来——总不能说，就在那边当日子过。"

"是了；这就去。"

瞧着二墩子回身过去，走进黑深的碾房里。心是记挂着金长老还在等她下文。

"爷爷你要不要棚子底下凉快点儿？我给你搬张椅子。"

"我看你是怕热。"

"也不怎么。"金长老站到门口，皱着眉毛瞧头顶上天色。"穿堂那边倒也有点儿风。"她说。八下儿找着不疼不痒的话来打岔儿。

"八福长得不矮了罢？"

"整天看着，也不觉得。就是只见衣服短了，小了。鞋也是赶不上给他做。"

"正贪长的时候。"

"嗳。"答着，又觉得这样冷冷清清的闲话，很对不起老人家。

"你去那边照应照应罢。我一个人转转看看。"

"也没事。"窘窘地咬着牙齿，不知该怎么好。

分明老人家体恤人，不再钉着她，教她受窘。那就索性避过去了。可觉着欠了什么似的，心里老是不安。

"其实，大哥早该再接个嫂子了。"好像专为了对得起老人家，才不得不壮着胆子说说。偷偷瞟了一眼金长老，牙齿咬得很紧。"前房又没撇下一男半女的，不愁找不到合适的人。"

"这事倒是庚新提起的。"

"那旮旯子——三四年前，就有不少人给大哥提过亲，又都是好人家的闺女。"

"孩子觉得合适就行。闺女不闺女的，庚新这孩子倒不着意。"

原以为是老一辈顾念她成了半边人，少了仰靠，才出出这样的主意；想得到的，要是出于长辈的意思，多少有些委屈了小大先生。那些大户人家的黄花闺女，他都没中意，还用得着说别的么？可就万没想到，他倒看中了她这么一个……

那工夫，也是万没想到，那么一个不知糟蹋了多少良家妇女的大瓢把子，倒居然看中她这么一个跑马卖解的小闺女。

不光是她什么都不知不懂，万没想到给他看上了眼。就是他那些个徒儿徒孙，那些个窝家，没有谁不是万没想到这辈子压根儿都不曾想要成家的铁脸，居然中了邪一样地对她百依百顺，教她给降住。

"缘分呐，"李三大娘是挂在嘴上说，别人可都是避着她议论。也听过教人咽不下的混账话。疼惜她的人，就说那是缘分，是她有福分。"唉，啥都不用说了秋香姐，但望你富富泰泰这么福相，就有这么大的福分，压得住他小爷，教他少作多少孽……"李三大娘在她面前絮絮叨叨不知重过多少遍。"往后啊，正归正的，好生把他这个魔王伺候周到，少让他糟蹋些个人家正经妞儿，你小娘就胜造七级浮屠了，老大娘这些话可是打心眼儿顶里边说出来的。"

什么缘分福分哟，那个人哪管什么缘分福分。

"就是冲着你那一手拔头拔尖儿的骑家，爷才要了你。"

教人信吗？什么骑家！别把人家下巴颏笑掉。单只为她骑马骑得神，才看上她么？

其实就是说出那样的话，也还是头一回；就是后来无话不谈，也终归说不出到底看中了她什么。

人家说，歪在大烟炕上说的话，压根儿十句没一句可靠。尽管他也不是个大烟鬼子，又不必哄她什么，总是趁热听听罢，可信可不信，都还怎么不了人。

那是那个人玩了二十年的枪，头一回走火伤了自家的腿，弄得歪在炕上，养伤养了上一个月，真怕他把大烟抽上了瘾。

拖着腿伤回羊角沟，那天是二月二，可记得清楚。正月二十四的好日子，让他折腾了大半月，正月二十五，人就不打一声招呼走了。一去就是七八天。要不是不两天就叫人捎些个绫罗缎匹回来，再不就是首饰、胭脂粉的；要不是那样，真当是不要她这个人了。

手捂着脸，手心里觉得出两腮有些烫。老人打着哨子，逗那只蹲在三面蒙着黑罩布笼子里的画眉。"爷爷你坐一下，我到后园子给你摘个瓜来解解暑。"

"刚喝了一肚子水。"

"不忙，先摘了，打井水上来冰冰。"

头也没敢回地绕过堂屋东山墙，往后面菜园子里去。

起先那两天，真怕那个人不定什么时候回来。一阵子马蹄声，就能教人觉得脸都吓变了色。真信了那个人不知糟蹋过多少人家的妞儿；哪还用得着把人家劈成两半儿呀。可刚觉得身子有些复元了，心里倒又偷偷惦记起那个人来，人真是讨贱的胚子。

　　不过那七八天里，倒是跟李三大娘学做不少的针线茶饭活儿。"手头巧，又肯下心，什么瞒得住咱们这位新娘子呀。"老嬷嬷逢人就咂着嘴夸个不住，弄得她又脸红，又下劲儿逞能。总是太年轻，太嫩了罢，禁不住大香火的小庙菩萨。

　　二月二那天，一清早帮忙掌磨，只当是起个绝早，李三大爷倒打外边背着沉沉的粪箕回来了。

　　"嘿，小娘，真行！"

　　"啥都不懂啦，三大爷。"让那么大年纪的人喊小娘，真觉得造罪。好像要喊人家一声三太爷才折得过来。

　　"二月二，龙抬头。我说小娘，你可瞧过座囤子啊！"老人家放下粪箕，打西屋里拉出一柄挺新木锨出来。

　　"怎么个座囤子啊？教我罢，三大爷？"

　　忙着就想跟出去，手里大黑勺子一时不知往哪儿放。说话工夫，业已误了两圈磨，赶紧舀起大半勺的粮食补进磨眼儿里去。那么抢着点磨，差点儿就被黑草驴踩了一蹄子，绣花鞋溅上好些泥星儿。

　　这可不能撂下活儿就走。李三老头走进灶房去。烟从熏黑的小窗口儿里整束的丝线那样，拉不断的缕缕缕缕飘出来。

听见老人家跟老伴嘀咕什么。老嬷嬷走灶房里出来，一手的水，就着蓝大布围裙擦着。

"我来罢，小娘，帮他爷去座两个囤子去，借你新娘子好手气。"

"不成，镈子不是没人啦？"

"他嫂子在了。"李三大娘接过黑勺，嘱咐她说，"先到西屋抓把小麦伍的。借你新娘子新手，讨个吉祥。"

老嬷嬷破例没用一句客让话，就派了活儿给她，反而教她觉着忽而近了一层，心里挺消受。

西屋里黑沉沉的，长远是那种霉腥味儿。左一座粮食囤，右一座粮食囤，都好大圆桌那么粗。顶矮的一座也比人高半个头。脚踩在囤底的柳条栲栳边子上，手攀住囤顶爬上去，候了老半晌，才让眼睛回过亮儿来，看清楚一个个囤子里囤的是些什么粮食。

东天微微有些瓜瓢红。早雾还滞在不远林子里。左右人家门前麦场上，都有人拖着木锨在那儿打转转。分明不是做什么活儿，怨不得李三大娘不跟她客让了。

李三大爷也正弓着腰，手握住长长的木锨柄子，人是就地不动地转着。新木锨的木色有风鸡肉那么新鲜，锨头上是一小堆灶底清出来的青灰，老人家那样地转着身子，锨头跟着转，青灰便顺着锨口匀匀地洒下。这样转上一圈，青灰便洒出老大一个圆圈。

一个、两个、三个……数一数，偌大的麦场上都已画了五个圆圈，一个挨着一个占去大半个麦场。

想起皮二大爷打场子，用锣槌柄子土地上画线，弯下腰去，飞快往后退着跑着画，口里还逗乐子唱着："沾咱这个边儿，烂你那个眼圈儿，沾咱这个痕儿，烂你那么肚脐儿……"皮二大爷那样地画场子，敢情画不成这么圆。

"我说什么座囤子，就这么啦，三大爷？"

"你那跟前就是小麦囤子，劳你新手，西屋里抓点小麦来撒撒。"李三大爷说着的工夫，又画出一个大圆圈，跨出来，左右看看位置，又弓下腰去动手画另一个囤子。

"这可够啊？"

亮亮掌心里托着的一把麦粒儿，老人家回过脸来看。

那张猪肝紫的长脸上，好似天上有红红的早霞照上去。"嘿，小娘，你真没让我那口子说错，真够利落！"

"那我就撒啦？"这不就跟玩儿的一样？"是不是就主今年收成好？"

"哎，五谷丰收，满仓满囤好收成。"

"那——人家不定都有新娘子啊？"老人家跟着她看看左邻右舍那些个场上。

"新娘新粮嘛。没新媳妇，童男童女也一样。"

"还撒吗？那些个囤子？"她扑扑手，等着。

"你就见样儿抓来撒，棒子米儿、高粱、黄豆、绿豆、芝麻……"

"还有大麦、小米……嗯——花生、红豆、豇豆……"

老人家似乎惹起兴头来了，乐得眯着眼睛："咱们就这么来；我座十五个囤子，看你小娘搜不搜得出十五样陈粮，不准重样儿。"

"着啊。"这一下也把她兴头撩起来；一趟趟进去，一趟趟出来。脑后绾一个结结实实的大髻儿，照理该是一步一个稳重的小媳妇儿。可是乐得忘形，蹦蹦跳跳乐得像个八九岁小小妞儿。

撒了十三个囤子，撒的是叫作"雁来枯"的大青豆，想着还有地瓜、番瓜、胡萝卜，一样也算得上粮食……一只贼亮大公鸡，正一步一步试着过来拾粮食吃。红得冒血的冠子，颤晃晃的，不知道自觉着有多气势儿。

跺着脚去赶鸡，"嗷——嗞！"没怎么留神地一扫眼，瞥见早雾没退尽的那边林子里，远远一伙儿又是人又是牲口奔过来。

就那一刻儿工夫，说不出心口是个什么样滋味，陡地一沉。酸酸的、甜甜的、火火的……"是他！"愣愣望着跟自个儿说。没看清都是些何人，不明白凭什么就认定是他那一伙儿。

一伙儿五六个，绕过瓜果园子，看得十分清楚，那个魔王却不是策马领在头里，隐了现了的夹在那一伙儿里头。可一眼就认出了他，紧紧不转眼睛地盯住，似乎生怕眨一下眼，那人就变成另外一个谁。

李三大爷拖着木铫迎上去，自个儿也不自知地缓缓跟着，手里还攥住没有撒完的几颗花生米大那么油绿的雁来枯。

"爷当你早跑了。"见面就赏她这一句。

下半个脸埋在青黄的胡桩子里，不知道牙齿怎么那样的白法儿。

避开眼去，瞧着黑亮肥厚的马胸脯。

心里匆匆忙忙一阵子乱。弄不清楚是得意自个儿只因什么都不在乎，才没有跑掉；还是羞惭压根儿没打过逃走的念头，多没志气呀就恋着这儿了！

"小爷留神哪！……"

几个人先后抢下了马，几张嘴嘈嘈嚷着。

"慢点慢点，当心小爷腿。"

"小爷你就靠着我……抄子哥你还是搂住牲口啊。"

连忙贴到跟前，只见他不大顺遂地试着怎么下马。有一条腿直直的，是条右腿。好几只手伸上去接。一阵子吓得她脊梁上直出冷汗。那张阴森森的胡子脸，越发没有血色。"都给我闪开！"嘴还是那么硬，不让人沾到他。这才靠着两只胳臂撑住身子，把僵硬的右腿像根柱子似的打马屁股后面骗过来。

"这可怎么啦，这是？我说小爷？"李三大爷丢下木钺，等不迭问。

结果还是好几只手撮着架着，没让那条坏腿碰到地上。

不管怎么逞强，脸还是苦了一苦。

"没事儿，老三！"圈在青黄胡桩子里的牙齿，显得出奇的晶亮。"小意思，教飞子儿给叮了一口。"

"怎么，走火啦？"

李三大爷到底还是个庄稼人，挺有份牛劲儿，把他给扶住，拉一只胳臂勾到肩膀上架着。

她是不由人地贴近去，张开双臂迎着，但又不知道怎么插上手。

一带眼之间，发现大伙儿都用皱紧的眼睛眉毛看她，好似不认识她是谁。

连他那个人，也是那样子眼神。

许久许久之后，等熟习了有家有道的人家那些个规矩，才懂得纵是老得爬不动的老夫老妻，也不兴当着人前碰碰手，或是两下里对着看看；哪怕是一点点体贴，也不兴守着人露出来。像李三大娘那个老嬷嬷，伏天里么光着上身摇里摇外的，赶牲口打场，扬场，活脱脱就是一只大马猴；簸箕簸起粮食来，两只只剩了空皮的皱奶囊子，扇合扇合的；人要是倒起榾来，就有那样丧气的长眼皮。尽管老脸皮厚到那个地步，老两口守着人前也不兴搭搭话，可她居然挤紧到那个人胳肢底下，肩住他半个身子，跟李三大爷一边一个人把人架回家门里去。

村子上，一时拥来不少人。不知道怎会那么快法儿，打着大锣吆呼，也吆呼不来那么齐全。"死光了？还是都聋了？"每逢锣鼓家伙捶打了老半天，上人上得不盛，皮二大爷就嗡嗡哝哝地咒人。

尽管那个魔王"没事儿，小意思……"猛逞强，到底还是一步挪不多大，挪着挨过场上那一圈圈青灰囤子。

老嬷嬷和在灶房里烙煎饼的大媳妇也都是那样惊怪的眼神，看着她扛在他那个人怀里。

到灶房里拎镶子上开水，大媳妇也是给她讲不清楚；飞子儿，走火儿，到底要不要命呀？就像烙煎饼小木耙子上黏的麦糊子，黏黏糊糊的，心上得不到底儿。

人给安放在东间新房大炕上。新房里到处红剪纸，还都新得好像刚贴上的样子。

枪是夹在两个膊膝盖儿当间走的火儿。玩了上二十年的枪，"就这么支'旁开门儿'玩得顺手，从没差错。丢人丢人！"打着炕边儿这么叫喊。

玩过的那些个枪支，可还都牢牢钉在东间房里东山墙上。打又笨又重的俄造马连斜、德造僧帽儿套筒子，到撅把子、顶小的小五虎，不下十条枪，统都去掉了撞针，钉在东山墙上，拿来当作"十条诫"地警醒着；一扬脸，一带眼儿，十条罪状喀喀嚓嚓地数说着人。心眼儿底下只要往邪处动一动，就响起了那喀喀嚓嚓的数说。"这么着，我才真个儿活着了。"时常他是那样跟自己念祷着。

那支伤了他腿的旁开门儿，打掉九跑子老婆的金丝簧，都还在。如今不是他说的什么十条罪状了；人是去了，留下这些个抵换他那个人。也是日日夜夜陪着她，一扬脸，一带眼儿，他那个人就是钉在那样高高的十字架上，俯视着她。

就凭这些个，日日夜夜守在她眼前，敢往邪处动动念头，去嫁给金家小大先生、去随他金家的姓吗？

打东间房后面支起小半扇的窗棂子望进去，明处望暗处，什么也看不见。可看见看不见都是一样，那支走火儿伤了腿的旁开门儿二把盒子，钉在多高的位子，闭着眼都摸得到。

枪子儿打中了小腿肚子，没打穿，吸在小腿肚儿那团子肘筋里头。幸亏马庄有个挺有名气的外伤先生把子弹起了出来。单在马庄那边养伤就养了三天。

养伤的那段日子里，"爷给困死了！"一天当中不知要叹多少遍气。

一直那么日夜照顾着，陪着。他是觉得老长老长的日子，觉得把她给苦死，累死。就是那么个人嘛，两天不沾鞍子，眼珠子就上血。

当真只是苦吗？累吗？苦死了，累死了，可不也是恩爱死了！这一生想忘也忘不掉那一段苦、累、恩爱的好日子。

屋里探视的人还没有走干净，那个魔王就等不及地问她："新娘子，可知道爷干么那天天不亮就上马走了？"

真是不解事，傻得可以，真就认真地想了想。人一走干净，就剩他俩，心可有些慌。

谁知道他问那个是什么意思。只是那一脸的歹相，就教人知道不是什么好事。好眼熟的那副歹相，细想起来，恍惚那一天偷人家小风车时，冷不防发觉被他看到了，就是那样的一张脸。可又好似不全是。木木瞧着他歪在靠枕上，斜着怀，打咽喉那里，一路黑进斜襟里去的黑毛。人像走钢丝时闪了一脚那样，忙着扭过身子，背朝着他。

瞅着炕前焦炭炉子。锡茶壶才坐上去不多一会儿，壶底子有水珠儿滴到炭火儿上，秃、秃、秃地响着。炭火离得远着呢，可好似全都烤到脸上来。那一身吓死人的黑毛，拖拖延延一路上来，连上扎人的兜腮胡子。

腿伤才一收口，整夜没让人瞌瞌眼睛，他这才说："那天，爷能不走吗？你这个新娘子又没娘家好回门儿歇两天，只好爷让开。"

手捂在烫人的脸上。猜着，又是那副歹相罢。从手指缝儿里瞧出去，脸贴太近，反而瞧不清，只觉着烛火恍恍惚惚，人也恍恍惚惚，四处都是鸡叫，眼皮涩得好像进满了砂子。

"好爷，明儿又要走？"

"傻妞儿！"咬满了一口她那无边无涯铺得到处都是的黑发，贴在耳朵上说，"你把爷啥都摘走了；枪也不让玩儿，马也不让骑，大烟也不让吃，钱也不让再弄，娘们儿更不让爷挨一挨，爷还有哪可去？"

大烟他是没有瘾；养伤的起头那些日子，常在三更半夜痛得睡不安顿觉，就一劲儿拿鸦片解痛。

"好爷，等腿好利落了，你可千万别再吃了。"隔着烟盘儿，这么劝说着，"我那个爹，就是吃大烟把家业荡光了的。"

"他个玩把戏的，能比爷这么大的家业？"

"人家不是说？不怕天火，单怕烟灯。"噘着嘴跟他撒起娇来。逢到这样当口，心里就不解；不用人教，也不用学，顾自就会了，也不害臊的。

"倒充起大人精了不是？"

躲过他那只坏手，学起皮二大爷的口气："我那个爹，起初还不是家大业大，骡马成群？到头来，还不是落得两辆骡车就把一家子拉走了？……"说着说着也觉得自家真的大人精起来，只是脸子还不大容易板得住。

烟灯照出两张对面对的脸。烟灯焰子只合枣核儿那么小，多大家业都能在那上面烧得光。两个人只共着灯焰照得到的一点点小天地。小天地外边似乎什么都没有了。

"你那位走马卖解的爹，还吃？"

"早戒了。不戒，连车毂辘也别想落在一个。"

"嗯，连香嫚儿也早卖了，轮不到爷。"

手伸过来捏她脸。那只手背上，还有她抓掉了肉，一直害着冻疮的烂伤，纠黏着一撮撮又稀又长的手毛。

"爷可头一回听说，世上还有那么个有志气的大烟鬼子。"

"谁？哪个有志气？"

"头一回，真是头一回听说有人能把大烟戒掉。"

那张兜脸的胡楂子，愈来愈长，根根胡楂子上挑着瞧不起人的坏笑。

"那你……好爷，你是不戒了？"

"香嫚儿，别吓成那样。爷是生成的好爷；大烟玩了多少年，连爷自个儿也记不得，可就从不知道什么叫作瘾。"

"赚人！"

"谁都赚得，爷忍心赚香嫚儿？"黄鱀鱀的眼瞳从没见过那样认真。"爷原本不信邪，非要吃上瘾不可；试试看我铁爷上了瘾，戒是戒得掉不。"

"哪有那样愣的？再要强，也犯不着那么自找苦吃。"

"爷还没有碰上办不到的事儿。"

"听我那个爹说过，戒大烟比害场痢疾加上摆子还要命——"

"别慌，"又是疼她疼得伸过手来拧她腮，"爷是打住顿儿吃，定着时辰吃——人都说，那样就一准吃得上瘾。你猜怎么着？"

"也有这种人，自讨苦吃。"瞟着眼睛，卖过去个风情。

"跟你打个赌罢，"他说，"——还是太监的鸡巴，"嘴里含着烟枪，试试走不走气，漠漠的好似压根儿没理会自个儿说了什么。

多少有些要存心闹人地撒泼起来，"不来了，不来了，又冲着人撒村。"两脚踢打着灶沿儿，够着要打人。

"看看，村又不准撒了。"弯起胳臂护住脑袋，手里握着镶牙大烟枪。可说怎么也不甘心罢手，拗着非要拧到他嘴巴不可。"好好好，爷让你。"隔着烟盘，埋在胡桩子里的脸送过来。现成的送到脸前，哪有放过的道理！不用客气，下手就拧。猛可地他把那张嘴巴大张开来，张得不能再大，两腮绷有石头那么硬法，任她怎样用劲儿去拧，指头白在那腮帮子上打滑，拧不着一点点肉。恼得没辙了，要拔那落腮胡根子，偏偏胡根子又不够长。

"知道了。知道了。"不甘心放开手来，赌气地嘟着嘴。

"知道扭不着爷了？"

"知道了就是。"

"还要跟爷压扣子？又不是说书。"

"知道你这个鬼本事怎么学来的。"

"还用学？"提提那么蛮的嘴角，那就算是铁脸上的笑脸。

"还不是时常挨人家娘们儿还手，下手扭你，才学巧了。"

"嘿，小醋坛子，陈年八代的醋也吃。"

常就是那样哈哈嘻嘻地闹着，也不顾什么忌碍。房门上垂着棉门帘子，窗口上挡住麦秸苫子，哪儿遮得住调笑胡闹溢满了整整四合房大家院子。

不要说李三大娘那个老嬷嬷准要皱眉头，就是那些个年轻的徒弟们，怕也听不惯、看不惯罢。腿受了伤去扶他，都惹得鸒鸡似的瞪着人，这样纵声调笑，还用说？

老嬷嬷真该说点儿闲话的："顾着点儿罢，咱们家还有个年纪轻轻寡妇半边的大媳妇儿嘞。"

可大伙儿好像都打心底儿笑着。

"你这个小妖精！"老嬷嬷指着头点着人说。

老嬷嬷纵是疼亲生的闺女，也未见得像疼她这么狠。疼得动不动就下手拧人腮帮子。真的是现贩现卖，"来罢，我的好三大娘。"张大了嘴巴，送给老嬷嬷，绷紧了两颊的腮肉，害得老嬷嬷一拧一个滑。"小鬼精灵！"老嬷嬷又疼又恨地咬着牙。那双恶豆豆儿小眼睛，恨不能挖下来给她，哄她玩儿。

都说是想不透她有那样能耐，只看到她整天价哈哈嘻嘻，没当作一回正事儿，就把那么一口生头野脑脱缰的野马给降住了。

尽管他那个人没吃上鸦片烟瘾，可若是教他不恼火、不动气就把两根包银和一根象牙的烟枪，就着炕沿儿一磕一个两截儿，单凭这一桩，不能不教人疑猜她这个耍把戏的妞儿，到底哪儿修炼来的什么妖法儿。人都说，就算是他铁爷的师父——平把儿老太爷还在世，也拿不准一定就能把他降得口服心服像这么着的顺从。

哪里什么妖法儿啊，自个儿也不明白当真有个什么能耐。

下不得炕的大半个月里，她只知道那么大的汉子，硬是像个惯坏的娇小子，一眼看不到她人，就发脾气叫唤。说实在的，两下里渐渐谁都离不开谁的样子。要说像她这样没什么心机的人，真正也用了点儿心，那就是乘势儿给他那头野马收了收缰。

总得替他解闷儿呀，谈谈闲心，念个唱本儿给他听，哄着劝着地教他这个一个大字儿也不识的野马学学认字。往天随着爹闯荡，念唱本儿也是个营生，如今反而得允他先亲个嘴儿什么的才准念给他听；这算什么营生呢？不过慢慢儿也就听上了瘾，撺着人三天两头到大房村去买唱本儿。教他认字那就更费唇舌了——不光是好言好语地哄着费唇舌。偏偏自家又那么爱跟李三大娘婆媳俩学个针线茶饭的，"总得学点儿什么，好来伺候爷呀。"偏他又顶恼那些个。

"爷不要你去弄那些牢玩意儿——臭娘们儿！什么针线茶饭？等爷养好伤，教你玩儿枪。往后，爷到哪儿，你到哪儿，扫滩，磕圩子，铁爷铁娘一块出马，瞧那个风光罢，香嫚儿。"

"好爷！你可真把我看得无大不大了。"

"就是冲着你那一手拔头拔尖儿的骑家，爷才要了你。"

"什么拔头拔尖儿的骑家！别把人家下巴笑掉，"捶打着枕头，脸埋进枕头里笑，震得烟灯焰子直跳。"就那几套翻上翻下两下子花招儿。真真骑上马，赶不到十来里路，两腿儿就磨得皮破血流了。我那个皮二大爷就笑过人家——亏你走的是平平稳稳阳关大道呢，要真是翻山越岭起来……"

"让爷看看，倒是哪儿磨得皮破血出了；爷有法子治——丹方。"

那只毛手超过大烟盘，往这边探过来，吃她打开了。

"头一回总难免，二一回就不了。"生了冻疮的手被她打重了，送到嘴上吹着，胡髭里埋着看不大清的歹笑。她是装着没听懂那样的奸话。

"说真个的，也不光是头把手儿的骑家，爷就怕是看中了你那个坏性子。打爷底下过过去的妞儿媳妇的，见识得可多了，总她娘的猥猥琐琐龟羔子一个厌样。就算是一把稀泥罢，甩一甩也还弹点儿泥星子上来。爷就腻猥那个厌样儿，净是整得翻过来也不兴还还劲儿的母货！"

"嘿哟，欺负倒了人家，还派人家不是。"

"爷就是要找个又强、又硬、又不买账的妞儿，终归教爷找着了。"

藏在虬乱胡根子里的笑，似乎顺着每一根胡根子淋淋地滴滴。那么得意的坏相，真教人着恼。

"又强又硬，还不是给人欺负！"

"爷哪舍得；要是忍心欺负香嫚儿，爷还天不亮就跑走远远地饶过你？"

"多大功劳！整天挂在嘴上。不跑远远的也罢，白把一条腿弄坏了。"

"饶是两条腿一起坏掉，爷也情愿，只要新娘子歇过来。把烟盘子拿开，好碍事。"

听着他那么说，没有在意，"偏不！"顺口打发一声。

手底下只顾就着灯焰子烧烟签子玩儿。烟签子老是烧不红，挺恼人的，越发专心盯住钢针一样细的烟签梢子，觉着指尖上渐渐有些儿烫上来。谁知道无意里一瞟眼睛，看到自个儿正被盯住，胡窝子里藏着不知该说是什么样的一副坏相；散散的眼神，瞳子益发黄得不晓得到底他看到了什么。

似乎就是那一夜的那副神色，这是另一个夜，许许多多另一个夜，唱本念到再精采不过的地方，再不就是哄着逼着教他再多识几个字儿，似乎都不生作用。真怨不得他，也真难为了他那种人；从来只知道策马往前冲，不懂得勒马停一停的那种人，却像那匹枣骝一样听她使唤，冲她勒马勒了多少次了。

这又是另一个夜，觉得出身上哪一处都收得紧紧的，许许多多夜里，奈何不得的，春气把人一根根毛孔都熏紧了，人又仿佛一根根骨节都松了，软了，散板儿了。

"不要，好爷，老看人！"

"香嫚儿。"好像喊给他自家听的，没声儿，干嘴唇略略地那么动了动。

手触到她腮上来。

窗底下冒冒失失的一声鸡啼，腮上觉得出那只硬手抖了一下。

怎么会呢？

这个魔王，不该是轻易发抖的那种人。

可他说过，从没有为哪个女人心慌过；头一眼看到她，"爷就知道要瓢给你了。爷心里有数儿。"果真那样的话，两个人岂不是头一眼就彼此心里打怵了？——尽管自家心里那种心慌，多半是为了偷人家的风车儿教他看了去。

"好爷，"挑着可也烧红了尖尖儿的烟签梢子，"你看，到底把它给烧红了……"一心想把那一对瞧得人心里发怵的黄眼珠子给引开。

只是黄眼珠子好似给钉子钉死，转都不转一下。又似乎那是两颗锈黄的钉头，照直钉到自家心上来，钉得人心尖儿好一阵子疼。

手上烟签儿不觉打手指尖儿上滑掉，把他抚在自家腮帮上硬得像干柴火棒的硬手拿下来。

又冒冒失失的一声鸡啼，把人神志稍稍催醒了一下，这才发觉自个儿可正咬住他一根粗硬的指头，牙磕在厚厚的指甲盖上，轻轻地，又重重地，一下下咬着。

"爷有三年没碰过娘们儿了……"

嗡嗡地说，那是打顶里边五脏六腑吐出来的，有一股热气喷过来，开了水的锡壶嘴子似的。荒草似的胡窝子里，有一边嘴尖儿狠狠抽搐了一下。

一脸的烫，清醒过来，"别……别那样，好爷……"慌忙把咬在自己嘴里的他那根硬指头拿开。

寒鸡夜半啼，霜冷好像随着鸡啼浸进来。

"过来。"他说。

"给爷把这一段说完——"用话岔开来，刚把枕头一旁的《三戏白牡丹》唱本拿到手，就被他抢去丢掉。

"过来，香嫂儿。"

"不要，三大娘见天都嘱咐，伤还没利落，千万不要沾爷——"

"去她的老壳子！"

"好好爷，你不替自家想，也得——"

"她老壳子说了算数儿，还是爷说了算数儿？"

"别那么大声罢，亲爷，老人家阅历深，还不是为爷好……"

"她懂得个鸟！"

下面铺的整张床张灰羊皮褥子，给拉扯得中间鼓起来，好似炕底下拱出一头老山羊，脊梁把烟盘子顶斜着。

"人家不派爷的不是，倒派我……"

"谁说也不算数儿。谁有多大胆子，敢管到爷炕头上来！"

还是让她给挣脱了，心里只挂记着三大娘说的那么可怕的事。

"爷，给你冲点热茶，再烧个泡子，过过烫瘾，爷也该歇了，天到多早晚啦！"

"你少打岔儿。"

"除非……"背对着他人，四下里瞟着，想找个什么借口。

"要开盘子？"

"除非爷好了，那套家伙不要了……"

"烟盘儿？"

嘴说不及的，炕上那套烟具摔到地上。

夜深人静里，这一声抵得上塌了半间破屋那么大的动静，接着是那三根烟枪，包银的、象牙的，就着炕沿儿一磕一个两截儿。

原是被他一个冒失又一个冒失，弄得挺受惊吓，可镜台上罩子灯照在他脸上，那张兜腮胡子脸子，没教人害怕。摸熟了他那个人，只要不使人望着生怵，便是笑脸了。

"还有啥盘子好开罢？趁爷兴头上。"

"把吕洞宾三戏白牡丹给爷念完。"想着念完了剩下的小半本儿，天也该亮了。

"还是让爷念给你听，唐铁脸，三戏佟秋香。"

"别瞎谄了罢……"给他逗得笑断了腰，也自知笑得没有道理。

"别赖了罢，我新娘子！"髻子被他攥住，挣着躲着，头发一散就散了一身。

告饶地求着，含含糊糊的渐次说不很清楚了……

小西瓜捧在手上，不晓得自己要做什么，指甲掐进绷脆的绿油油瓜皮，抠进一指甲缝儿胀胀的瓜皮渣子。

听得见前院八福直着嗓子叫喊，抢着说这说那的。

远处，不知从什么时候起，又敲打起沉沉的大鼓，一直都不曾在意，摘一只瓜要摘这么久吗？

就是那个死要强的家伙，谁也拿他没办法；要怎么样，一条线直奔过去，从不打个弯的。那样折腾了小半夜，曹一个小觉，下炕就要去大房村。

正赶着艳阳好天，乍乍走到太阳底下，手里还离不大开拐杖，那一对黄眼珠子见不得大亮，眼睛眯作一条细线，一脸蜡白，人有些打晃荡，可像刚脱了壳的嫩知了，似乎满头满脸虬虬的发须，都该是嫩知了那样肉肉的——淡淡的肉红里透着淡淡的茶绿。

人还是很瓢弱，气色也不大正；只是困久了，乍乍来到大院子里，看着个个都暖得穿得那么单，懒得人好不舒服，兴头就来了。

"套车，上大房村，爷可给困死了。"

那怎么成呢？大伙都觉得不大妥当，她心里另外还有要担的心事。可又没有谁敢扫他铁爷的兴。

"瞧瞧，走还走不稳，就什么了……"

老嬷嬷可是倚老卖老的不管那些。

就是她这么个人，心虚，好像老嬷嬷专说给她听的——怎么叮咛你的呀，年轻人就是不知道厉害——话意里敢是含着那个意思。

怕他也是有些心虚；要不，怎么脸忽地挂下来？半脸的胡髭，一下子落满了整个一张铁脸。

"这么样罢，小爷，"开山门那个大徒弟忙着把话拉圆活，"先叫个剃头挑子来罢，刮刮脸，收拾收拾，清爽些再去。"

"就找小蛮子得了——那个剃食户的。"另一个徒弟忙接过去应着。

"大房村没有？少唠叨。套车。"跟着把拐杖扔走。拐杖打着转，漫过堂屋瓦脊，落到屋后去。

李三大娘递眼色过来，跟她嘬嘬嘴，手底下打着麻线。那是一根牛腿骨，横着打中央栽一根带钩子的竹枝，拧着打转转。净见她老人家手底下一闲着，就打麻线，要纳多少鞋底呀，打不完的麻线。她可还没有学会那个。

该怪自个儿还是个玩心重的孩子，又加上不懂事，也真想这就去大房村溜溜。

一提到大房村，心就忐儿一下，像是碰到了什么又痛又舒服的地方。其实到哪儿，也比在大房村待得久些。可是总迷着爹那一窝儿还该待在大房村。

好歹做给老嬷嬷看看罢，"压两天可行？压两天，爷带我骑马去。"

"你伙儿，哼，都打一鼻孔里出气，爷可没软过耳根子。"

才收口不多日子的那条腿，不管硬撑着怎么灵活，总还是直硬硬不大方便。

一坐进骡车里，不知有多新鲜地四处望着。这可不是那辆跑江湖的骡车了。

车板壁，虽也是拱篷，却吊着两层里子。她真是土得可以，到处去抠抠、戳戳。帐子里面有一层棉，外面罩着原色生丝帘子；活的，随时摘下，随时吊上。篷里安的是对脸儿座子，不是那种打通铺车子；弄得人在里面不是躺着就是爬着，再干净利落的人，也给蜷得皱皱囊囊的了。

望着卷上去的棉门帘子，两头密密的钮子和扣子卷在一起，心里想到就随口说了出来："这要是放下的话，一个个扣上，真是风不透，雨不漏，人像装到箱子里一样。"

车子游动着。"那不容易！小锁，把帘子放下。"

"不要不要。"忙着止住赶车的小锁，把手肘拐了一下身边这个人，抱怨说，"车还没出村儿呢，也不怕人笑！"

"你听得见人笑？耳朵多长！"

"天这么暖，也用不着呀。要不，就叫爷穿那身华丝葛狐腿儿皮袍子了。"

别看那个人蛮，一下就会了意。"回头，锁子。"

"哎呀，爷你怎么是这种人！小锁，只管赶你的车。"

"瞧你急的。"

"也看是什么天嘛。怕不焐出痱子来。"

"焐烂了，爷也乐意，只要咱们香嫚儿张口要那么着。"

"谁说了来着。"

"香嫚就是伸手要天，爷也要许她半个，别的还算啥？"

车门帘子还是放了下来，他那个人要往哪去，就是条老叫驴，嚼口之外戴了嘴扎，都拉不他回头。此外还又吩咐了小锁，一个个钮扣都给扣得严丝合缝的，两个人真像给关进不见一丝丝亮儿的箱笼里。

骡车重又滚动，车里黑得教人又怕又乐，好像小时候老爱爬高那样。

"只说这一辈子再也上不成大房村了。"抱住他胳膊说，一时看不清那张脸，又一心想看到是不是跟自个儿一样乐。

"那你还帮腔儿，多嘴饶舌想拦住爷？"

"爷就没瞧见三大娘跟人家挤眼儿打巴掌的？"

"又是你的三大娘，你叫她三奶奶，三祖宗罢，老壳子能教你什么好事儿？"

"人家一片好心，还不是怕爷累着了。"

"去她娘的蛋，爷是纸人，还是泥人？"

黑里捂上一阵儿，慢慢看清楚垫着座子的织锦被面上横竖成行的四四如意小格子。

"跟爷说说看，老大房村有你什么想头？"

"谁说有什么想头来？"

口里这么应着，心里倒是认真想了想。能有什么想头呢？大房村那边又没亲，又没故，实在什么想头也找不出。那片红土么？还是那条没走第二趟的歪歪扭扭的十里长街？爹他一伙儿也绝没道理愣在那儿。可就是一想起大房村，无来由总觉着有个宝贝什么丢到那儿，等着她去拾回来。

原来是脸对脸坐得挺正经，那是坐给徒儿孙儿和三大娘看的。车出村好远了，棉门帘子也扣上了，就像给吸过去一样，没要他拉着扯着，便昵到他那个人怀里。

"嗯？跟爷说说看？"

"那爷又是什么想头？谁都拦不住，急成那样子？"

"你可好记性，两天前，爷就跟你讲了。"

眨着眼睛想了半晌儿。"住到大房村去？"前两天，只不过听他顺嘴那么说说，压根儿没留在心上当作一回事儿。

"那也犯不着这么急。"

"你倒留恋起羊角沟？"

"那也不能说走就走，连声招呼也没打。"

"怎不能？你跟你那个耍把戏的爹打了招呼才走的？"

"还说呢，都是那个坏蛋——"嘴巴猛可地被堵住，真气死人。才不管呢，偏要说，嗡嗡哝哝的，自个儿也不十分知道吵着什么，漏出了一两声。

"还正夸奖你不比那些臭娘们儿——挺下来就不想动了。"

"就不招呼一声，随身东西也得打点打点哪。人家放的东西，找谁去找啊？还有那些那个金箍子，真要命……"

"你那个辖制爷的鸟金箍子，扔了也罢了。"

车子颠颠跳跳跑着，忽觉得好生无情无义，又像挨他从车辕上一把挟走了那样；风打着马鬃，打着飞散了满天的长头发，身后撒下一时数不清的恋头。

"你还忘记了一桩事。"他忽又想起了什么。

"不管了。"

"爷不是允了你，带你上澡堂，洗洗咱俩儿一身的霉。"亏他歪在烟炕上，什么都古古怪怪想得出来。

"才不要。还说是允了人家呢，谁跟爷伸手要什么来了？"

"不要也得要。"

"别丢人；真丢死人。"把一边鬈穴上的发梢子理了理，抽身就躲到对面座位上，去解门帘扣子。

"我要看看，那个坏蛋抢了人，走的是怎么一条路。"记起被他一扯上马，拦腰挟住跑不多少路，他就吩咐了人上来，一条大手帕子把她眼睛扎住。

一头解着门帘钮扣，瞟着他个人，"别使坏，以为人家就找不到路回来了。"以为他要不准的，解落了半截门帘，带着辖制人的味道逗他那个人。

门帘一落下半截，就全是另外一天重新开头的样子；好暖烘的日头晒着西南风，柔得像粉扑儿一样儿扑在脸上，人只觉着一身又软又酥。

放眼望出去，望不到尽头的胶绿。远处有个村落，平空腾出一团子白，早开的杏花教人吃惊了一下，真信那是一团白彩云，似乎眨眨眼工夫就要散掉了。

望着那个人听由车身颠跳，不知有多舒坦地摆动着身子。"也不知多久就清明了。"那张老是闹阴天的铁脸，才不像是很舒坦的味道呢。好在那是看惯了的。

"你要给谁去上坟？"没瞧出他嘴动，话就溜了出来。

让他这么冷冷地一问，倒是觉出没留神又把他给碰痛了。

本该都是一样的命，打小都没有亲爷亲娘疼的苦命孩子。

多少个寒冻的春夜，孤零零一盏烟灯，不大的光团里，晕现着两张真心相见的脸。都是常时强作无事，从不曾吐露给谁的那些子委屈，总是诉说到更残漏尽，小窗外一片月光；不是月白，就是霜白。

都是苦命的孩子。

一个是遇上荒年，卖给了走马卖解的；

一个是吃大粮的爷，尸骨无存死在外乡，做娘的跟个汉子跑了。

一个总算还碰上个好主儿，调教了十三四年；

一个是平把儿老太爷一手拉拔大了，又收做了徒弟。

一个是文的教给了千字文、百家姓，十八章女孝经哨下了六章半；武的传给了外家拳勇两套路数。就算那些个剑戟飞镖、马上马下的，都是些花拳绣腿卖艺的玩意儿，也总是从起腿的功夫练出来的。不是一天不邋地苦练个三五年，也拿不出来；

一个是平把儿老太爷三十年没摆香堂，九十大寿才又收的徒弟。跟师兄们学的那一套摸黑打香火的枪法儿，不见得吓唬住人，要紧的还是老太爷把他宠上了天。师兄都是黑道儿上有头有脸的瓢把子，谁不是看在老太爷的面子上，跟着疼这个小师弟！如今方圆三五百里，"念一"大字辈儿的那班师兄，也都凋零得落不下三两个老人儿了，又都洗手做了享清福的老人儿。现下四路八方的小马贼头儿，哪怕年长他十岁二十岁，也都争着递帖子，投到铁爷门下来。要不因着年纪轻，精力正旺着，不闯荡闯荡也闲不住，蛮可就此歇手，就算坐地不动，单靠各路徒儿徒孙来孝敬，这一辈子到老也吃喝不愁。

初春坟多；麦地是板板正正一块一块绿，绿里凸出多得怕人的坟堆。可就没哪一堆黄土里埋的是他俩的亲人。

要说是看中她这个性子，看中她是个提尖儿拔眉的骑家，只怕都是假的；纵不是假的，也是硬找出来的借口。敢是两个人都生的一样苦命，便都透着点儿什么。金子银子黏不到一起，倒是绣花针碰上了吸铁石。事后想起一进大房村给蛤蚌精堵在大街上的那个光景，两下里，头一眼见了就心慌得有些不寻常。像那样随便带一眼的人，两人都是见了不止上千上万，过眼就散了，哪兴那样子老是一个嘀咕着宝蓝华丝葛，一个老念着那双吊梢眼儿，那副咬牙切齿的狠相！

尽管那张没有人色的蛮脸，和他说的她这一身傲劲儿，跟他俩打小就是苦命那回事，一丝儿也扯不上秧子，可就是觉着有那么一根看不见的什么，彼此牵连着。说是着迷了罢，中了邪罢，缘分走的罢……随意怎么说都成，就是那样子有个什么牵连着。

这就看看，跟他金家大哥倒是有个什么牵连罢。

住老油坊的那几年，他金家老公公跟媳妇，大伯子跟弟媳妇，从都不避讳；该说该笑的，该搀一把、扶一把的，该帮着忙拉紧了褥单两头、打架一样地拧着水的……多少个那样零零碎碎，逗起来自然就是理当那样了。哪里是李三大娘那一伙儿那么多的穷考究！眼看着腿伤成那样，自家的男人，有什么好忌讳？炕都一块儿睡过了，皮贴过皮，肉贴过肉，上前扶一把，还用那样鏊鸡眼儿瞧着人家！

夹在金家那一大家人里，人家亲钉钉的公公媳妇都不分的，自家两口子虽说不亲不故、不主不奴的外四路人，人家可没把他俩当作外人看，一样子亲亲热热没存一点客情，还有什么好拿着捏着的！跟他金庚新敢情也从没避讳过什么，动不动还劝过他总得再娶个嫂子，还给他提过媒来着。万没想到的，如今提媒提到自家头上了。

庚新大哥在这边照应盖油坊的那段日子，整天跟八福他爷跑里跑外忙着，看着他哥俩儿干得那样火热，日夜筹画，顿饭来壶酒咂咂，一杯一杯的，吃着计算着，明儿上梁了，后天安榨了，碾房一缮屋顶就得把炒锅先支起来……事情真是忙得人吃睡不得安。先是把他看作八福他爷的胞兄一样，可是胞兄弟一旦各自成了家，也少有那样合得来。还在心里掂过分量呢，对他那份情，觉得该是自个儿娘家的亲哥哥才是。正就是那种打小一起长大的亲热，什么顾碍也不曾觉得到。也正就是做妹妹那样，老是念着多早晚娶个新嫂子；别的都不去说他了，总得要个后罢。一个人没后，不是枉在世上转一遭了么？这种话也劝过他。"照这么说，不光是我，你嫂子也是没后了，"庚新这么回她，"没后，还是有人念着她。身后事，哪管得那么远！"要说他把世事都看破了，留不留后代香烟都不在话下，可又干什么事都干得那么起劲，不知该怎么讲。

当初劝他那个人单图有个后，也该再娶个嫂子的，如今又不知该怎么讲。

想起正月二十四，只那一夜，就有了八福这孩子，以后就该接二连三接着来的；十年多，少说也该有四五个了。小产一次不说了，可是往后这么多年，不知什么道理，压根儿就不怀了，什么道理呢？"单传，也好，"八福他爷倒是看得开，"免得将后来，这点儿家业分来分去的，咱们也没有老舅爷可请，谁来给他小弟兄分家？"

要真是自家再也不生了，还指望着给他庚新传后么？再娶她也是白娶了。——瞧你这人呀，臊不臊？想到哪儿去了？忙着狠狠地把自己讥诮了一番。

其实那样倒也好；刚把自个儿褒贬了，又不由人地想着：那样倒免得前一个疙瘩后一块的，一个娘两个爷的亲兄弟，小时不懂事，大了总怕要隔着一层。有朝一日争起什么来，爷是好做，做娘的就难了：偏着哪个向着哪个？热了这个又怕冷了那个。要能再也不生了，做晚爷的心上没有什么亲的远的好偏心，八福也少受多少委屈。就只是亏待了他庚新；真是私心！不过好在他那种人是把什么世俗的事都看破了，有后没后都不放在心上，也说不上亏待不亏待。他金家也都是不在乎这些个的。

……想到这里，人是陡地醒过来，不禁取笑起自个儿。好呀，金长老跟你一提做媒，就羞得脑袋垂到地上，眨眨眼工夫，倒把往后多长远的事都盘算得这么精细了，好不知害臊的！刚刚守了一百整天的寡，就禁不起人家一提，听见风

168

就来了雨，独自打起这些个算盘……

这个做了一百天寡妇的妇人，像要急急丢开那些个不由人的恼人念头，狠咬住牙，打瓜园里逃出来，生怕那些羞死人的盘算打后头追上来。

八福正抱住老人手臂，喊叫着说他那只粉眼儿比洋燕儿还能吃，别看个子那么小。

"娘，正巧我要摘个瓜给金长老尝尝呢。"做娘的被喊得挺心虚，不由得抖了一下；就像孩子老喜欢的那种玩笑，偷躲在一旁，待她一转过墙角，给冒冒失失吓了她一跳。

"怎么啦？喊太爷爷什么？"找岔儿似的责问起孩子来，好像这样能给自己遮掩点儿什么。可这样责问孩子，脸上还是不太宽松地带几分慌乱，觉出脸上硬是挂出了幌子。

"一样，喊什么都一样。"金长老说，"孩子才是天国里最大的。"

"只有太爷爷肯这么宠他。"

"娘，瓜给我，缒井里冰冰再给太爷爷吃。"

"你说太爷爷怎么能不宠这个机伶孩子。"强老宋一旁接上腔说。

说真个的，谁又能不宠这孩子呢？瞧在做娘的眼里，能把心疼得掉下来；那么肥墩墩一个小胖孩儿，趴在井口上，脖子后头撮起一小堆肉驼子，疼得人要下口咬个结实的。

孩子也这么大了，没病没灾的，打小就省心的孩子，不像做爷做娘的坏脾气。刚学话那个时候，有些东西叫不清，干脆就用那个小脑袋另给创些个名目，小花样儿多着呢，转天又是一个新名目出来，除了做娘的，谁都听不懂，越发觉着牢牢实实是打自己肉里长的，皮里出的，谁也赖不去的心头肉。

孩子是长得挺顺当，金家大婶就夸过："像这么不教人操心的小子，再生个十个八个也累不着人。"

可是怀着八福的那些个日子，过得可不顺当，一个变故接着一个变故，人要是瓤一瓤，也就怕顶不下来了。也或许就因着孩子在娘肚子里，流连受过了头，出娘胎反而那么顺当了。

刚觉出害喜，还不懂是怎么一回事；一路上胸口里搅得要把人翻过来，到大房村就出了那样的事情。

不是孩子还没做够么就有了孩子。骡车穿过长长的柳树行，叫小锁停车，折一根粗细合适的柳条，要做响呗儿。

肥油油绿条子，刚冒出芝麻大的嫩芽儿，两手捽住对着拧，要把皮拧松了，抽出当间白骨头一样的茎子，柳条儿就自成一根空心管子，下一步便好做吹得很响的小响呗儿了。那是小孩子玩意儿，吹起来，尖得聒耳，能把人噪死。不过要是会吹，含在嘴里便能吹得出有声有调的小曲子，唢呐芯子就是那样做的。

两只手下劲儿地一截截儿拧着。指尖上出了汗，一拧一个滑溜儿。一抬头，那对黄眼珠子正盯在自家身上。"偷看人家，讨厌。"就知道他一直在盯住自个儿，翘起一边嘴角，真坏，那个样子。可偏又讨贱，让他盯得心里动着一丝儿说甜不甜，说酸不酸的滋味。手底下拧着柳条，指头越拧越是滑得捏不紧，找着身上有什么好用来裹住柳条免得滑手。

金黄金黄的老阳，斜斜泼进来，泼了一身都是。翻起小羔子皮的坎肩下摆，又翻起里边驼绒里子小袄下摆，拉一角儿绒布衬褂襟子，把柳条裹住，这再勾下头去，试着用牙齿咬紧了柳条一端，帮助两只手来拧，真还是个贪玩的孩子，脸蛋儿憋得透熟透熟的红。

用心拧着拧着，谁知那只硬像柴火的坏手，抽冷子抢住她腰，手就贴着她身子探进来。

没有叫出来。倒不是怕把赶车的小锁惊动了；要真是一无提防，给他这么一冒失，想压住不由人的尖叫也不行。还不是犯贱哪，就知道那个人要有这一手的。

两下里不作声地扭扯一阵子，再想喊，又似乎舍不得，只不过他那个人压根儿也不在乎小锁不小锁的。衬褂襟子也滑开了，光杆儿柳条咬在嘴里，咬了一嘴的苦汁。

车过砂礓河，挂着湖边走，车身咯噔咯噔地猛颠，小锁大声骂起人来。路两旁的庄户人家，一个赛过一个，春耕耕到路心上来，把路耕瘦了，车轮就在犁沟上蹦蹦跳跳。

怎么懂得呢？一点也不懂的。只说是柳条那一口苦汁把人弄反了胃，再不就是车子太过颠人，胸口里老是一翻一翻地往上涌着什么。

想着那个滋味，就像咬一口没熟的青梅子，舌根子底下便比干井里的泉水还涌得快，一股股往上涌着清水。涌着，来不及吞着。

哪里懂得那是怎么一回事啊，也没阅历过，也没谁教过。只说一开春，碰上好天，人就是那样子，周身软酥酥的，没骨头一样，听让他棒槌似的又粗又硬的铁指头，净在身子上捏来捏去，给他逗得把稳不住了的样子。谁知一过砂礓河，人就走样子了。

不光是一股劲儿恶心，敢情气色也不怎么好；单看他一脸着慌，贴近了脸子关问，就知道光景不大对。可又不是什么毛病。周身没力气，也兴是整夜给他扰得没睡好觉，春气又是这么懒着人。

"真完了，好爷，"强打起精神应付，"也只才一个月没坐车罢，就受不住颠了。"

"你可把爷吓得可以。"

哪里就吓住他那个人了，说得过分了些。可他有些着慌，那倒是真的。人就撒起娇来，倚倚靠靠苦笑笑说："真讨厌，谁教是小姐身子丫鬟命。"

"干么不是小姐命？爷难道养不起你这个千金小姐？"

"只是爷……"说着说着，已经嘴巴舌头都不是自家的了。咽喉一阵子搐紧，人抢到半截子棉门帘那里，趴过去，身子拼命抽缩。眼底下，路是飞快向后抽走，越发教人晕糊糊的，胸口一下一下翻腾，要把五脏六腑打口里扯扯拉拉拽出来那么要命。

骡车停下来，路面慢慢定下不动了。

那个大巴掌轻轻拍着她背，一团团酸酸黏黏的什么，好似一个大疙瘩接着一个大疙瘩打胸口里顶出来，把喉咙管儿撑得不知有多粗，眼泪濞子全都跟着扰扰攘攘涌出来。

"怎么回事儿到底是？嗯？怎么啦？……"

大巴掌仍在轻轻、轻轻拍着她后背。

想回他什么，也回不成；舌头不是自家舌头，嘴巴也不是自家嘴巴，像是受了不知多大委屈，胸腔一下下胀大，脑袋不住抽筋地摇着。

"也不知吃坏了什么。"

抽空儿抢出一句话回了他。人是伏在车辕下头一根扶把上，就那么等着再一阵发作，胸口还在蠢蠢地不肯安顿。又等着过去了一阵子连连的干哕，人才约略感到清爽一些。

一眼泡的眼泪，看着打鼻尖和嘴角儿垂下去的黏黏唾丝，垂得长长的、细细的，一直那么拖延着，似乎死不甘心爽快一点地断掉。

那个人打袖笼里掏出手绢，手绕到她脸上，没有轻重地给她擦着。另外一只手握作拳头，不住地缓缓捶着她后背。

他那个人呀，也懂得这么细致？这么体恤？他那个人是个劈过女人的生贼；亏他忍得下心，能把人家活生生的一个闺女给踩住一条腿，扳住一条腿，一扯就扯做两块整的，那就该是羊肉坊大门上挂的那两盖子血赤赤的肉幌子。

含着一眼眶子泪水，一肚子无来由的委屈，一头就拱进他那个人敞着皮袄襟子的怀里，也顾不得赶车的小锁瞪着俩眼睛看了。

"怕是风吹的啦，你这个贪凉的嫚儿！"被他喝叱着，也被他搂得更紧贴着。"把帘子扣紧罢，你还看什么？小锁？"

骡车重又摇摇晃晃上道儿，车里重又暗下来——暖暖烘烘的暗，挺教人心里安实的暗法儿。

"看倒挺壮……"半晌，好像是跟他自个说的，喉咙里含含糊糊喃喃着。

"人家又没怎么。"

"八成把你整累了。"

知道他说的是什么意思，才不要去搭那个腔呢。人歪在他怀里，丝棉袄襟上的表链凉凉地垫着腮帮儿。表链似乎不是他身上的什么佩戴，该是他身子里头什么冰冰的，他就是那个冰冰的人。侧过脸来把嘴凑上去，嚼着冰冰的表链，像个找奶的小孩儿。可是一心想找的，倒是咸咸的，酸酸辣辣的什么，狠狠煞一煞胸口儿这里还在微微折腾人的那点黏腻。

"头一回也是？"他问，"爷走了之后，也是这样软奔奔的，生了病似的？"

"谁说啦？"捶着他胸脯，不答应他，"就不兴人家晕了车？"

"那这沓子好点儿没？"

不能教他老这么嘀咕着把她看扁了。不应他的。脸顶着他胸脯磨搓，就以这个回应他，随他以为好点儿了，还是没有好。不管他那个人怎样对待别人罢，单凭自己稍稍这么不舒服一点儿，就惹他母母姐姐这个样子，还要他怎么疼怎么怜呢？拱在亲爹亲娘怀里，也不过就是这么美透了罢。

昏沉沉补了夜里一觉，一听说到了大房村，人就似乎立时有神了。

"我要看看，快点，"挣着从他怀里起来，把箍在自个儿腰上的他那只胳臂扳开，"是不是凤凰墩呀，小锁？"等不及抢去解棉门帘子。

进东圩门，就是凤凰墩，车子游游的，消消停停慢行下来。

老阳洒落在那么一大片胭脂土上，愈是红得像要湮出山楂水来。

人到了这片红场子，就走了皮二大爷说的"鸿运"。倒真是什么样红的红运啊。

凤凰墩空落落的场子上，说不上来是什么打这儿搬走了；不止是那个幔子围起来的一伙人和一伙牲口。一阵狠狠思念起那一张张脸；人的脸，猴三儿的脸，还有她玩熟的枣骝，那一身任一块肌理都教她摸熟的老骚马。

忽觉着自个儿好像是贪了什么，把良心和班子那一伙儿统统一起撇下。如今想起来回头看看，人像殃魂儿回家一样，要看什么，什么都不在了。

场子边上有一窝孩子喊叫着打嘎嘎儿。人家本就是安安实实过日子，谁个有心去管那个跑马卖解的大妞儿这又坐着骡车，穿金戴银回来了？骡车不再是招摇过市的耍把戏那两辆骡车了，谁管呢？

打嘎嘎儿的孩子里面，有的打热了，上身脱了一个精光，下面坠着老棉裤，喊叫得肋巴骨一根根暴着，不就是傻长春儿那个瘦干狼子一个样子么？

"我那个爹，也不知流落哪儿去了。"

一再那么念着。黄金一两换得一百块银洋。三十两金铝子买得三百石麦。要买那上好的红花淤肥地，也买得六十亩。他那个人认真地给她这么算过，不像是吹大气儿哄人的；李三大娘算的也和这差不离。"蛮够你那个爹过一辈子的。"都是这么说。信是信得过，可就是不能不疑猜，谁敢说不是齐大伙儿给她宽心丸儿吃。

也一直那么念着：就算自个儿是棵正当年的摇钱树，摇来的，零打碎敲，七口人，六头牲口，能糊住口不挨饿，也就罢了；就算摇到不能再摇了，也别想一把手攒到三十两黄花花的金锞子。

那些个金锞子，教人不放心的，不在到底能不能买那么些地，倒是她那个爹着实太迂，捎回来那帖信上，说定了明年正月十七赶来大房村，金子原封不动物归原主。"呕气的话，你也信它！"他是这么劝解的；爹那个脾气她可顶清楚不过。就算是一时呕气，那口气也呕定了，非要呕到底不可。

　　只有心里祷咕着，皮二大爷好生劝劝，也兴能把爹劝转了心，买点田地落户算了，强似风吹雨打太阳晒，受着那种不饱不饿、没家没道的活罪。真的，当真就揣住那三十两金锞子，愣等明年正月十七再到这儿来碰头么？明年又该是个什么光景了？这个翻脸不认人的魔王，教谁也拿不稳明年又起了什么恶主意。也会撑不到一年，人又流落到不知什么一个光景，到时候当真就指望那三十两金锞子来给她收拾烂摊子么？想着能过了一年，再见到那一窝人，碰到一起喝碗凉水也是好的了。回眼瞥一下后座上的人。那对黄眼珠子望着你，也像没有专心望着你；就算不是胡子遮住大半个脸，也难得从那张铁脸上，瞧出他到底怀的是什么心思。

　　可又怎么能教人信呢？疼她疼得心都要掏出来给她，过这一年不知要怎么打发人。那可太过离奇了。

　　二年正月十七，说来也只像眨眨眼的工夫。打老远的红马埠赶去大房村，一天等过一天等在福音堂里，等到出了正月，也没见爹的影子。

八福已是满三个月的白胖小子，爹他几个见着不知有多喜欢——似乎孩子长得那么白白胖胖，是个无大不大的功劳，谁看都不算数，让爹看到，才算是真的。整天跟怀里八福哄着说，就要见到姥爷了，见到大姨。谁敢再笑咱们八福除掉爷娘就没人疼呀，姥爷骑了大马马来，骡车上牵下大狗熊、大绵羊，还有猴三儿什么的。孩子张着一双干干净净大眼睛，小菱角嘴儿张得好傻好傻，听懂娘说的什么吗？那么样傻傻地望着娘，不住动着小嘴唇，不住说着梦话；结果什么也没等到，等出了正月，还不甘心回红马埠去。千山万水的，那一窝哪里就能准时赶到大房村啊。

　　一直都打算得好，两口子商量着，一定要把今东明西的那一窝没家的人给留下来，扎根落户到红马埠去；不管亲不亲，总是一场恩情。可到底怎么回事儿哟。爹是又有情义，又有心劲，又说什么算什么的刚强人，万不会在哪儿落了户，不认她这么个闺女了。纵算落户落到多远的天边儿，也定会赶来的。白纸黑字捎回来的信，信是带在身边，宝贝一样裹在一层桑皮纸上，外边又包上一层猪尿泡，又怕受潮，又怕搓烂了，好像开春包在怀里焐蚕子那样，时刻都留着神。

　　恋恋地离去大房村，一路上，一头担心着，不要刚走过，爹就赶到了罢；一头老是想着到底是什么变故，拦住了爹赶不来？除非那三十两金锞子丢了，给歹人谋算去了。可黄金万两又当什么呀？经过福音堂那段日子，两口子把什么金银财宝万贯家私都当粪土一样丢掉不要了；要紧的是人呀，见了人比什么都宝贝。就算是爹万一去世了，皮二大爷也该来一趟，还有莲花姐，十几年的好姊妹，好过一场，总是跟亲姊妹没有两样的情分，都该赶来见见面的。除非爹一呕气，收了莲花姐做填房，像他猜想的那样，业已丢了一个秋妃，又丢掉她秋香，当真手上只剩莲花一个了，还等着再平白便宜人吗？既收了莲花姐，敢情见不得人，还赶来大房村做什么？——可怎么会呢，爹是那种人？怎么想也不信。回红马埠，一路上真是要多伤心有多伤心地没干过眼泪。

骡车走过半条十里长街，拐到背街上，一片空场子，一座高石台大宅院，骡车到锁壳门前停下来，那就是一帮子徒儿徒孙住家地方。

人下了骡车，立时就觉着清爽得多，只是身上仍然有些发软。

高门台两旁，光滑像镜面儿一样的石板坡子，几个刚扔掉老棉袄的小子，骑在上面往下打滑溜。有个半桩小子打门楼上噔噔噔噔地迎下来，伸手就来扶他。"小爷子，腿可利落了？"

"滚开，"拐杖撒开一下，差一些就搡到半桩小子大腿，"甩子，你也先进去报个信儿罢。"

半桩小子愣了一下，抹一把冒汗的塌鼻子，这才忙不迭儿赶回去，两步一磴、两步一磴爬上高石台，两只胳膊跟着扒动，像只落了旱的大虾。

"香嫚儿，"扶着他上到最高一磴，没等喘一口气，就用拐杖指指门上的对子说，"爷哪一趟来都没留神这儿还有八个大字儿。"

脸红得烫手，整了整鬓子，撩着散到脸上来的两绺头发，这才望望黑漆大门上漆就的一副对联。

"爷认认看呢？"

"往天，它认得爷，爷认不得它；这一下，倒有仨字儿让爷给逮住了。"

瞧他多兴头呀，一脚踏到半尺高的门堐上，双脸棉鞋拨弄着门堐上的铜环子。那只伤腿倒是直直地站得挺牢稳。

给他逮住的哪三个字，她知道，"紫阳门第，白鹿家声"，其中有三个字都是才认了没两天的。

教他那样的人认字，真像给一头刚打马沟子里套来的野驹子上规矩。

当初回到羊角沟养伤，大伙儿都担心得慌，铁爷那个坏性情，没谁不知道，要他安心困在炕上十天半个月，真教人发愁。李三大娘那些上了岁数的老年人，一个个都跟她千叮咛、万嘱咐的；要想让伤口早点儿利落，要紧是防着他发脾气。"纵是金枪药再灵验，不如心气平和才得血脉活欢……"

一个个都是知古道今的老阅历，自个儿可什么也不懂，一点主意也没有，人家教怎么就怎么。

养伤的大半个月里，靠着歪烟炕，有说有笑地闹闹解闷儿是有的；就只是烟枪总不能白天黑里的不离嘴儿，说笑也是有歇有煞的，而外就全靠念念唱本儿帮他忍躁儿。念完了薛仁贵征东，就是薛丁山征西，再跟着薛刚反唐，单是薛家祖孙三代就把那个人听入迷。而后换了口味，吕洞宾三戏白牡丹、唐伯虎点秋香、卖油郎独占花魁女……也让这个魔王解解风情，晓得那种硬抢硬逼的，满不是滋味。"咱们这是几世的姻缘来着？"不错呀，总算懂得姻缘什么的了。

"爷是个睁眼瞎子，当年不正干，老爷子家里请的现成先生，孙男嫡女的都有个塾……"

"香嫚儿不也是现成的先生？只要爷有心——"

"天到这么晚了，还八十岁再学吹鼓手？"

"多晚哪？我的好爷，人家'苏老泉，二十七，始发愤，读书籍'，二十七岁才发狠念书，还不是念了一肚子学问，做了京朝大官？"

"呵呵，爷还想进京赶考呢。不是你提醒这一下，倒误了前程。"

"人家说的正经话。"

"是啊，误了爷的前程事小，误了香嫚儿一品夫人，才教爷担待不起。"

把她逗得佯装恼了，赌气不要再理他这个人。慢慢儿把他吊够了，吊得他再拿好话来哄人。两下里说定了，一天认上十个字，才念唱本儿给他听。

"爷就算拿这个忍忍躁儿，也累不到哪儿去。"她劝说着。

"不成，爷划不来；要嘛一个字一个香嘴儿。"本已说定了的，倒又混搅起来。

"老人家都是吩咐又吩咐的，别破了爷的血气——"

"滚他的老壳子，不让爷香，去让哪个瘪巴嘴儿香！"

他那个人，说火儿，一下子就火蹦三尺，捶着炕板，捶得烟盘儿直跳。真教人作难呀，又怕他发脾气伤了血脉，赶紧送过去给他香香。

就是那么一头动不动便踢打蹦纵外带尥蹶的骚驹子。想起那匹枣骝，整天价锣鼓催闹着，还是那么容易受惊，受了惊就发野性。枣骝还是骟马呢，一发野性谁也制不了，只有爹，地道的骑家，拔住鬃就是鬃，揪住耳朵就是耳朵，一连三下摔不下马，包就制伏了。

这个生贼，也该是一匹骚驹子，刚套上辔头就挣脱了。"这哪儿是个什么'大'字儿？"随便教他哪一个新字儿，都惹出他那么许多奸话。"你瞧，明明是个仰腿儿挺在炕上等日的小娘们儿。"

气得她够着去撕那张嘴巴，"先生要罚学生了。"

"这也不是个'小'字，倒是爷子孙堂。——'小'？

谁敢说爷行货小？"

　　总是不断的混账话，不愁荤的腥的一起来，惹得人气也不是，笑也不是。可是也就靠着那些乐子来凑趣儿，哄他一阵儿，又嗔他一阵儿，认得百十个字倒是其次，总算哈哈嘻嘻把那段不下炕的日子打发了过去。

　　"好爷，敢跟你打个赌呢。"打锁壳门这里回头望下去，小锁子正往马棚子那边顺车子，望着场子对面歪了旗杆斗的高旗竿，想起走过的一个朱家圩子，所有那些个大户人家，门上都是这么一副对子。

　　那双黄眼瞳子，怔怔地瞅着她。

　　"打个赌，"她说，"这家人家姓朱，又是个有过功名的人家。"

　　"噢，你倒认得？"

　　"大房村儿是头一趟来，不到两天，就给人欺负走了，哪儿认得什么人家？"

　　"你少挖苦爷。"挨他的硬手拧了一下。"说真个的，你是个鬼精灵，爷可服了你。"

　　死盯住人的那对黄眼珠子，平空亮了亮。眼底有一道笑纹，若有若无现了一下。谁知道是什么意思？他是怎么想？一伙儿大人孩子拥上来，不分长幼地齐声喊小爷、喊甜爷、喊铁太爷。

　　"都来都来，见见小娘。"

听他喳呼劲儿，可像骂人一样，敢情只有那一窝大小才懂得小爷子乐透了顶，才是这样子。

齐大伙儿又是一阵子猛嚷嚷，可把人臊得招架不住，只管闭紧了嘴，总是闭不住，陪上去的笑脸就越绷越紧，越紧越硬，两只手也不知怎么放才好，慌慌地穷扯住马甲下摆衩角儿。

"瞧着，小太奶奶赏的——你伙儿小鬼渣巴！"银洋哗啦啦地撒满眼前条石铺的天井，滚着跳着到处都是。孩子抢破了头，满地爬着叫着。

"你些，都等着磕头领赏。"又招呼了那些个汉子媳妇儿。

原只说，他那个人撒钱跟撒地瓜干儿一样，哪里知道那是规矩。那么急急忙忙套了车就来，亏他想得周到，给她充面子。凭他那么个粗人，上心上意把她捧到天上，还要他怎样。

"啊，是啦，"一个戴兔头儿风帽的干巴小子，忽地发现什么宝贝似的叫起来，一面还跳着，"就是上天耍把戏的——"

好快，一个巴掌把干巴小子甩到地上。

大伙儿嚷嚷着，拥着他俩进了二道院子。那样地嚷嚷，似乎急忙打个岔儿，要把什么遮掩过去。

耍把戏的就比人家退板儿么？干么要那么避讳？心里不住嘀咕着这个。

头进院子只有冷冷清清，好像没人住的两边耳房，门楼和穿堂夹着一长溜的院落，几棵顶天的老梧桐秃枝子插过了天沟那么高。二进院子才有人味，挺浓挺刺鼻子的人味儿；四合房子，只见满院子净是炭篓和腌菜缸。两边出厦底下，晾着风鸡、腊肠、羊腿、红椒串子，不知住了多少口大大小小。上房东间里，还有人没得信儿，兀自委委曲曲拉着半生不熟的胡琴，荒腔走板不打调儿，好像还嫌这一片齐嗓嗓的喳呼不够吵人，专程助助势，才在那儿拉得更起劲儿，踩到猫尾巴似的聒噪死人。

耍把戏的不如人吗？

不单是一巴掌把孩子扇得那么重的那个豁嘴子老头，就是他那个人，怕也是那个意思："揍他干么？小孩子懂得啥？"是他那么说的。

还是头一回，懂得耍把戏这个行业让人瞧不起。不如人，倒是有的，没家没道的到处流落。可总是凭硬功夫赚生活呀，哪儿就下贱吗？又不偷、又不抢、又不干丢人买卖。

大人孩子一条声儿小娘、小奶奶、小太奶的喊着，喊得不知有多亲；一个对眼儿大男人，耳垂上戴一只棒坠儿，抢过来就打个千儿，认认真真喊声："师奶奶，给您哪请安。"就是上百上千的走来打千儿请安，也拿不掉她心上压得挺沉挺沉的那个着恼。

连他那个人都是一样的存心，多寒心哪。他那只手架到自家肩上来，捏着，抚弄着。住羊角沟的这些日子，自个儿也练着懂得些避讳了；又一阵子恼到心上——守着那么一大堆眼珠子也不检点些，当真就把人只当作个耍把戏的不成！

"怎么着？又不大对劲儿了？"那张胡子脸勾过来问她。

约莫是心里这股着恼都摆到了脸上，教他看出来了。

那一脸本就够黄的虬胡子，向阳的一面越发给照得金丝儿一般亮。

别冤枉了他罢；瞧他在自家身上看不得一点儿风吹草动。

顺势儿冲他皱皱眉心，心又软下来。女人到了他手上，只有挨糟蹋的份儿，还教他怎么伺候人哪！

"小娘是怎么了？"好几张嘴抢着探问。

"谁晓得是吃了风还是怎么的，"做爷子的说，"车上哕了好几阵子。"

"八成车子晃的。"

"真的，你们男汉子，哪儿懂得妇道人家的事儿！"一个挺年轻的娘们儿，挺放肆地画手画脚地直嚷嚷起来，让谁掐了脖子似的。

一眼瞧过去，心里可有些儿吃惊，好像在哪儿见过，挺面熟的。瞧她守着爷子那么放肆，就猜出不知有多泼，有多人物。

人都似乎还没明白过来她喳呼个什么道理。

"敢情出了月不是？正月二四的好日子——"手被她拉住，让她从头到脚端详了一个仔细。自家是旗脚板儿，哪比得上这女人一对金莲。心里不由人地怵她三分，不知是什么道理。

"我说咱们小爷，得恭喜你啦，小娘可不是害喜了吗？还说什么吃了风，又什么车子晃的，你伙儿大男汉子真是什么！"

那个时节，真可怜，人多无知无识，还弄不懂什么叫害喜。心里疑测着，难不成害了什么病，听口气又蛮不是那么回事儿——不是还恭喜来着？

过了新年，岁岁也才十七，本就还没脱孩子脾气，加上又没人教导，真是懵懵懂懂，身子里面有了另块肉，还一些些也不知情。

急忙看看他那个人，想打他那儿看出个端倪。那张埋在热手巾把儿里的胡窝子脸，慢慢儿抬起来，手巾捂住半个脸，好像忽地生了一大把白胡子。

想起那个教人疑是什么仙的大白胡子老头。他说那是后街上福音堂的一个长老，福音堂便是洋菩萨庙。

"说你小爷不信，问问双喜她婶儿，还有她六嫂，你都说说看……"

一时可都围上来，一个个都不知多有阅历，又多么切心地讨好给做爷子的看。可那些个脸子，别想瞒人，还不是正好借着这个，明目张胆地把她这个人从眉毛到脚看个足。仔细打量罢，挑够了毛病，待会儿留着闲磕牙去。

果也不出所料，一转脸，就品头论足起来，以为她睡着了。

歪在上房里歇觉，就零零碎碎听到些长短，总不外是那些罢，就是没有明说，也听出话音来。人是长得不错呀，没疵儿可挑的，就只是旗脚板儿，出身差了些——耍把戏卖艺的。说来说去，恐怕要紧的还是因着她那一伙儿里，还没有一个是用三十两金锞子买的。太贵了，挺教人不平。一个跑马卖解的贱妞儿，凭哪一点值得那么多哟。只是没有明说罢了。

那些带弯儿带拐儿的酸话，要是给她那一伙儿当作活神的爷子听了去，不知要拿人怎么样。他讲过，一句话刺耳，就打掉了一个小娘们儿。

或许都以为她是歇午儿睡熟了。

人是懒懒地歪在顶后一进院子上房里。

为那两个人一无顾忌地守着她面前打情骂俏，要当场发作，又怕太没分寸。不，又不甘心，好一肚子不舒坦。

有过谁进来了一下，小娘小娘的低声唤着："山里红儿来了，放这儿罢？"人是懒死了，懒得应一声。山楂果儿逗不起胃口，被那两个人气也气得胃口倒足了。

只想狠狠睡一觉。然后就听见窗棂外头，有人细声细气地喊嚷些什么，窸窸窣窣憋着气儿笑。"……可真一步登天啦……小爷算是中了邪……"又是大笨脚像把蒲扇什么什么的。这才头一回觉着人真是不能信靠：人前一张脸，人后又是另张脸。

窗棂上的糊纸，白冷冷那种色气，瞧着瞧着，便惹得人嗓管儿里好似堵着一大块腻猥人的厚膘子肥肉疙瘩，要吐吐不出，一胸口地翻腾。怎么就怀上孩子？怀上孩子怎么是这种生了病的滋味？手不敢放重地按在肚子上，怕压住孩子哪儿。这哪是多子多福哟，鸡鱼肉蛋摆满一张八仙桌，筷子不知往哪儿下，满桌腻猥人的气道，一心只想狠狠嚼点儿辣的，酸的，哪怕就是苦咸的干盐粒儿。眯起眼睛看看炕头上，三角纸包子敞着口，里面血红血红的山楂，闻着那股子青涩，又不是心里想着的味道了。

这样的日子要再熬上九个月，人还能活么？尽管心里挺喜欢，多能干呀给他有了孩子！这分喜欢蠕蠕地流交了一身；不是教人蹦起来的那种喜欢。

那个人倒是蹦起来的那种喜欢；守着人家那些人，放声笑得脑袋仰到椅靠子后头。难得他开心到那种地步，就替他多担待一些罢。

"爷是神枪，错啊？向来是一枪送一命的，他娘的这一枪倒接来了一条人命。"

真亏他当着徒儿孙那么离谱儿，臊得人一张脸不知往哪儿躲。

可也就有不要脸的女人跟着溜狗子："小爷也真是的，别尽往自个儿脸上贴金，好种也还得壮田。"

又是那个又泼又人物的白白胖胖娘们儿。说"可真一步登天"的，也是她。老觉着有些面熟，怎么想也不相信会在哪儿见过，除非是那天看了她玩把戏，走钢丝什么的。无意间多看了那个娘们儿一眼。直到那个细嗓子的独卵边子——旱湖里遇上的那个小贼羔子，一口的闺女腔——肩着褡裢打外头回来，刚见过师奶奶礼，就尖起嗓门叫着说："怎么样，九嫂子？说是像你，还不相信嘞！"这才悟过来；什么面熟不面熟的，原来两个人挺像一个模样。一经独卵边子那么尖声一嚷嚷，别的人才齐大伙儿和起来："是啊，不是你这冒失鬼，咱们都不好说的，活脱脱就是亲姊妹。"

"该这么说：她九婶子长得像小娘；哪兴做长辈的像小辈儿的来着！"

"别造罪了，好这么高攀的吗？"又是她，话音里越发酸渍渍的。

经大伙儿你嘴我舌一阵儿喳呼，就顶真地把她那个长相看了又看。不用照镜子对，真的是愈看愈像，一样细长细长的吊梢眼，小翘鼻子，浇薄的上嘴唇儿，嘴角尖尖带着自来笑。还有就是一样的白，嫩，连个头儿都是一个形儿；只是自个儿还没发足了个儿，小她一套，就像论套的黑釉子盆。除了那女的是双小脚。

心里也曾掠过一个惊喜，要真是一对姊妹那多要命，可再也不孤单了。说也不是不能的，好生叙一叙，也许叙得出家在哪一带，打小就给卖了出来……可是那份儿惊喜，眨眨眼工夫也就一掠便过去了，燕子戏水一般。想着再亲，也抵不过心里先就存了的一些疙瘩。再亲又该怎么样？亲不掉那双吊梢眼里扎人的刺儿。

不知是身子不利爽，招架不了这么多人的那个乱法儿；还是这些个贼人贼婆子，生就的累人。"我不行了，好爷，"抽空儿跟他咕唧了一声，"得找个炕歪歪才行。"

"嘿，你些货——"

"得！"一听要遭派人，连忙暗里扯扯他大襟，"别给我加罪了罢，就这么着，够把我折死了。"

"歇个午还犯法吗？"遂即转过去吼着，"你些货——长耳朵没！收拾一下，你小娘身子不利索，要歇会儿。"

一时四五个妇人争着把她这位小师娘往各自房里让。

人生地不熟的，弄得她深了不是，浅了不是，不知道就着谁才合宜。都把她当作接娘娘圣驾一样地伺候着，心里不禁琢磨，只怕冷了哪一个，哪一个都要一肚子不乐意。

亏他一旁瞧出她怯怯地不好依从，饶是五马分尸也不够分。

"得，得，爷房里谁占了？"

"谁有多大造化，敢上小爷的炕？"又是九跑子他女人搭上腔，"要来，也不先捎个信儿。冷炕板子也不怕把小娘那一身娇肉给冻着了。"

"爷可要今晚上在这儿歇。"

"晚上那就没说的；这昝子现烧炕，架上大柴火也一时烧不热。"

"正当午的天，哪儿用得着热炕！"听着九跑子话音里不是味道，连忙拦过去。

说实在的，不单是怕热了谁，冷了谁，心里真真不情愿的，倒是看不顺眼又泼又人物的九跑子女人，老跟他做爷子的妖来妖去地耍嘴。

"那小爷房里总也得收拾收拾罢。"拱子老婆倒是老实人。

"那容易，"九跑子女人说，"我去搬张睡椅放这儿，委屈一下小娘，先在这儿晒个太阳养养神，咱们齐大伙儿动手，不用一顿饭工夫，还不收拾妥了？"

似乎这个白白胖胖的九跑子女人，是个头目，大伙儿净听她的。

他是一旁冷眼瞧看。那些大人孩子可都兴头地早抢到大门外去等着小太爷带他们去下澡堂。影壁墙那边，不时探出个脑袋往里张望动静。

看着他那个人冷在那儿不走，不知要做什么。

老得发紫的藤睡椅打屋里搬出来，真觉着不好意思，人家总比自己长上十几八岁的。"别折死我罢，我自个儿来——"可是没等她抢过去，就给他那个人伸过手来拦住了。

"小辈儿，跟她客气啥？"黄眼睛瞥一下她的肚子，脸是装出来的板硬板硬，一派的长辈相。

老得发紫的睡椅打他俩中间过，一步一声喀喀吱吱。好宽的地方，九跑子女人要不是存心偏打他俩中间挤过去那才是怪呢。他那张硬手掌，似乎也是先有准备的，"猴脑儿也没这么机伶！"挺脆挺脆的一声，手掌照着九跑子女人肉墩墩的大屁股上拍过去。天气并没暖到那个地步，瞧那个娘们儿穿得多单。记起莲花姐说的，爱卖膘的女人，十有九个都不是正经东西。

挨了大巴掌一打，卖膘的女人把睡椅顿在地上，白白胖胖的脸盘儿矫作得板硬，黑眼珠儿夹在眼梢里瞟着他做爷子的，手是揉了又揉挨过巴掌的那块抖抖的肉墩子。

真就痛成那样子吗？打瘀血了么？多少哗笑，多少眼睛偷偷瞟着他小爷，又瞟到她做小娘的脸上来。那是什么意思？存心要看她的笑话，还是等着她有什么脾气要发？

当真那么不知分寸么？尽管感到脸上挺下不来，显得做新娘子的好无能，管不住男人。心是沉了又沉。他那个人待在这儿，放着澡堂不赶快去，好像专程等着跟九跑子女人调够了情才走得。自个儿忙避开脸去，望望梁上隔年的燕子窝，借着打个岔儿。燕子窝下面吊着一柄挡燕子粪的芭蕉扇。

"等得罢？"

耳后听见他这么说，以为是跟那个女人勾搭。待他贴到耳根上来又重了一句，才知道他问的是谁。

"等得什么？哪儿就倒下啦！"

奔拉着眼皮走过去，坐到一张不知谁搬在这儿晒太阳的太师椅子上，装着不看他，心里却揣测得出那张虬胡子脸上是个什么神情。

"想吃点什么？爷给你捎点回来。"

噌回去一声，"恶心！"心其实又软了。可是总得乘势教他那个人心里有个数儿才行，别以为她年幼无知，随便欺负她不懂事。

约莫又是九跑子女人出的主意。山楂果甜香甜香的，贴着方枕这么近，一阵子又扑鼻地逗着人起来，偏要呕口气不动它，宁可忍着舌根底下源源地生着酸水。

决计今儿黑天之前，非要赶回羊角沟不可。心里一再跟自家嘀咕着这个，似乎生怕待会儿脸一软，口也就软了。又像是害怕待会儿稍稍厮混熟了，把羊角沟给忘掉。

包山楂果的土纸包儿，有两个牛角粽子大。纸包里顶出一颗颗圆鼓鼓的形状，瞧着就馋得人牙根儿酸痒。

山楂果通红的薄皮，比什么膏药搽冻疮都灵验。小得像个小玩意儿的红泥炉子，上面架着皮二大爷一双巧手编的洋铁丝列子，摆满了山楂果，文文的木炭火烤着。

小时候跟莲花姐两个人，年年过冬都不空过要害一手背的冻疮。耍起吃力的把戏，刚结疤的疮口又挣裂了，咬牙切齿地痛到心尖儿上。

拨弄着红泥火炉上烤紫了的山楂果，拨弄得挺勤的；教人看来，小姊妹俩似乎好不心急地赶着要把冻疮给治好。其实等得好不心急的，倒是揭了热山楂皮贴到烂冻疮之后，等不及地贪吃越烤越酸的黏黏的山楂肉。

这四五年来，约莫是人长大了，知道爱惜了，一天也不塌地搽着蛤蚌油，一直就没再闹冻疮。只是冻疮去远了，山楂果也跟着去远了。

山楂果近在枕头边儿上，专程为了供奉她一个人受用，偏又呕口气，不去动它。

想着莲花姐，天到这个当口，又该是打点停当了，等着上场子。束紧了腰巾，那么等着，蹬梯子，等着傻长春儿爬在她上头弯来弯去地穿着梯桄子。要说命里注定了要跟傻长春儿做夫妻，那可不就是天天露着那么样的兆头！

姐，打小里一起长大，一直都喊得那么亲。分手了一个多月，觉着有十年没喊姐了。望着好高的玻璃天窗，一夜不曾阖阖眼睛，这呰子反而一点点睡意也没有。试着，轻轻的，轻轻的，"姐，"不要让人听去。好高的屋脊顶，好空的大房子，仅仅舌尖动了动，"姐，"一下子就震出四壁回声，打在一口无大不大的空瓮子上那么响，惊惧地连忙四处看看，多空得怕人！比让人扔到荒郊野湖还觉得落单儿。

就那么不小心地四处看看，脑袋在枕头上转动，似乎有个什么东西在动，影进眼角里来。

这才发觉前墙和山墙的旮旯里，春凳上动着一个黑黑的什么。看不十分清楚，看着看着又不动了。

房子是够高大的，纸窗棂也比羊角沟那些个小窗洞要大上好几套，此外还有挺亮的天窗，也还是不大济事儿，旮旯里照样地乌黑。房门上垂着棉门帘，纸窗棂上又贴了一层状元及第和五福四四如意的窗花，天窗玻璃是给陈年的尘垢封得透亮不透光。眼睛打那些上面收回来，皱紧眉头越发看不清墙旮旯暗处里，春凳上到底盘着什么东西。

试着把它当作一只小黑猫，"咪咪，咪咪。"轻轻唤着。用劲儿端详了一个仔细，以为自己横躺着，眼睛不收光，再不就是看走了眼，便撑起半个身子探望。

"姐。"黑旮旯里送过来一声。

不一定就是"姐"那么一声，但是听来很像，很切近。兴许是疑心，方才自个儿喊了姐的回声还仿佛撩在耳朵上。

可冒冒失失那么一声，不容人怎么想，就吓了人一跳，浑身一紧，一时大气儿都喘不出来。

觉着那个小小的黑东西，对她涌过来一层黑雾，又像一团黑气，阴森森地罩下来，冷得人收紧了又收紧了身子，手里什么东西也没有，不觉胡乱地要抓住些什么。

"嘘！嘘！"拍打着炕板，吓唬吓唬那个作祟的什么，给自己壮壮胆。手碰到山楂果，好似可也得了手，三把两把地撕开，撕得炕上炕下到处毂辘辘滚着跳着鲜红的小圆球球。

一阵子什么也不管了，抓起一颗颗山楂果打过去，不问中了没有，只管生疯一样地，把自己拼得天昏地暗。

炕头上一颗山楂也不剩了，抓了把空的，还是空打了过去。这才稍稍清醒过来，粗声粗气地猛喘个不停。

一定打跑了，春凳上看不到还有什么，只是没看到从哪跑走了。遍地的山楂果，手插进头发里，喘不平气。心想这真是疯了，简直是一场离了谱儿的噩梦。

紧接着给她一个惊吓，那么鬼祟原来跑到炕前来，蹲在离她不到两步的地砖上；不对，简直不是蹲在那儿，是大模大样地坐在那儿，两只小爪子拱在胸前，朝她直作揖。

忽才想起皮二大爷讲的那些个黄鼠狼作祟的鬼讲儿，只见它有一条没长成的猫那么大小，尾巴粗粗的，黑里泛着焦黄。千年黑，万年白，敢情是只几百年的老精灵了。

"姐，"仿佛是这么样的一声，或者只是人咂嘴那么响，"啧！"近乎鼠叫。

眼睁睁看着它伸长了脖子，像是挺吃力吞下一口难咽的东西，肚子鼓着鼓着，使上不知多大的气力，叫出那么一声"姐！"

被那一声叫，被那个学人样子的作揖，直吓得根根头发直起来，身子一麻，人像猛可儿炸了，抓起炕头上的方枕狠劲砸下去，一声不由人的尖叫，把嗓子都喊岔了。

人喳喳呼呼抢进来，一个又一个。棉门帘子底轴儿一下一下敲在门坎上。

跟这些背过脸去又不知道要怎样糟蹋人的娘们儿有什么可说的呢？狠狠咬紧了牙骨，闭紧嘴巴不吐一个字儿。房里给她作践成这个光景，这些不让嘴闲着的娘们儿，可更有得长短了。

齐喳喳的话头可多了。

"怕是见到什么脏东西了罢，小娘？"

"不是我怨咱们小爷；他男子汉血气盛，压得住，小娘不还是小不点儿的妞儿吗？非要小娘歇到他这个房里……"

"怕咱们屋里龌龊，脏了贵人哪。"九跑子女人说。

"哪比咱们见惯了？小娘人家是娇惯了的……"

把马甲扣上，花鞋套上，耳边嘈杂着这些穷嚷嚷，木木地走出上房。

"套车，上羊角沟！"自个儿也弄不清是吩咐谁。

四周的娘们儿家，冷了一下，又嘈杂起来；什么要等小爷回来呀，不是没一个男丁吗？又是什么给小爷去报个信儿再做定夺罢……嚷嚷没个完。

狠狠咬着牙："备马！"谁也不要看，来到锁壳门楼底下。

马棚子就在门前空场子左首。

这些妇道人没一个向前的，她跑下高高的石级。马棚子北头一栋三面墙的大敞房子里，两排木架上堆着些鞍蹬。心里估着，光马骑到羊角沟，没什么大妨碍，就抓过一套辔头，套上一匹靠外头的黄川马，抓住马鬃骗上去。叫我在这儿听你伙儿诮贬，休想！腿底下只一夹，石板路上一阵子蹄声急打，头也不回，人就上路了。

穿过凤凰墩，一阵子孩子脾气上来，真想抓一把红土带着，料定了他那个人要追来，能一口气多赶点路，他那个人总得多顺她一些。到羊角沟约莫三十里地，若能紧赶慢赶，赶上个过半路，就算他再拗着来，非回大房村不可，那可连拗也拗到羊角沟了。

心里这么盘算，总觉着不怎么仰仗。出圩门二三里路光景，这一段路倒是有些把握；那天让他抢走时，一地的寒霜，前后约略知道一些个方向，瞄着往正北走，路在嘴上，走着问着，八九不离十，没有摸不到羊角沟的道理；而况来的时候，打骡车里望出来，倒也记得两段路。这都不用担心，只是有点害怕这么紧一阵慢一阵地赶路，碍不碍着肚子里的孩子。

瞧他一听到害喜了，乐得忘了分寸，万一有个什么闪失，才不知怎么收拾呢。这就不能不靠着阅历深的李三大娘多照应些个。

把她当作主子伺候，又看作亲生女一样疼着的老嬷嬷，一听说有了身子，真不知要比他那个人还要乐到什么地步呢。他那个人从没想过什么儿子不儿子的，倒是李三大娘，当作婆婆盼孙子一样地盼着她早日生个一男半女。不住地紧催着马。一心只觉得羊角沟才是人住的地方。上午来大房村的路上，倒是觉乎着大房村那块地方挺亲的，跟爹、跟莲花姐、皮二大爷，还有枣骝那些个通人性的牲口，都曾在那儿共过两昼两夜。凤凰墩上血红血红的泥土，梦都常让它给染红了。真像是那句老话，人不亲，土亲。而今才认定大房村简直是个鬼地，凶地，先把她跟爹那一窝儿拆得两分散，再就是方才那一场嘈嘈闹闹的噩梦，又是冷话，又是热噜，再好，也分明是一个个虚情假意哄着她玩儿，才受不了跟些贼婆子斗心眼儿呢。还有那个鬼鬼祟祟喊人"姐"的黄鼠狼，吓死人了。

估着走有三四里路的光景，还没有用得着问路，就给追上了。背后隐约响起急急的马蹄。老阳儿一磨西儿，地就回冻，马蹄急跑起来，可像磕在青石板铺的长街上，老远就听见。

尽管马蹄近了，近到似乎那个人一伸手就能把她扯过马去，还是执意不肯回头。只是念到害他骑着马赶来，心又挺不忍，觉得害他那条腿多少要受点儿苦，总是自个儿不是。

"回去！"听见他那么喝斥着，心里猛一阵子滚烫的恨，火烧一样——你休想还像上回抢我那么方便！心里这么发着狠。

"要在羊角沟打万年桩？没门儿。跟了爷，就别痴心妄想做个没出息的看家娘们儿。"

紧了一下左缰，"谁跟了你！耍把戏的哪儿配！"闪开伸过来要抓辔头的那只毛手，死劲儿夹了夹马。

"你跟小孩子一般见识？"

"多小啊？懂得卖膘、卖俏、卖骚，还嫌小？倒把我当作三岁小孩儿，当我看不懂眉来眼去，太教人咽不下去。"

"谁？九跑子他女人？"

"干么那么心虚！"忍了又忍老要涌上来的眼泪。

"她敢！"

"旗脚板子也不犯死罪。"

"爷要的就是你这双大花脚，她敢那么胡呲！"

"有做爷子的领头，还愁没人跟上学样儿？"

他那个人一策马抢上前来，横到路上，拦住了去路。

"回去，叫她陪礼。"

"我可没那个福气消受。跑马卖解的下贱货，一步登天爬得这么高，也别太摆铺了。倒是回羊角沟去，安分守己做个看家娘们儿，横直我也是无亲可投，无路可走……"一说到这儿，人就一下子撑不住地软下来。

"说这些干么？"

"两下里都不稀罕了，话说明白了倒好。"

勒住缰绳的手背上，落了一滴眼泪，眼前一阵子模糊，忽觉得好凄凉。

忽地蹄声响起，一抬头，他那个人擦身而过，勒转马头往回奔去。

一时愣住。

干么又折回大房村去？望着他头也不回地去了，催着马跑，斜西的太阳刺眼，不等马蹄声听不见，已晃晃地看不很清他那个人。

顷刻之间，觉着他那个人把什么都带走了，又像是把什么都丢掉不要了。人愣在那，冷冷地望着来路，又望望去路。赶去大房村，那是死也不肯甘心的；真真的回羊角沟去，他那个人果若无情无义地不要了她，去羊角沟又算什么呢？

勒住马头，往大房村走走，又折回往羊角沟走，心绪乱得理不出一个头儿。往哪儿走都不是要去的地方。若是就此再奔爹去，不说落到这般下场，见不得人，要挨爹像逼秋妃姑那样逼她寻死。就是什么也不顾地去投奔，又往哪儿去找啊，路是走一辈子也走不尽的。思来想去，顶近的一条路，还是死路。想到这个，忽又怕起来。真的，那比到羊角沟去，到大房村去，或是寻找爹去，都近得多；解下辔头上的缰绳，接长一些，就在那边人家的陵地松林里，打个扣子，找棵树挂上去，一下子就走到路尽头了。

看看日头更加歪西，不是路近路远，但看哪条路去得。往羊角沟走着，路上没什么行人，只有粪车粪挑子来去给地里上春肥。没想到他人又回来了；长长的一段时刻好难熬，只是一旦听到那片马蹄声，又觉着他怎会这么快又回来了。

心里积聚了整疙瘩整块的委屈，不知道该冲着谁泼拉拉抖出去。

两只马头齐到一起，瞟过眼去，见他打腰里抽出那条常时不离左腰眼儿的金丝簧。

"试试罢，还热着。"

盒子枪打横里递过来。

手斜过去接枪，忽又一震地缩回来。

"谁？"不知道要问什么，双手掩着面颊，紧紧捂住，又移上去捂住耳朵，仿佛害怕枪不定又要响起来。"你干么啦？"她埋着头问过去。

一路上什么也不说。任她怎么叮着问这问那，总是一声也不响。回到宅子前，丢马就进去，那条腿看来还是不大利落。

然后就像伐倒一棵大树，倒到炕上。

"爷要好生补一觉。"只丢下了这么一句话。

天可还早着，牲口才上槽。

给他扒下一双没见过的鹿皮靴子。垂到炕沿下的两条长腿，听由人摆弄着，倒真像一倒头就睡熟了。

把一双长腿抱上炕，然后够到炕里去，扯开大红缎子被给盖上，又加了一床羊毛毡，给他肩上掖掖紧，这才发现他睁着好大好大一对眼睛。

"我说呢，当真睡得着！"

贴近脸去，亲亲刮得挺光滑的宽下巴。

"爷，还是把袍子脱了睡罢，安顿点儿。"

那双眼睛眨一下，凝死了一样望着一个不知什么所在；只有他自个儿才知道到底瞅着什么。

"又作了什么孽了，这个魔王？"李三大娘这一问，她就心里有数了。一路上找着话跟他说，总是不搭腔，原也曾猜疑这个那个，都觉着猜疑得离了谱儿。

"多少年了，我还摸不透这个魔魔星！"李三大娘喊喊喳喳说，"只要干了歹事儿，你瞧罢，他就蒙头大睡，一天两天别想他睡得醒，我说这话摆在这儿，你等着瞧就是了。"

听着这个老嬷嬷叮在耳边絮叨，心里可一阵慌似一阵，说不出道理地越发疑心九跑子女人是不是她亲姊姊，尽管拼命跟自己说，哪有这么样巧事。心上忽又一亮，什么口口声声看中她这、看中她那，分明看中的是她太像九跑子女人……

"不是我说，小娘啊，你也太不拿事儿当事儿了；瞧你倒真沉得住气。"

"不又怎么样呢？我也猜不透他到底干了么了。"

"有这种事？同去同回，他小爷干了什么事儿，你一点也不知道？还要猜？"

望着这个顶真了起来的老嬷嬷，好似这才是头一回发觉那张脸怎么会这样奇长。她咽咽唾沫，不知打哪儿说起才是。好像自己驮着一身的错。

约略地跟这位李三大娘说了个梗概，撇开自己害喜的事没讲——似乎再大的喜事，碰到这样的光景，也没有胃口提它了。

老嬷嬷听着，不住地两只拳头对着叩叩。"坏事儿，坏事儿了，你看这个魔王……"一面不住呷嘴。

"难道说，他真就把……"说着，连忙把嘴巴掩得紧紧的，真害怕走漏了出来。

"那有什么难——他那个人？"

手掩紧了嘴巴，有什么难咽的东西，梗在咽喉里，痛得直咬着手掌心儿，一下下龈着。

一些东西杂乱地堆到眼前来。那张白白胖胖的脸盘，黑眼珠子老在吊梢的桃花眼眼角里毂辘毂辘打转转，腮上抿着挺俏皮的滴水须，一双小脚，一走动就带着抖抖的那两堆肉墩子。这不都活生生地动在眼前么？

满心的懊躁；一时间，只觉得万念俱灰。人活着到底作什么啦？

"怎么是这种人！"

"给你小娘讲过多少啊，你都不信。"

"那不是我害了她？"

"怪谁呢？你还没摸清他这个魔魔星。"

"早知道这样，九跑子女人就是指着脸骂我，我也不敢在他这人面前漏一个字儿了。"

一直就被这个懊躁追着、缠着、黏着。老想把心思扯远些，想来想去，还是给紧缠住。前前后后净是碰着九跑子女人那一双吊梢眼儿。天一黑，越发地到处都是那一双眼睛盯紧着人。

把冰糖煨的莲子红枣，牛骨髓油茶，一些茶食都备下了，等着他随时醒来，随时用用。陪在炕边儿，守着一炉旺火。他那个粗汉睡着了，却听不见一点鼾声，相书上主贵的龟息，或许他就主贵在这上头。如今避讳着，不敢再去想他那双主凶的猪眼。

守到约莫二更天，再也耐不住，像只小猫那么轻悄，揭起小半边被角拱进去。眼皮重得抬不起来。

闭上眼睛也没用，那女人是缠定了她，钉前钉后一歇儿也不肯闪开。天撒黑之后，独卵边子跟小锁驾着骡车赶来。一看他俩脸色，就知道自个儿那点儿偷偷巴望着不要是回真事的妄想算是完定了。

"小娘别难过了。该她是命逼的。"

边子那样的空话，敢情不生作用，减不掉自己心头上那份儿沉。

沉沉压着，人醒过来，满屋子漆黑，不知天是什么时辰了。躲过脸去瞧瞧窗口，倒是焦炭炉子着得挺旺，炉口上没坐着什么，晕晕的一团红，照出大柜子门上红亮亮的白铜荷包锁；衬着四周围一片黑，黑得很远很远，荷包锁看似悬空吊在那儿，挺孤单的。

"天一亮，爷就带你去湖里打围……"

他嘴里喷出来的热气，不是初初醒来的那种教人不大好消受的闷腥味儿。

敢情他是醒有好一阵儿了。

不作声，也不想动一动，听让他爱怎样就怎样。眼睛原是淹在无底深的黑潭里，借着炉口那一团火红，慢慢地倒是分出什么是什么了，也慢慢地止不住又生出那种心酸的热腾和喘嘘。

刚蒙眬了一个小觉，总算把那双吊梢桃花眼给躲开了。可人稍稍一清醒，恼人森人的鬼东西，那些懊躁重又纠缠上来。再怎样要人命的心酸，热腾腾的喘嘘，也一下子都冷了下来。

亏他还想到要去打围。"不信你就不放在心上！"明知这个时刻，他是什么都听不进，可就忍不住心头上一股子恨。

一时间，要恨的可多着：恨自己多嘴，收不回来；恨他这个人拿人命不当一回事，害她没头苍蝇一样，他倒乐着；恨他那样子转脸无情，有朝一日，自己落个什么下场，真不敢去想……

眼泪沿着两鬓，清清楚楚一滴又一滴的，滚到耳壳儿里。想想又不该怨他；也是全心全意疼着她，把她给宠到天上，才受不住人家给她一点点冷言冷语。

望着炉口渐渐沉下去的那围儿红晕，忽觉自个儿不知怎么会冰冰的像个木雕泥塑的假人，他那个人却像受惊的烈马奔跳在它身子上。想起初进大房村那天，给蛤蟆精堵住路，刚过不到半条街，又被玩老背少的拦住了好一阵子。该就是老背少的那个玩意，看似两个人；老的上半个身子和女的下半个身子，都是那么僵僵的假人。爹降过那匹烈马，还记得挺清楚，靠嚼环压根儿控不住，上下嘴唇都扎上细麻线，扯得一口的血沫子，四处飞溅，甩长了细细的黏丝，两排剥出来似的长牙，全都被血染红了。

烈马也不累，不肯稍稍停一下蹄儿。倒要跑到哪儿去呀？这么不停蹄儿奔跳，再差的九子口老马，也该跑上百儿八十里了。这该不是跑在大路上，该是跑在通到天亮去的时辰上。那就还有老远老远的一程了。

这样还不够，没等模糊一觉，又听见他那个人在外间吩咐谁，要备两匹马，一人一管双筒子线枪，去野湖里打围去。

"多备点枪药。给你小娘挑两支轻巧的。"听他又叮嘱了一声，"癫圈子那儿，把兔虎架了来。"

"我说他小爷，什么时令啦，还打围？"

似乎是李三大爷，老是穿着不大跟脚的羊毛窝，擦啦擦啦打外边走进正堂里来。

"小麦起节了，给人骂死——怕要。"

"你骂？"他那个人冷冷回了一声。

"那哪儿是打围——打麦了呗！"

"噢？"接着又是他那个人憋在嗓管儿里的一阵子咯咯咯咯的冷哼哼。

可像皮二说的，那是长虫叫。有一回停车在一个死谷口，趴在车辕上。望着皮二大爷提着装油的大水牛角，蹲在那儿膏车轴。膏着膏着，草丛里响起那么样的怪声，咯咯咯咯，抱窝母鸡就是那样子叫法。皮二大爷说，长虫吃蛤蟆了。那样唤着，蛤蟆就会着了迷的一步一步跳过去，跳到长虫嘴里。才不信他那么砍空儿呢，冲皮二大爷皱皱鼻子。"你当它吞不下？真小看了人。人心不足蛇吞象，吞不下个蛤蟆！"

那张铁脸上，看不到笑；要笑，就是嗓管儿里那种咯咯咯咯的冷哼哼。逢到这样，就像长虫爬上脚面儿一样森人。一起这么久了，还是听不得他那种不怀好意的冷笑。

谁也不敢再回嘴，听见迟迟疑疑走出去，有李三大爷拖拉不清的脚步。不知是谁，还绊了门坎一下，狠狠地踉跄了出去。

"好爷，"觉出自己声音好点，就如同乏得睁不开的眼皮儿一样黏，"你怎么那么盛的精力！"

等着他挑开了棉门帘，斜探进半分身子。

"打围幌子。包你不要五斤枪药，理起枪来就中。"

"你就养养神罢。"眼睛涩得张不开。

"爷这一手，可舍不得轻易传给谁。"

"那就留着得了。"

"还留给谁？"人坐到炕沿儿上来，"铁爷的女人光会骑马嗒？"

"有个小子接替爷，还不成？"

一双黄眼珠子转到隔一层被子的她这个身子上。

"等小子长有枪高，老子也老得喝铜了。"

谁料得到他那个人，没等看到儿子长有枪高，人就去了。枪也没等到老得喝铜，就把枪机扯下去了。

空壳子枪，排成排钉在东山墙上。那是一本老账，上面记着哪支枪伤了哪些人，哪支枪伤了多少人。那本老账只有他自己看得懂。她可只知道两笔账，"旁开门儿"伤了他自家那条腿，"金丝簧"打了九跑子他老婆。

当初，照他两口子说，那是孽——种在九跑子女人身上的孽。

"别从那边看过来，"金长老摇着头，"要打这边看过去；如今晚儿，重生了，那一枪可真教人结了脱胎换骨的缘。"

如今敢情相信那是"缘"了，当初哪里想得到什么上帝的美意。

什么指望都没了，最后架着他那个人打马车上下来。天是个坏天。不知一个人怎会有那股子蛮劲，好几条壮汉缠不住。真像整一头老虎那么扎手，终算把他送进福音堂铁花栅栏门里。

风雨大得没缝儿；一下马车，挣着扯着，只纠缠了那一下下，人就像瓢浇的一样，浑身上下给打得挺湿，没有巴掌大的一片干处。

厮缠着不肯进福音堂，钟楼底下过道里，风像结了疙瘩往里涌，鼓进一波一波水雾。挣打在洋灰地上，脚底下直打滑。直声嘶叫着，倒是忽给人一股子欢喜，不是那种泼娘们儿的岔嗓子。

撕扯的工夫，他人忽然挣脱，冒雨冲进院子里。大伙儿连追是追，人已滑滑擦擦地猛冲，半死一样，趴到一棵无花果低低弯着的干桠子上。

被她老疑作什么精灵的大白胡子老头，这才下了马车，打后边跟上来。

"不用怕，不用怕……"一路招呼过来。"你都别太缠他，教他定定神……"说着拉拉头上的骆驼毡帽，冒雨走过去。

"不要怕，唐小爷，到这儿你就到了家。"

老人拍拍他肩膀，搂着一只胳臂。"咱们进去罢，外边雨这么大。"那么稀松平常，好似随随便便招呼一个常见面的熟朋友。

就这么稀松平常的，教人疑心这个大白胡子老头到底能有什么能耐。

都把老人看作洋道人，可是洋道人什么披挂也没有，家常穿的人棉袍，罩着灰洋布衫子。脚上是双脸钉鞋，硬像铁壳子一样。一眉毛一胡子雨水珠子。

人是很听话让金长老搂着走，有些儿跌跌冲冲。

老人没像请来捉妖驱祟的道士和道嬷嬷那样摆铺；又穿道袍，又披散头发，又是七星剑，又是扶鸾，又是画符、念咒什么的。也不是请来给九跑子女人超度的和尚那样折腾；又是袈裟，又是香火、烧货，又是七朝七夜诵经，木鱼、盘鼓、摇铃，把人闹了七十年。

这个穿家常衣鞋的大白胡子老头就凭那两句话，搀过那个半死的人，雨里风里，沉住气儿走进晨更裤小房子里头去。他就那么顺从地服服贴贴跟着走。几时他曾那么规矩过？多少有些神奇，教人半信半疑生出一线妄想。果真有救了吗？不敢说出口来，害怕说破了。就是脸上也不敢露出形迹；跟徒儿大伙儿你望望我，我望望你，都把脸子板紧，生恐泄漏了天机，遭到天忌。

守在晨更裤的小房外头一所大房子里，金师娘招呼着，跟大伙儿问长问短，教人宽心，教人只要信，不要怕；一双小脚里里外外忙着招呼茶水。

上顶檐子下接地的大窗子，窗上红的蓝的花玻璃。外面是白愣愣的天，说晴不晴，说阴不阴。天光透进来，人身上影着晕晕一团子红，一团子蓝。人是排排坐在长椅子上。红衫料子自有的一股子松香味，熏着人不由自已地沉下心来，听得见一个个簌簌地喘着气。房子里四壁粉墙白得耀眼。那样干净，教人想着白漂布做里子的三面新的被子。

可心里总还不落实，老觉得这位大白胡子金长老，没把这事当作一回事儿——这向时可是天摇地动闹有半个多月了。

遭到鬼附以来，人倒也是时常清醒过。每逢那样时节，人就像刚做过什么累人的重活，乏得倒下来，连嘴都不想动一动，只是神志完全清醒；于是懊躁、咒怨、惊恐地担心着那一对鬼蝴蝶不知什么时刻又要找上来纠缠。

瞧着他老老实实地听让老人搀着手走进去，不知怎的，心里好酸疼。瞧着他脑袋不作主地垂摆着，好似断了。为何那么个汉子被糟蹋成这副惨相。想着想着，就泪爬爬地缩着身子抽搭。

金长老打小房里出来，回转身，小心地把门带上。所有这些门、窗、长条靠椅，这么干净的房子，都从不曾见过。老人转动了一下香色烧瓷门把手，试试门关严了，转过来一张霜冷霜冷的脸，那一把垂过腰的白胡子，像也跟着结成了雪流，寒到人身上来。

"让他好生静静，人是太累了。"

"要紧吗，长老？"抢上去悄声问了。

一对好深好亮的眼睛，陷在长得垂下来的白眉毛底下，那么望透了人心地瞧着她。

"你要高兴才对。"

又深又亮的眼睛，使她不明所以地忙点点头。这才听出那口音真是侉得可以。

老人像跟孩子问话，高高的个子虾下腰来，问着显得小巧的师娘，"来了几位？"一面侧耳专注地等着回话。

"都是街上的，要来也大半来齐了。"

"咱们过去，"长老招呼这一大伙儿，"特为咱们唐小爷开个小礼拜。都请过来一下罢。"

会堂里，一排排长条椅子，靠前几排坐了些人，男的一边，女的一边。偶尔一两声低低的咳嗽，震得四壁回响。那样静法儿，落一根绣花针都能像放了颗爆竹。

"主撇下九十九只羊，要去找一只不见了的羊，奉主的圣名，为找到这只羊，我们感谢、赞美，为他恒切地祷告……"

她还听不懂这些，只是觉得很安心，他们终是当作一回正事儿在办了。就像听不懂道士"急急如律令敕"，和和尚"南无阿弥陀佛"一样的，那都无关紧要，只要真能驱邪赶鬼，当作一回正事来办。

尽管这位金长老，满口的老白话，照她想来，也不过略略懂得——怪不得洋教洋教的，开口闭口就数着"羊"。

都是不曾见过的世面。老人站在一座高坛上，戴起金丝眼镜。那上面什么也没有供奉，只是到处的"十"字。庄稼户赶集，临时摆地摊，卖个什么菜种、瓜种，就是这样地插着十字草标。然后一个个闭上眼，念念有词起来。然后打开唱本儿，又再数一遍羊："……主已有羊九十九，为何还苦苦寻求？主说不容一只失落，何忍他只身漂流……"傍着她坐在一起的金师娘替她翻到这一张，侉腔侉调儿领着唱起来。这样大年纪的老太太，高高尖尖的嗓子，着实教人大吃一惊。

又不是野台子上唱小戏的戏子，怎么不分男女就那样一条声儿唱起来了？

上面的字，她是都认得的，只有跟着动嘴唇。道士也曾唱些什么"大则夺纪，小则夺算……"，和尚唱的是"若复有人，如是如是……"重来倒去，那是道士和尚的事。老太太打开唱本交给她，想必是要她一道儿唱，这怎么成呢，自己又没吃洋教。

唱本儿上句句唱词儿也都大半是些老白话，不管怎么说，总是比道士念咒、和尚念经要懂得多多了，就这么跟着哼哼罢，心里哪里放得下好似关进大牢地关在那边小房里孤孤单单他一个人。听说福音堂这边连香火灯油钱都不要，大约就只为了这个缘故，才要遭了事的人家也得跟着这么念经念咒。

真是蠢得可怜哪，心里倒是想着，破财消灾，又不是花费不起的人家；不如要多少，给多少，统统包了去倒省神，自家也好伴着他，多照顾些个。

确实也曾在道士和尚身上花了不少香火灯油钱；那真算不了什么。炮楼底下专程有个装金装银的地窖子。钥匙早就交给她，要她找个空闲下去点一点。那哪是点得清的数儿？合着用升子量金，斗子量银，许是点得清。

花在香火灯油上的钱，足够把一个小户人家花垮掉。福音堂确是一个制钱儿也不曾要过。就只是比起赏香火灯油钱，那得下多大的狠心哪，任你骡马成群，万贯家私，车载斗量的金银财帛，都要撒手舍掉，一文钱也留不得——可又不是舍给福音堂。

稀松平常起了头，当初还暗里怪金长老没当作一回事儿。"不要怕，唐小爷子，到这儿你就得救了……"就那么方便吗？方便得教人宽不下心来。

心里迟疑着，但还是听了吩咐，着人把被物什么的驮了来，就在老两口的炕上贴墙收拾一个睡觉地方。

"黑了，你就歇这儿，只管放心睡你的觉。"老人说，"万一有什么不对，随时喊醒我。"

他是那么顺从，低垂着头，只管瞅着两只手的虎桠。手扎煞着，反复瞅着，大拇指跟二拇指之间，让烟签儿戳得数不清的小窟窿，密像蜂窝。

天还没黑下来，人就挺到炕上了。

"走罢，唐小娘，"金师娘招呼着，"咱们过去罢，你也够累的了。"

隔一间房，这边现支了张铺儿。"这天儿，你挺得住？"铺上其实铺得挺厚实。

"师娘这么大年纪，都跟着受冻，我还有说的？倒是……我还是守着他。"

"那怎么成？夜还挺长挺冷的。把什么都交托给主罢。

主守着他，比你周到。"

"不是我信不过长老——"她是把金长老看成金师娘说的那个"主"了。话让老太太打断："金长老没什么可信的；人都没有用……"

她还是执意地守在炕前，守到查经班完了，两扇铁门噜噜噜噜地关上。

这才恍然弄清楚了——睡在骡车上的那个长夜里，怎么样也猜想不出那噜噜噜噜的响声。

说是"人都没有用"，人怎么能没有用？老两口去领查经班，金长老一离开，心就觉得悬空了，什么也抓不到手。望着他仰脸挺在那儿，快有一个时辰了，只见他眼睛皱皱地紧闭着，就知道他那个人压根儿没有睡着。

一点一点地数着时刻往前熬。打过午进了福音堂，算来也有长长一个半天了，倒是真的一直平安无事。这半个月里，偶尔有过一两回，人也曾经清醒过这么久。只是这么一个长长的半天，眼看着也就到了尽头，没有比这更久过。心就起始提起来，眼睛一眨也不敢眨地盯住他，等着，揪紧了一身的骨节，手从胳肢窝底下探进马甲里，抵住胸口数着心跳；不定数不到下一个心跳，人又疯上来。

就这么死守着，慢慢儿品出"求主藏我在此地，等此狂风暂停息"的味道；一怀的愁苦，守着挺在脸前一动不动的他这个人，不敢跟他搭一句话。记得有一年走过黄河渡口，头一回坐船，瞪着滔滔黄水只离船沿儿不到一尺，心紧得不敢咳嗽一声，只怕一丁点儿的动静，便把一眼望不到边儿的大河，给惊动得翻江倒海，连船带人带牲口一起卷进去。

正就是那样，生恐一丁点儿的声息惊动了他。心里只管祷念着，就这么风平浪静地渡过去罢。尽管也是一眼望不到边儿，但能渡过去多少就多少，挨着一下下心跳，怕去数它，又不放心地非数不可。水兴许已经沐到船沿儿边边上。若是注定了必得在她跳多少下的心跳时，那鬼蝴蝶又缠上来，真愿宁可心就停住不要再跳了。

瞧着他那个撅得高高又蛮又狠的下巴颏，还有放在炕沿儿上矮座儿玻璃罩子灯投到粉墙上撅得更高的下巴颏影子，愈是凝神地瞧久了，愈觉得不是他那个人；或许纵是他那个人，也不是个活人了。

那天带着一伙儿徒儿徒孙去旱湖里调枪，那个情景教人瞧着，怎样也想不到有今天。

也是撅得这么高高的下巴颏，只不过刚在头一天剃光了，没有这样长的胡桩子；望着朗朗晴的天，等着扔上天去的地瓜干。

顶多到一回扔上天去五个地瓜干，一枪一个烂碎，不兴有一个整的落回地上。

"有个窍门儿传给你，"教他喊醒过来。她还在一直望着天上，张口发愣。"先学着打打死枪，慢慢儿来，保你不到端午，打得起甩枪。"

瞧那个又蛮又狠的下巴颏，冲着远处独树一枝的隔年芦花噘了噘嘴。"就照这么着，瞄准了，憋住气，扣狗腿儿。今儿打不断它，咱们不进湖里去打兔子。"

早知落到今天这个地步，但愿那天打芦花打到天黑。

头一枪就把那枝芦花打飞了。

可还没弄清楚是怎么一回事，只觉得眼前一白，肩窝儿里狠狠被捣了一下，听着大伙儿齐声嚷嚷，还不知道自个儿干出了什么。

被他取笑，说她脸吓白了，嘴唇没有血色。"爷把你抢到手那天，瞧你也没吓成这副孬种相。"

"还不是瞎碰瞎撞的！"等到发觉那枝芦花不在了，惊是狠狠吃了一惊。

"爷早说了，是块料；爷看人还看走了眼？"

"别把话说绝了罢，再看下一枪才行。"

原地方没动，又插上一根隔年的芦花做标子。

下一枪上了天，拉起漫天一长串尖响。可是三枪、四枪、五枪，枪中了标子。

当着那么多眼睛，吃他一把搂到怀里，箍着人紧得要断了气儿，髻儿也揉弄散了，人让他横托起来，丢上去又接住，丢上去又接住。

齐打伙儿那个喝采法儿，任她耍了十年的把戏，耍得再怎样险，怎样精到，也不曾得过这等热火烧天的一片声儿叫好。

"爷那个眼力怎么着？一眼就看透你，三生三世的姻缘，命定要给爷做女人！"

胡乱地收拾着鬼一样披散的头发，做出不知有多气恨地瞅着他那个得意的样子。可心里，也确乎是咬着牙恨起来，不相信把一个活得那么蹦跳的女人打掉，他能一点也不放在心上。

瞅着，无来由地生分起来。是谁呢？怎么该就做了这个人的女人？他那张蛮脸，越瞅，越觉着从不认得，好生好生。

可那张蛮脸，也确是一下子挂下来。薄得看不见嘴唇的嘴唇，越发咬成了一线细缝。实实在在的，脸是变色了，蛮不是自个起了疑心，才看成那样子。

他那个人从不曾避开人眼睛，却好像禁不住她这么紧紧瞅住，连忙借故调开脸去。"癞圈子，把兔虎架过来。"接着骗上马去。

胳臂上架着猎鹰，"还不上马？等个鸟？"冲着大伙儿，他那么吼着，似乎也拐上了她。

两人并马走着，殿在大伙儿后头，开往湖底去。

天还是连着昨天那样响亮好天，粉扑子一样扑在脸上的春风，比头一天还要柔，还要暖烘。

尖利的鹰爪，根根弯钉子一般地揿进牛皮护袖子里。鹰头上戴着紫铜蜗螺帽壳儿，眼睛罩在帽壳儿里头。

想到他不把死的放在心上，生的也该放在心上才是。尽管头一天一听说她害了喜，乐得忘了体统。可是乐过那一阵子，那桩事也就过去了，只怕他心上连个影子也没再留下。跟了这样汉子，他就只有他自个儿，又是那样说变脸就变脸，教人拿不稳怎么样随时去伺候他。要这样老是提着心伺候，人真要促寿了。

"都还不晓得呢，好爷。"她说。想要提醒他，也教他顾着人一些。

敢是他光顾着左看右看臂上架的猎鹰，没听懂，再不就是压根儿没听她说了什么。

"不是都还不晓得吗，爷？"

这才他侧过脸来，定定望着她。

"人家跟你说话，都听不见！"

"没聋啊，爷等你往下说了。"

这样反又不好意思起来。"这个啦，"腼腆地低下头，下颔点一点肚子，"爷就没放在心上。"

"谁？你说谁还不晓得？"

"说出来，爷又好骂什么老壳子。"

"骂又骂不掉一块肉！怎么样？老……"刚说他，可又溜出了嘴。他自家也知道改不过口来，跟自己提提嘴角，鼻子里冷笑出来。

"她晓得又怎么样？"

"不吓死才怪；又放枪，又马上马下地折腾，……夜里……又……"

"哪那么娇！是爷的儿子，跑不了；不是爷的儿子，留也留不住。"

"爷这话多伤人心！"气得她伸过手去够着捶他。

两匹马靠得再近，凭一只胳臂那么长，本就够不到。原也不曾执意非要捶到他不可。"你当爷还怕你怀了野种！"这句村话倒是教她不甘心了，揸住马鬃，人就大半个身子悬空扭过去，一巴掌就把他俄罗斯帽子扇到地上。

"留神惊了兔虎！"

他躲着，鹰在胳膊上站不稳，一下下地张开翅膀。就是那个当口，不知哪儿飞来那一对该死的鬼蝴蝶，枯树叶子一样的色气，茶色不是茶色，黄又不算黄，一点也不打眼，上上下下地戏着飞在他俩头顶上。

两个人被这对蝴蝶一打岔儿，都住了手，她自个儿也回到鞍子上。

真是啊，哪里知道那对鬼蝴蝶正挑的是时候，就那么飞上飞下地旋在他俩头顶上兜圈圈，打着鬼主意。

"爷猜猜，那都是谁？"指着那对蝴蝶说，还不知道祸到临头了呢。想起皮二大爷讲来讲去的那些老骨董；刚这么一问出口，立时就怕犯了忌，怕他把那对蝴蝶比作他俩儿。便抢在头里说："一个梁山伯，一个祝英台，是他俩儿魂灵变的。"

"这算本事！"瞧着他一边嘴角提了提，不懂他说的什么意思。

一路上只要是眼睛碰上眼睛，就不禁念起昨天那桩事。问是害怕问他。可看他坦然无事的样子，愈不信他一觉过来，心里能干干净净地不着一丝痕迹。反而害她替他担着心事。

"不信就算了。"

"不是不信；你有能耐，能认出哪个是梁山伯？哪个是祝英台？"

这么闲扯工夫，不知道那只猎鹰罩住眼睛的蜗螺帽壳儿什么时候滑落的；只觉着眼前一黑，无大不大的一对翅膀，劈头盖脸地拍打下来，拉起呼呼的风，吓得她缩下身子，脸埋进马鬃里。

听到他急急地"喽喽喽喽……"唤着兔虎，一面拉住系着鹰爪的链子，厮打着扯来扯去。遮住半个天的翅膀不时拍到身上来。真怕那一根根弯钉子利爪，一下拐上来，把头皮揭一个光；就像喂它麻雀那样，活生生的麻雀教它利嘴一勾就揭掉头皮，才剖过的光头那么白净，啄食里面脑浆子。

人就索性翻到马肚子底下躲躲。

可小川马不比她跑马卖解的那头枣骝，从没碰过像她这么一手。那么个节骨眼儿里，哪里还想到没调教过的牲口，总是护肚子护得要命；一受了惊，直竖起身子哗哗嘶叫。前蹄落地，就撒开奔子耍狂，嘶得人眼前直迸火花。

耳边一时响起多少蹄声。荒草抽在脸上，眼睛给飞跑的草丛撩花了。撂下个把月没摸牲口，费上好大劲儿才又翻上马背。

只见原是知趣地抢去前面，已经走去老远的人马，正齐大伙儿往回飞奔，兜着那么大的盘旋，踢蹬得一波波地扬着飞草，好像跑在河洼子里，溅起一路水花。

没想到方才坠在马肚子底下眼花缭乱地跑这一下，倒跑了这么远。

远远地望回去，他人不在马上，鹰也不见了。心里一急，两腿狠狠一夹，没膝的荒草真如水花一般，猛往脸上涌上来。赶到跟前，徒儿已把他打草窝里扶起来。

挤进人丛里，只一眼，就把她愣在那儿。

人还是那个人，鼻子眼睛又没换地方；被她扇到地上的俄罗斯毡帽，不知是他自己还是谁，又给他戴在头上。只是他那个蛮汉子怎么成了这个样子？

人是软得要人扶着才站得住，仿佛连脖子也直不起来，眼睛则像打盹似的张不大开，嘴角儿上挂一抹白沫，黏黏地甩着。

那张黄苍苍生就没有血色的宽脸子上，清清楚楚一个个手指印子，简直是手沾着洋红印上去的那样根根可数。

大伙儿小爷小爷的喊着。

独卵边子尖着嗓门儿说，脸上的红印子准是鹰翅打的。

"没的事儿，哪里打得出这种印子！"癞圈子似乎生怕他养的鹰担了过错，嗓子挑得比独卵边子还尖。

"不是吵嘴时候，还不快把小爷扶上马！"

"回了回了，扶小爷上马。"

这么嚷着工夫，她可给吓愣住了，拿不出主意。忽地他一阵子蛮起来，拐着挣着，把左右都给摔开。

"偿命！你姓唐的,偿俺大妞儿的命……"真是教人惊心，全不是他那个粗沙的嗓子；一嘴泼娘们儿的叫骂，"你娘的唐铁脸子，老娘有的苦给你吃……"不独不是他声音，连那个神情，手叉在腰里跳着跺着的架式，都成了个地道的泼娘们儿。骂着就动手自打自家嘴巴，两只手飞快地一上一下抽。

人抢上去拉住他，好几个壮汉干架似的纠缠了老半天，才把他胳臂、后腰、两条踢打不停的长腿分开给抱住。

哪里懂得那是什么道理！人是先被吓愣住，然后害怕得哭起来，嘴唇咬出了血都没觉得。

那天可是折腾到过了晌午才回到家。

好几个壮汉架持着，马又骑不得，瞧他两眼倒插，一嘴的白沫，口口声声骂不住嘴的要姓唐的偿命，骂他姓唐的纵了兔虎把她大妞儿一翅膀打死。几个人散在出事地点，一棵棵荒草拨着找，居然找着了那样茶色不是茶色，黄又不算黄的一只蝴蝶，死死地不动了，一边翅膀散作三四片。

死蝴蝶带回来供奉着，先请来了道嬷嬷下神，打听出来是对修炼了千年的蝴蝶精，母子俩远赴西天王母娘娘瑶池会，路过这里，不巧碰上了恶魔，一翅膀就把千年道业给毁了。

"这个情，不好讲呀，少不得要大破费些了……"道嬷嬷开了盘子，百斤檀香，百斤大烛，百斤灯油，只是见面礼，先去通通人情再说。

直闹到傍晚，屋里掌起灯火，人这才长长吁口气，周身一下子瘫下来；好似乍乍挑了一长天的几百斤担子，人是累垮了，只有出气没有进气地直喘。

炕前塞着黑压压的人，都不清楚急着要等候什么的愣等着。

"都先出去罢，"李三大娘小声说，"等小爷还醒还醒再说。小娘你也别着急，事儿不是急得来的。"

人挺在那里，不住地一个又一个呵欠。

"也或许睡一会儿，安安神，就什么事儿也没了。"

有谁这么嘁嘁喳喳地说；似乎明知是句谎话，谁一听都听得出来，也就说得没有仰仗。

外间跟院子里，一直都有些人窸窸窣窣低声拉聒儿，等着房里动静。就她一个死守在炕边，李三大娘和媳妇进汤进水的，她是一滴都不曾沾沾嘴；劝她先歪歪也放不下心。一劲儿想着自己命苦到这般地步，只觉得空茫茫一无指望，什么也抓不到，摸不到。慢说道嬷嬷开盘子开得那么大——百斤大烛、百斤灯油，固属吓不了人，就是百斤檀香，时价三个金镙子也就打发了。拿地窖里金银珠宝全都送出去，只要把人调理过来，身外之物又算什么呢？

小半夜了，三星磨到当门，人这才翻个身醒来。

一醒过来，就要大烟抽。原先那三根烟枪都让他磕断了，生膏子倒是有，还有好些个云土，现熬也来不及。到村子里吴大善人家先借了全套的来，又着人星夜赶到大房村去取。还说什么呢，别提不用怕他吃上了瘾，但能借着驱驱邪，还怕他抽垮了这片家业不成？

风雨一直不歇。徒儿徒孙都给打发走了，风雨愈是教人觉着没有根。

往日，只要是交冬数九的天，不问有没风雪，总是住店子；平时遇上连阴不晴的天，若不住店子，连锅灶都支不起来。要说给风雨困在骡车里，把人困死的那个光景，除非是碰上冒冒失失的暴雨，或是集镇小，连个客栈也没有。那个光景原本不多，少得可以扳扳指头数出来只有那么几回。可就不知道什么缘故，许是给困怕了，心里老缠着那些个苦情，怕得入了骨髓，就老觉着往天一直都是过的那种日子。

像那样子从车门帘一线缝子里，瞧着雨雾罩着的鳞鳞的屋顶，那些屋顶底下不知护着多少安顿和干燥。一层层屋顶数过去，瓦的、草的，还有凸出来的枪楼垛子，挑上最赖、最瞧不上眼的一些小屋顶，心里起着非分妄想：有一天蹲在那个小屋顶底下，事不关己地瞧着外面风风雨雨，那也算熬出了头。

眼前这个人，昏昏地挺在那儿，鼻息倒是挺均匀的。瞧着四周这么敞亮、白净、风雨不透的房子，屋顶上看不到一条条肋骨似的梁子、椽子。洋油罩子灯照着白唰唰的天棚，几时妄想过有一天躲风雨躲到这么个一粒灰星子也不沾的好房子里？不光是熬出了头，简直熬到了天上来。皮二大爷说的南天门，那门里凌霄宝殿，都是玉砌的柱子，缮着金瓦顶、银瓦顶，比起这座洋庙，又还要那样摆铺干么？再好也只配神仙去住，凡人没缘儿。

有这样敞亮、白净、风雨不透的房子躲风雨，也算得上是肉身成仙呢。

也该是成仙了；绣像唱本儿小书里，仙家驾云来，驾云去，也是没个根儿。

金长老离开了一阵儿，立时就觉着没根儿。金长老回到这间房里来，望着他抖抖白胡子上水珠珠，又担心这就要撵她到隔房去跟金师娘安歇，就像把她连根拔起丢到隔房去。真是这也不是，那也不是。

老太太打隔房那边招呼过来，雨里听着那声音不知有多远。

"该过去了，唐小娘？"老人掏出挂表看看。

"长老，就让我守在这儿罢。"

"放心去歇着。守这儿也不当什么可是？"

从没得到过像金长老眼神里给她的这份亲，使人受到唆使，不由人地扭一下身子。

"哪儿我都不去……"浓浓的鼻声，自个儿都听得出撒赖变了嗓儿。

老人瞅她半晌，垂着头，缓缓走了两圈，一面掏出挂表来，嚓嚓地拧着表钥上劲儿。

"瞧瞧，倒是挺能睡的。"老人袖着手，用手肘指指炕上。

"哪儿睡得着，老先生？"

没料到炕上突然搭过腔来，给人一个吃惊。

真不相信他能那样一动不动地醒着躺了这么久。

"也好。我说，唐小爷，多想想倒是挺有益处。"

"嗯。"

"是该多想想。平常你是大忙人。"

"逼着我这样。"除掉嘴巴，他是一动不动地那么躺着，"不怕你见笑，我是不敢睁眼。"

"怕看到那只蝴蝶？"

"我是教它整怕了。"

听起来，好似口音又变了；不是变成那种撒泼的娘儿们。声音还是他声音，说不出变在什么地方。

"放心，它不敢到教堂里来。"

"老生，你倒是规规矩矩跟我说清楚，你这个法力够是不够。"

老人笑了，坐下来，把水烟袋拿到手里。

"我是一点法力也没有。"

"你老太谦了。"像他这么个人，还没听他用这种口气说话。

"打晌午到这晋子，快八个钟点了，人是一直这么安静无事，你心里有数儿——"老人说。

"几个钟点我是闹不清；我家里她知道，从没有过这么久。"

"真没这么久过。"像要把这个巴望赶快抢到手一样，她连忙抢着搭上话。

老人默默抽了两袋水烟。

"跟你谈过很多了，顶紧要还是一句话——把什么都交给上帝，不要留下一点点给自己。"

"只要你老能把鬼赶走，要出多少钱，我唐某人不兴皱皱眉毛。"

"我说过，我没那个能耐。"老人吹着了纸媒子，咕咕咕咕地抽水烟，"不仰靠基督耶稣，谁也不能救你。上帝不要你一文钱；上帝要在你身上做的工，不光是赶走眼前这个蝴蝶鬼，附在你唐小爷身上的鬼还多着。"

"这跟找先生看病，都是一个道理，我懂得。"他说。

老人愣了愣，然后，眼角和胡梢儿上慢慢涅出笑来。

"嗯，你倒是这么想；悬壶先生敢情要把你说得浑身是病，多赚点药钱。"

"一个鬼蝴蝶就把我给缠死了，我还禁得起别的鬼来缠！"

"别的鬼附在身上，或许不觉得。魔鬼可是从来不亲自露面的。这个蝴蝶鬼容易赶，还有其他的鬼，钱财、女色、仇恨、杀人、贪心、嫉妒，这些看不见、摸不到的鬼，能缠人一辈子，不到临死不知道。这些鬼才真不容易赶……"

好似眼前一亮，一下子她悟出金长老讲的道理。

"蝴蝶只是魔鬼个借口——"可是不等金长老把这话说下去，他就等不及地接过话来：

"不管借口不借口，你老就帮大忙，把这个鬼蝴蝶给赶走罢。"

"那不是个办法；你拿看病先生来比，我也拿这个来比比。治病要治根；赶走蝴蝶鬼只是治表。治表不治里，那可治不到病根上——"

一阵雨打纸伞的声响，老人和她都不由得望向关着的门那边去。门上的转锁动着，忙着赶过去，金师娘已经打开门，扭着小脚就要跌倒了似的抢进来。

老两口一齐劝她过去安歇。灯焰摇晃在门风里。

"我就在这儿守着。"

"过去罢，香嫂儿，"他也插进嘴来劝说，人还是一动也不动地挺在那儿，"那个鬼东西，日她的，这大半天没来，敢是没事了。你也给拖累垮了。"

"我就在这儿看着，听听长老讲的道理。"

"听得懂吗？"老人回过脸来问她。

好似单就等着老人问这么一声，来不及地点着头，凭着听得懂道理，也该留下来守着他。

"道理慢慢儿来，还是都歇息罢。夜里万一有什么变化，都有我照顾了。"

人乏到过了头，反而一点睡意也没有。

老太太领着她跪在现搭的大铺前，祷告了很久，她都听进了心里。慢慢儿地心里有了个底子。一样都是求神求菩萨，原也弄不清是洋菩萨道行高，还是老菩萨神通大。如今只觉得早先那些个念念有词的施法捉妖，教人只有愣在一旁的份儿，听不懂念的什么，唱的什么。这里倒是千方百计要教人懂得道理，也把人拉进去一齐礼拜——算它是念咒也罢，诵经也罢，总也听出念的诵的都是些什么。虽未必句句懂得，又都文绉绉的有些拗口绞舌头，可总归还是家常大白话，单凭这些个，便不是存心玄得人晕头转向；况又把人拉进来，算上一份儿，心就更加落实得多。

雨声不知什么时候稀下去，剩下滴答滴答的檐水不紧不慢数落着人，等着下一滴，再等着下一滴，把人瞌睡都数落走了。久久，都不由人地一直跟着数那些个滴答滴答，简直一滴檐水就把人心打穿一个洞洞。就是那么地直起耳朵，时时在担心着下一声滴答便会冒冒失失敲响起隔房的什么动静。总还是不敢相信那只把他作践了这么些日子的鬼蝴蝶，就肯这样不声不响轻易放过他。

手轻轻摸在不觉得有什么两样的肚子上，念起这孩子不过刚刚有了点影儿，命就这么苦来。肚子里若是没怀上这块肉，真是省掉多少牵肠挂肚的烦心事；就算万一有个什么三长两短，两个人手一搀，一道儿走，天塌地陷也用不着回回头贪恋什么。

把白天的事细细琐琐虑过来一遍，福音堂确是给人一线线亮处。他那个蛮人尽管教人恨不是，怕不是，可进了福音堂这般光景，倒又教人心酸起来。那样的汉子，几时朝谁低过头来着？他是除了天，就数他高，一开口就是爷怎样怎样，哪一天从他嘴里吐过一个"我"来？不是那个鬼蝴蝶无日无夜地把他给缠怕了，他那对膊膝盖儿也是轻易弯得的？

一阵子蝴蝶鬼附上身来，便是破锣一般的嘎嗓子拉开来，磕着破竹竿的劈声，撒泼地骂个不停。人一清醒过来，就懊恼得要动枪把自个儿打掉。

"爷这张脸往哪儿放？爷还能混？"

什么样的丑都丢尽了；一阵子疯发过去，他自个儿是什么都不知道，人像乏透了，累得动都不能动。

"别瞒着爷，说，爷疯成什么样子？"

哪里敢告诉他！又急又痛，只有抱着他哭的份儿。

可是又哪里瞒得住他？脸上留下一个个红手指印，衣领子扯掉了，裤子打裆里撕到裤脚，一身的泥，一脚的牛粪……每回总想乘着还没醒过来之前，给他洗洗，收拾收拾，生怕他回醒过来，教他瞧着自个儿伤心。几时糟蹋过像个又脏又拖拖拉拉的和尚呀，他那个人怎受得了那样子窝囊！可好几个壮汉都按不住那股子蛮劲。

相传左近有过给鬼附上的一个妇道人，见了汉子就把自家身上撕扯得不成样子，家里人只有用铁链子给拴到磨房里的磨盘上。那妇道人，有名有姓有村子。可不管怎么样确有其人，确有其事，要那么使在唐小爷身上，可是万万不成的。慢说是她，就是徒儿徒孙，也万万不能答应那么糟蹋做爷子的。

可由着他把自个儿作践成那个样子，一样也忍不下心。每回每回，那一阵邪魔就要附上来时，别人什么也看不到，只他自个儿，瞪大了眼睛，眼睁睁瞧着那只蝴蝶打窗缝里、门缝里飞进来，眼睛倒插着那么盯上盯下地瞪着，人就栗栗打战。然后蝴蝶落到手上，眼睁睁看着它，一路扇合着翅膀，一路打虎桠那里钻进身子里。然后就觉着晕晕糊糊要睡了的味道，然后就什么也不知道了。

后来给缠急了，趁还清醒，就用烟签儿追着一针一针地戳进肉里，手上到处刺得冒血。可戳着戳着，蝴蝶还是往虎桠里钻，他是那么活真活现地恨得咬紧牙关，烧红的烟签儿跟着蝴蝶钻进虎桠里。只见他人不知有多舒坦，针烧得通红刺进鲜肉里，炙得哧哧响，虎桠冒着烟气，人是如同皮二大爷常用开水烫疥疮那样，快活得失了神的狂喜，嘴里嘤嘤呵呵哼唧着，不知有多自在。

那样时刻，谁也夺不走他手里烟签儿。急得人哭求着，口口声声好爷、亲爷、活祖宗的叫着，都不作用。等到一阵邪魔过去，手就痛得扎煞着没处可放，咒生怨死地猛发脾气。

"你一天不偿我大妞儿命，姓唐的，你一天休想有好日子过……"总是泼娘们儿那副哑喳喳的嗓门儿叫个不停，打自个儿耳掴，牛粪、鸡粪、污圾坑里黑骚泥，抓着什么便朝脸上抹，往嘴里塞。"你唐铁脸不干好事，我娘儿俩哪儿得罪了你？哪儿碍着你？你纵兔虎，下毒手打死我家大妞儿！"不光是嗓门儿变了，连那副叉着腰、一蹦一纵撇起嘴来骂人的架式，也十足是个泼娘们儿，怎么能教人不信那邪！

只有一回，好似不留神漏了口气："我家凤英怎惹了你，你一言不发就掏枪把她打了？你说，你给我招出来……"凤英可就是九跑子他女人，这才又忙着请了和尚来给九跑子女人超度。这桩事越发教她难过；只是呕口气，耍了点小脾气，害得九跑子女人送命，又害得自家男人落得这下场。

天亮了，天也放晴了。

大约前半夜不曾睡好，后半夜补过了头，金老太太起床出去，被物叠得整整齐齐，她都一点也不知道，睡得好死。

草草收拾一下，等不及跑到隔房里，可炕上空空的，心一下掉进无底深坑，害怕又出了什么事儿。不过炕上也是收拾得挺整齐，不像有什么意外。

"那边，都在那边。"

很冒失那么一声。人是惊破了胆，禁不起一点点风吹草动，都要吓上一跳。

老猴子似的一个罗锅腰，站在当门那儿跟她打招呼，手指指外头。

"多谢大爷。"说着气还不曾喘定。

照着这位罗锅腰大爷指点，穿过一片湿湿的洋灰地，脚底下干净得一点泥星儿也没有。手握到一扇门的转锁把手上，回过头去看看罗锅腰大爷。

罗锅腰做了一下推门手势。"就是。往里推。"手势做得很小心的样子，声音也小到她仅仅听得清。

她懂得不要弄出动静来，一点一点试着把门推开。

满心以为里面一准是黑沉沉的；屋子里意外地明亮，倒教人心上一蹭蹬，好似一头撞到什么。

两面墙都是大玻璃窗子，天光透进来，照着一个个散散落落跪伏在那儿的脊背。一人一张蒲团跪在那儿。

进门右首边，有一落六七张蒲团。轻轻打上面拖下一张，轻轻走前去一些，之后，双膝轻轻跪下。那样子静，逼使人大气儿都不敢喘一下。

看到他那个人，傍着金长老跪伏在顶前面，那么大个子蜷成好笨的一堆，心上不由人又生出太委屈了他的那般酸苦滋味。一生出这样的心意，热热的眼泪便*丝丝丝丝*往上涌起，止不住要泣出声儿来。

把脸埋进手里，龈咬着手心，牙骨紧紧咬得发酸。手心能觉出面皮一阵阵紧，一阵阵扭绞，这样才拼命把就要泣出来的哭声儿忍下去。

"……主啊，你让咱亲眼看到了你的大能，你行的神迹，你救了这个恶人，罪人，你救了这一带的百姓……感谢赞美你……"

耳边厢，是这样求饶似的嗦嗦不停的祷念，有女的，也有男的，声音小得像贴在耳朵上说的私房话。

方才那股子酸苦被打了岔，心里稍稍平静下来。偷打横里瞧过去，看得出是个种地老庄稼汉，双手捂着戴烟毡帽的脑袋，老棉袄鼓鼓的在脊梁上纠起一个垛子。肥粗的套裤筒，越发显得后臀上穿得太单薄。好一口文明话，不换气地那么告急着："……求主饶恕他，赦免他过往作恶多端，世人都是一样，都不知道自己作了多少恶……"

那样的文明话，她一句也说不上来，这不是教她自觉不如人的地方；教她很难受的，倒是他那个人被那许多人那么恨着，看作个大恶棍。

李三大娘提起来，总是说："唉，这个魔王！"并不曾教她想到他是个人见人恨的大恶棍。就像李三大娘骂儿子：

"这个短命鬼！"大儿子早死了，才不会也要小抄子这个儿子短命呢。说顺口了，有口无心，不过是无可奈何地说说罢了。

他那个人作恶多端是不用说的。可独独好待她，再多的作恶也动不起她的恨来，这是打心里层儿说的实在话。

晨更祷做完了，当众他说起夜里一番光景。

"两点钟——四更天的样子。"金长老一旁帮说了一下时辰，顺手掏出怀表看了看。

"铁门响起来——外边那两扇铁门。"他说，两手比画着抓住铁栅栏，狠劲儿推搡的架式。"铁门给搡得哗啦哗啦，我是被吵醒了——"

"你看你看……"一个老嬷嬷不住咂着嘴，一声声惊怪地叹着。

"摇了一阵，叫唤了——头一回听到破锣嗓子。往天都是我家里学给我听的。"打众人头顶上望过来，望了她一眼。"这可真还是头一回亲耳听到。叫唤着：唐铁脸子，有种你出来。是汉子，你就别装孬，别藏在里头装孙子——"

"你看你看……"几个妇人一起咂嘴叹气。

"可喊得我身上直麻……"

"怎么不呀，"咂嘴的老嬷嬷，连连按紧额头上镶颗红玛瑙珠珠的魁绒勒子，"敢情，半夜三更的，多森人！这咎子听你说着，头都一麻一麻的。"

"……我就连忙推醒金长老，找他老人家给我祷告。"

"这就对了，求靠主哪。"

"他老人家起来，把炕头上洋油灯点上，领着我跪在炕上祷告。"

"铁门就不响了？"有人忙着问道。

"铁门是不响了；可还是骂不绝口。"

"光景有半个时辰，一直我是挨紧了他老人家，这边耳朵听着长老替我祷告，这边就听着那个鬼娘们儿骂个不停，要找我拼命。好像还带着刀，砍得铁门吭啷吭啷响——"

"你看你看，不甘心嗳……"

"光景有半个时辰——闹有那么久。后来就没动静了。"

二天清早，还是在这个晨更祷的房里，他在那儿跟大伙儿讲夜里的情形，和头一夜一样，恶鬼生疯似的推搡着铁栅栏，骂得更凶。

一连三夜，最后这一夜闹得很久。"膝盖骨都跪酸了祷告。可真怕把他老人家也给累倒。"

"哪里是纸人儿！"老人坐在一把高背靠椅上，微笑着。眼睛现出些红红的血丝，看来不似平日那样炯亮。

"狠哪，比我当年还狠个加倍。"吃紧的神情，松下来好多。"听得清清楚楚，光啷一声，钢刀摔在洋灰地上，骂着：唐铁脸子，除非你今生今世不走出洋庙子门，除非你乌龟头不伸出来，咱们走着瞧，有天抓住你，不剁你成肉酱老娘是你日的！"

末末了来了那一回顶狠的；第四天一夜无事，往后就绝迹没再作怪。

过了事，反而觉得那么天翻地覆的难处，过去得未免太容易。好像捡到一个大便宜；可太捡得没费难，倒又似乎觉得占到了不大靠得住的便宜。

尽管这样，当然，总还是觉得金长老夫妇俩狠狠辛苦了一场。"你看咱们怎么酬谢人家？"

"人家老公母俩又不缺什么；看他们这儿，又不烧香，又不点烛，又不挂匾，又没菩萨让咱们给挂挂金，披披红……"

"要紧还是一时出不去，还得一个时候盘搅人家，不知要盘搅到哪一天。"

说起来，也没白白盘搅他们老两口；自从进来福音堂，小抄子哥们儿，没有一天不是吃的喝的用的使唤的，猛往这儿送。头几天跟金师娘住的那个房，如今腾出来给他两口子，徒儿徒孙媳妇住在朱家祠堂的，离这儿近，换着来伺候，把金师娘灶上灶下的事都包了，都像一家人一样。

"要说酬谢，怕又显得外气。"他自个儿又觉得不合宜起来。

还是李三大娘老到，给他俩出了主意。"先认个干亲，往后就好孝敬了。再说，有了一层亲，还什么盘搅、酬谢的？两下都图得个心安。"

打了一对十两重的金碗金筷子，作为拜干亲的重礼。"你两老是团团圆圆一大家子人，也不缺咱俩这一对孙子孙媳妇，可话又说回来，也多不着这一对孙子孙媳妇。你两老长孙都比我还大，说不上咱俩是高攀，还是你两老低就了——"

金长老一直笑着摇头，这才插进嘴来："心是真心，意是好意，我老两口是领情了。平生，我老两口最恼认个什么干亲不干亲的，这个例不能破。不怕你俩心里不舒服，世俗里这干的湿的，没好事儿，无非拉拉扯扯图个什么——"

"话不是这么说；一来，你老是我救命恩人。二来，我两口子，打小都是没爹没娘，没一个亲人疼的。你老两口就凭这把年纪受我这个礼，喊声爷爷奶奶，总不过分罢！"

"这也容易，执意要攀个亲，你俩就索性高攀，认了天上的父；祂才是你你我我顶亲的父。就这样了罢。"

老人吹吹落在袖口上的纸媒子灰，口气和脸色显得很决绝，很教他俩觉着做错了什么，一时张不开口。

"可有一点，认了天上的父，你俩这点子礼，就太菲了。"

"本就太菲了，就是孝敬你老人家，也拿不出手。"

两个人都是一样，一听老人嫌一对金碗金筷子礼太轻，就心里有了数；为了报恩求个心安，还怕开多大的盘子不成！两个人就像约合好了的，对着看了一眼，眼神里透着一样的意思——事后一对证，果然不错，心里都在说，原就觉着不能这么便宜，那些道士、和尚、道嬷嬷，没把鬼赶走，都索了那么多香烛灯油去，这儿哪里轻易就放过了？这儿那么大的房舍，那么多人的开销，吃喝用度又都那么考究，靠着奉献柜子，七天一个大礼拜，收到的那点儿零钱，吃屁都买不到热的。为人有恩报恩，人家出了力，出了心，一场辛苦，敢情要好生图报一下。当初宁可拼着整窖子的金银财宝，只要能把人救过来。如今人好了，还反悔吗？而况谅他老人家也不是狮子大开口的那种人。

"那就好办，"他说，"多了我没有，尽尽我心意罢了。人家金子银子用戥子称，我是用加一的大秤来称。"

"小了。"

老人咕咕咕咕地抽着水烟袋，眼底皱出笑纹，随着嘴角儿漏出的烟，又补了一声："小了。"

老人有一对陷进去的亮眼睛，教人觉着看人看得不知有多深。看了你一眼，便教你心里一阵子怵。不过那又是一对爱笑的眼睛；就如同本是那么个庄重的老长辈，偏又喜欢时不时地说点笑话给人逗逗趣儿。

小了，敢情是逗人的，瞧那胡梢上都抖着些儿乐子。

"天地万物，没有一样不是天上的父造的。天父要什么没有？专要你那一点用戥子也戥得完的金子银子？"

这就教人捉摸不清老人到底要跟他们要什么。定定望着这么一个老人，一把大白胡子，衬出孩子样嫩红脸膛，又觉得万不是一个贪财敛财的坏老头子。

"说是这么说，总是一番心意。"

"你这才说对了；一番心意，天父不要金子银子，单要你这颗心。"

"那没话说，"她插上嘴说，"天父这番恩情，不要说他了，就是我，也恨不能把心挖出来给天父。"

金长老侧过脸来看看她，顶真地盯着她好久，像要细细地查查她说这话是真心，还是假意。

"天父不要你挖出心来给祂，只要你俩把心里别的东西挖出来丢掉。"

瞧着他俩听不明白这个意思，老人顿了顿说：

"祂不要你们给祂什么。凡是你们有的，祂都有了。祂只要你们丢掉：身外之物不必说了，不是正路来的身外之物，更不必说了。这都舍得丢掉吗，你俩？"

说得他两口子一时愣住。

"丢给谁呢？"不是舍不得，是她想不出要丢给什么人。是不是全都要丢给福音堂。

"你俩都知道该当丢给谁。吃不上饭的人多不多？穿不周全衣裳的人多不多？没有地种的，没有屋子遮风雨的，残废的，孤苦的，生病的，拖着打狗棍的，有一大窝孩子养不起的……还要我数多少呢？"

"说起来，我也不是不懂得，也不是没周济过吃不上饭的苦虾虾——"

"九牛一毛罢；落在你唐小爷手里的是九头牛，你连一头整牛都没有拿出来周济过人。你的账，我大致都还晓得一些。"

"再说，钱财来得就算不是正路，总也是玩儿命玩来的。这都敢是不用说的。要紧的，还是不光我一个玩儿命。拿大伙儿卖命的钱财丢掉，说不大过去。你老人家看呢？"

"你唐小爷不是福禄寿喜财挺齐全来着？你手底下爷们儿哥们儿，不也是玩儿得挺长命富贵的？——或许我这个外行人光看到人家吃肉一时，没看到磨刀十年。你做头领的那么顾爱底下人，说来也是义气；可是好几处的金窟子、银窟子，钥匙不过就只那么一把。由得你作主，由不得谁捻个渣滓。就把你要用加一的大秤称的金银，要孝敬给天父的那一点小礼，都抖给穷苦人家，底下人料也没谁说个'不'字吧……"

两口子耐心听着。她心里是想：电棒子照着地窟子锡灌的墙，锡灌的地，大宝、锭子、锞子，砖瓦一样累到顶儿，要说一点儿不动心，那是扯谎；只不过动心只动在那把钥匙交给了她，明说都是她的了，真真的不见得比一纸包红得滴血的山楂更惹人馋。如今一旦说要把那些个大宝、锭子、锞子都给丢掉，似乎又不是把一纸包的山楂果，像丢那只黄鼠狼那样丢得一点儿也不疼惜了。

就算忍心丢得掉，往后的日子呢？

"我总不能这辈子就老死在福音堂是罢？"正不知他想着什么，可巧也正说到这上面来了。

"上帝创造天地万物，哪里会只想把人都赶进福音堂里来就算了？人都有自个儿本分；本分没尽到，不配做天父儿女。总有一天，你不出去，也要撵你出去的。"

老人用天上飞鸟和野地百合花作比，开导了他俩不要愁明天吃什么，穿什么，今天尽到本分，今天就够了。

那一段日子，不管是七天一次的大礼拜，还是隔天一次小礼拜，还是天天一早一晚的祷告会、查经班，可都好像是专程给他俩安排的。要他不单丢掉金银财宝，还得整个端锅子：把枪、把刀、把他做首领的权柄，做师父的名分……统统统统丢一个干净，回头看一眼都不要，免得像罗得老婆变成根盐柱子。不到赤贫如洗像受苦的约伯，蜷在灰窝子里用瓦片刮周身疮疱，魔鬼便离不开他。

"旧房子不拆个干净不能盖新房子。"他俩慢慢领受到了那些个道理。"主要在你心里建造祂居住的圣殿，就不能容让你心里有一点点肮脏——主是圣洁的，做天父的儿女，就得准备圣洁的心，接祂住到你们里面……"

任他怎么刚硬，粗傲，还是低头了。

"他是把我老房子蹋蹋得地塌土平了……"经过鬼附的那段日子，他是什么体面都给踩到脚底下蹉了个稀烂，确是没有留下什么颜面还好作威作福做个爷子去领人。

而后他说了实话，不打掉九跑子他女人，早晚躲不掉要做出胡涂事。

帮里家法大忌是耙徒儿徒孙媳妇的灰。由来不是一天，他是让那个女人给迷得拔不出脚来。

"生平，没哪个大坑小洼子陷得进我这个人……"他这番私话，不单共一个枕头诉说给她听；还又把藏在心里头儿见不得人的血瘢脓疤，全都一把把掏出来，拱手托给了金长老。

"虽说她跟了我——真是苦了她——前后不到三个月，我是挂到她秤钩上，一两一钱都给称出来了。不要说吃烟、喝酒、压个宝、推推牌九什么的；就是抽大烟，睡睡女人，也从没那话——说什么迷上，上瘾。大烟是打住顿儿吃，学着烫瘾；哪个女人也从没禁得住三天不腻的。笑话！心里啥也存不住，天底下只有我自个儿这么一个顶天立地汉子，谁也休想辖制住我这个爷子。想要的，非到手不可；不要了，就顺手扔掉。哪兴到不了手的道理？可就是遭到那么个魔星——那么个死娘们儿！"

这才知道他说了实话。

"一向你都那么赚人家；什么顶尖儿骑家什么强脾气，又是什么：爷就是喜欢你这双大花脚，到头来，都是假的！"用咬着舌头的拿捏，学着惹人气不得笑不得的他那个口气，就这么样促狭他留下的那些话柄。

"机伶鬼！你也饶饶人，哪那么些弯弯曲曲小心眼儿！"

"还说人家小心眼儿，谁教我长得像她！"可也抓住了理儿来揭短他，"怨不得眉来眼去的，把我当不懂事的小孩子欺负。还不是一见人家像那个臭娘们儿，就伸手抢来当作她来用了。是不是？是不是？你还要赖！"

"死人的醋还吃！"

"招了罢？"

"别瞎说。爷疼你疼到这个地步，掺得进假？只说有了你，就抗得住她了；可还是不大作用。又不能逼着马小九休掉她——无缘无故的。"

"到底哪点儿迷了咱们爷呀？"

"说不齐。敢是中了邪。心里老是不实在，单怕有一天一阵胡涂，那我这个做爷子的，甭做人了。"

"真是，主安排得多周到！"金师娘咂着嘴赞叹，"你听听，一步一步安排过来，只为着教你唐小爷得救，少一步都没有今天。"

"凡事总是一步步来。"老人搭过腔去说，"一步步来，慌不得。教你唐小爷把往天所有这个那个一甩手都丢开，怕是费难得很。不慌，一步步来。"

跟着礼拜、听道、祷告、查经，也跟着唱起赞美诗，用他嘎嘎嘎的破锣嗓子，真唱得惹人笑，老着脸也不在意人家怎么笑他。

只是住不多久，他人就觉得气闷起来，好似被囚进大牢的味道。

四月里，左近都闹春荒，正是时候；跟金长老商量之后，就由她胳肢窝儿里带着整串钥匙，去羊角沟、胡庄、朱家祠堂，还有晏家集那边庄院，各处去取粮食钱财收账。

"这可真是一步步来了！"每逢打各处回来，细说放赈的光景给他听，他可总是带着点儿讥诮地这么说。

跟他那些个徒儿徒孙，和那些管事的，也都是讲不清道理，只好跟他们说，是小爷跟洋菩萨许的愿，如今还愿来了。

她是挺信自个儿心眼儿真的比人多一个窍，锋快就认识了这个洋庙里敬的是怎么样一个洋菩萨；能早点儿把所有那些造孽作恶的钱财舍掉，就能早点儿稳稳当当过正经人家家常日子，心里挺期切羊角沟李家那么个收干晒湿的家道。要问往后的日子怎么过，倒真信得过金长老把飞鸟和百合花拿来打的比喻。人，都各有本分，只要他从此洗手，不再做那些个伤天害理的营生，贫贱点儿就贫贱点儿，自个儿也不是富贵出身。就是整窟子金银一手交给她，除了觉着有了那么些金山银山，实在也没有得到一纸包山楂果那么高兴，到手就能捏一颗往嘴里送——尽管扔金扔银要比扔山楂果疼惜多了。

可真真亲手去放赈，许多闹饥荒的老奶奶、老大娘，千恩万谢张着口袋接粮食，多子多孙多福多寿的让人家这么祷念着，"别觉着金子银子的，不如丢到水塘里还听到个响儿；人家那么大年纪，打心眼儿里给咱们祈福祈寿的……"逢上他讥诮自个儿当儿，就这么开导他，"别的不说，咱们也就快有儿有女的人了……"不这么劝他，又该怎么说呢？满肚子明明白白的道理，就是讲不出，就像肚子里这块肉，明明白白怀着了，可说不出是个小子，还是个嫚儿，是个什么长相，什么性子。

"你当是我舍不得？"

劝他，有时也会把他劝恼。

"善财难舍，也不是什么罪过。"

"爷给穷人撒金撒银那个年月，你还不知在哪儿晕糊呢。"

"别称大了，"嗔着他说，"也才大人家十来岁。"

"要说赒济穷人，难道我不乐意？财不是正路，固属不错；可你晓得，没那一粒高粱米儿是打穷人身上搜来的——"

"富人敢情该死！还有，也别太信那几个爷们儿、哥们儿；把我爹菜玉扳玦讹了去，又该怎么说？跑马卖解的也算财主不是？"

"我看，小抄子戳了那一回马蜂窝，够你揭短我一辈子的。要紧还是咱们哪天才得出去。老这么着，把人囚死了。"

跟金长老拉聒起这桩事，老人好似压根儿没看得有多紧要。"单等你觉乎着走出去，心里挺仰仗了，你就尽管放心大胆出去走走。"

那可是没个准儿的，怎么样才能觉乎着心里有了仰仗呢？"慢慢儿来，"老人摆动着喷壶，浇着一溜溜花盆。花盆净是养的八宝花，各色各式的都有。"单看你出了福音堂，打算做什么。"老人不当事儿地说。

"放赈的事儿，我也该去各处走走，看看。"

"怕用不着。"老人把喷壶按进水缸里，一阵咕咕咕地翻腾着水泡，好似一缸滚滚的开水。"别瞧你家小娘年纪轻轻的，又是个女流，倒是挺顶个当家理事的大男人用。"

"倒不是怕她照应不过来，各处也不少的帮手……"

"说来也是桩好事；"老人用寒寒的眼神朝他俩瞥了瞥，"能各处去走走，让大伙儿开开眼儿，当年的铁脸爷子，如今换了一个人——"

"你老人家可算准了我的心事。"

"厉害，"私下里他说，"真是瞒不住长老。凡事不如都一五一十跟他老人家照实认了。"

"是桩好事，荣耀主名。可是要谨慎，小心魔鬼乘势儿做工。"

沿墙摆置着一溜溜盆栽八宝花，水是浇遍了，枝枝叶叶都如同上了一层油那么鲜亮。花是紫红、大红、桃红、水红、银红、粉红、橘红、姜黄、群青、雪青、雪白、姜叶儿……不下上十种。刚吃了水的鲜土香气，掺和着绒绒的枝叶上散发的艾叶味道，闻着就觉得福音堂本该就是这样的气味。

两个人一面帮忙，把一些谢了黄了的花茎折下来，一面品味着金长老方才说的那些话，一时还没有摸清那是什么意思。

"善财难舍……"老人喃喃念着，只像是自说自话，"横财，也是这么难舍。"

"你老人家——我可没这个意思。你老吩咐的事，我要是皱一下眉头，不姓唐了。"

"总想看看是怎么送出去的罢？难怪，这也是人之常情。"

"没有，决计没有这个心。"

"也不想去看看听听？人家是对你唐小爷千恩万谢？"

"这倒……"

"人之常情。"老人点着头说，摆弄着一棵要支花架的八宝花，那神情好似在赞赏一道可口的菜——不错，这个味道、火候，都挺什么的……

"人真是难说；"老人回过脸来，看看他两口子，"破大财不心痛，发小财反而高兴。"

两口子又被老人没头没脑地这么一说，给迷住了。

"只见一根针，不见一根梁；赶走了小小不言的鬼蝴蝶，你俩觉着是死里逃生。给你赶那些个缠了人一辈子也不觉得的鬼，反而不大心甘情愿了。"

到底给弄明白了金长老给他俩不断讲的这些个道理，他是下定了狠心，不要了，所有全都不要了。他那个人只要狠下心来，谁也别想拉他回头。

"今天，你唐小爷怕走出福音堂，是怕再给鬼蝴蝶附上来。那用不着；真真要怕的，还是那些缠了你一二十年也不觉为意的鬼。所以说，只有你心里才有数儿，随你乐意什么时候出去，就什么时候出去。"

可是光景不是当年了；如今拖家带眷，两口人，年限里就是三口人，将后来把什么都一把手丢掉，人到底不是小鸟，啄几颗松子儿就打发一天，捕一只蜻蜓就是一餐饭。人也究竟不是百合花，土里有水分，天上有太阳，就不愁白花绿叶长得挺热闹。

"瞧瞧这些个兄弟姊妹，不为非，不作歹，一天尽一天本分，不是过得平平安安，一无所缺？"

金长老始终不肯先说说明白——不妨事，只要不怕苦，到我家油坊做长工去。

老人不说这个；只管步步紧地硬让他下定了狠心："拖着打狗棍子去讨饭，我姓唐的也认了。"偌大一帮子大槽马贼，拆了伙，要地的，给地去落户；要钱的，给钱去做买卖。各奔东西，尽管小抄子几个弟兄收拾收拾一些枪支马匹，还要拉下去，"各奔前程罢，我拦得住你伙儿人，拦不住你伙儿心，别太过伤天害理。等到差不多，也就洗洗手了。做爷子的也算是留下了个样子在这儿……"

前前后后全都打发了，倒是费了不少时日。

瞧着一捆铺盖卷儿，一个大包袱，抖抖一双空手。"我这倒真是重又生了一遍……"他摇着头这么说。口气和神情，多少还有些儿不大坦然。

"重生，"受过洗之后，金长老给起了这个名字，"我看，谁生下来都从来没带包袱行李，你这还算是个大财主不是？"

"说是这么说；敢情天父是给我准备好了——"

"你就看看罢。"金师娘摸摸秋香的肚子打趣说，"肚子还看不出一点点，就忙着准备小衣服、尿介子伍的；你俩重生了，还愁天父不给你俩准备更周到！"

两口子都打点齐备了，单等事先跟金长老说妥了磨借的半吊现洋，远远找个小集镇，凑合着安个小家小户，靠着挑八根线儿，走乡串集做小本营生去。

原是觉着大房村这方圆一二百里内，再没面子待在这儿混了。金长老开导得好，面子不面子，那是世俗人的事儿。留在这儿倒是给主作了见证。

可到处徒子徒孙多不方便，兴他做爷子的洗手不干，把徒儿徒孙都丢开；江湖上讲的是义气，不能不认他这个爷子。早晚来讨教讨教，给出个主意吗？又陷进脚去；不给出个主意吗？当真反脸不认人，绝情到那个地步！

"也是个道理。"老人家频频点头。

"既是重新做人，重新再生一遍，就让我远远找个地方投胎去罢。"

说定了磨借的半吊银元，金长老老不提它。明天就动身了，说也说过多次，不好再挂在嘴上，黏缠着催促。临晚儿，红马埠来了辆骡车，这才老人家说：

"安排，是老早就有安排了。单等着让你俩多受点试炼，打里到外给试炼透了，就连挑八根线儿这个买卖也肯低就，世俗的事儿，再没什么好教你俩留恋，成了。主在你俩身上的救恩，到底是大功告成，没可说的了，放心去红马埠罢。"

起五更，离开大房村，什么人都没让知道。金师娘也是许久不曾回去看看儿孙一大家人家，便陪着他俩一道走。遥遥乎乎百十里地，天撒黑儿，才到了红马埠。

一家人迎到集头上来。

尽管生集熟乡赶惯了码头，像这样天撒黑儿时节，远远望着生脸子的土圩门，土圩子上分不出是炊烟还是雾气的那一片暮色，总是给心上压过来一份儿沉沉的、空空的什么，仿佛一无投靠，觉着身世不知有多凄凉。

心上又是这个滋味涌上来；望望跟强老宋并坐在车辕上的他那个后影儿。就只这么一个亲人了，只想扑上前去，抱住他好生哭场痛快。

真是万想不到，那么一大家子人，怎会一见如故那么熟。原想着，人家是金玉满堂一窝子亲骨肉，人家赶到集头上，分明是迎接人家的老祖宗来了，不由得把自个儿往车角儿里缩了又缩，生怕生脸子碰到生脸子，招呼不出口，不招呼又失礼，弄得让人看作外四路的大闲人，冷在一旁没人理会。

"秋香呢？"两三张嘴抢着问。

"在不在车上，秋香姐？"

"没一道儿来，奶奶？"

怎会这样子热烘？车前车后齐声这么探问，能熟到这样子地步？——一时反而不知怎么是好。错乱地解开身前挡着膝盖的大包袱，解了又匆忙系上，又不好应着什么，提提金师娘的考篮，就这么佯装收拾东西罢，早有一个大妞儿拱进来。车门上又紧跟着塞进了人。

"好累了罢？东西你别管，人先下来。"手已伸过来拉住她。

"不用下车了罢？坐到家里得啦！"刚打车门塞进来的一个媳妇儿说。

连金师娘都下车了，哪有还赖在车上的道理。其实也只是那一阵儿手脚找不到地方放，等下得车来，原该有的那种人生地不熟的凄凉，倒让金家姊妹妯娌那么多的手上来搀着，搂着，扶着，没空儿给人去觉着一无投靠的身世。

原是觉着丢掉的太多，太过分，这又觉得一下子收回来太多。说实在的，那么些真要用加一的大秤才称得完的金子银子，她都不心疼；房屋田产，她是连地界还没弄清楚，只觉得那些田亩跟到处都看得到的田亩，还不都是一样，怎该就是唐家名下的？还不如凤凰墩的红土教她觉着亲呢。倒是大箱小笼的那些个绫罗缎匹，珍珠玛瑙各式首饰，好似生在皮里肉里，割哪儿一块都疼到心。

难为他，发那么大狠心。"你当是挑八根线儿，房没房子，地没地，还能比当初你跑码头卖艺好多少？"倒又要他一脸正经来开导她起来，"往后，有的是苦日子，这些个苏绣湘绣细绸软缎，叫你穿，你能穿出去？"

跟他取笑说："留着给咱们媳妇儿呀。要是个闺女，也好陪送点儿像个样儿的嫁妆。"

左一箱子右一箱子地收拾着，首饰一件换一件地戴上，料子抖开来，披到身前身后试着，好像这样也就算穿也穿了，戴也戴了，总是落住了什么。

"你倒想得远。我看还是留着打扮你，往后混得不行了，我倒图口软饭吃。"

恼得把他嘴巴撕扯得宽宽的。"还要往后干么？干脆也别去挑什么八根线儿、九根线儿，等着我给你挣钱得了。"

"这么俏，不把人弄得抢破了头！"

"不知道谁占了便宜呢。"口里这么说，心里实觉着占了他好大的便宜，笑倒在他身上，笑响了一身叮叮珰珰的镯子、坠子、钗子、锁子……

"能这么苦中作得起乐，也是福气，你别说。"

"真的是苦中作乐。不的话，还哭吗？"

那些个身外之物，发狠舍了倒还容易，不会哭也不会嚷嚷。惟独底下那一伙儿，不用说都跟了他那么久，他舍不下；就是她这个做小娘的，熟识不到三个月，也都多多少少生了些情分。李三大娘就更不用提，亲生的娘儿俩，也未必能亲到哪儿去。两下里都一把濞子，一把泪的，谁都舍不得谁。

"哪就生死两分开啦？"红着眼睛，强打起笑来说，"一旦落了脚，还不是常当娘家来走走！好在明年正月十七，说怎样也赶来大房村等我那位爹，就便也来探望探望你老人家。"

"唉，好好一大窝子，就这么拆散了……"李三大娘一心的情分，什么也说不出，老是重三倒四地这么念叨着。

"三大娘，你可好记住，忘了你给我开脸时说的：小娘，往后把这个魔王好生伺候着，能让他小爷收收心，少去糟蹋些人家，你就是造化这一方的活菩萨——这不就应了你老人家的愿了么？"

"哪敢指望这么一天哪我的小娘，那不成咒人了！也就有你俩这么绝情，怎么苦留都留不下。他小爷哪天受过苦来着？肩不能挑担，手不能提篮的，叫他去吃那个苦……"

"好歹总强似受那个鬼附的苦罢！"

"天意，"李三大爷轻易不大开口的，一旁这么叹气，"天意啦——总是天意。"

也只能算那是天意。传遍了左近方圆一二百里，大瓢把子唐铁脸，说洗手就洗手。这且不说，还把万贯家私都拆散了放赈，单身一条儿挑小挑子做起小买卖去了。这样教人信不过的事，只兴铁板儿书说说唱唱教人听着热闹的。

任怎样舍不得的，都舍了。一时念着：只要他那个人给鬼附的疯病治好了，当初也曾发过愿，倾家荡产也乐意。一时又念着：当真生就的穷命，担不起一点点富贵。一时念着：除非天翻过来，谁也休想指望他那个人打黑道上回头。一时可又念着：往后，日子苦虽苦，一夫一妻的，倒是守得长远些；

若还是照往天那种日子过下去，他这头脱缰野马，谁也保不住终有一天把她给甩掉……这样念来念去，总归是妄想着两下里都能落个齐全，既乐意他那个人回到正路上来，做个本本分分的人；又心痛这么决绝地把什么都拆散，什么也不落下了。

金长老若肯早点儿透个信儿，给他俩安排到红马埠来，有些东西还是可留。偏偏逼着他俩扒得精光，等于一丝不挂上了金家骡车。

五更天，似亮不亮的天色，人总是分外觉着不能再孤单了。大房村石板大街上，响着磕得人心慌的铁蹄掌和包铁的车毂辘，老觉着那不是自家要往哪儿奔去，是被撵走了。

金家一大家人，除掉早晚金师娘提提，夸赞儿孙多贤孝，多争气，从来也没见过金家一条狗，不要说见了金家什么人。还在车上蹭蹬着没下去，就教她错以为出门的闺女回了娘家一样熟；再不就是回到当初给卖出来的那个真正老家。

金家就在一进圩门不多远的大堤上，油坊跟住家，门对门隔着一条街。金家把他俩安排在住家这一边，一明一暗两间大房子，里面桌椅柜橱，一应俱全，连被物枕头都给准备了。这哪儿像给人做伙计来了？立时就让她觉着，纵是那么单薄的一个行李，一个大包袱，也嫌带得多余，心里好生羞惭，老是不全信靠金长老那些个开导。

小姊妹都是秋香姐秋香姐的喊着，不知有多亲，领她上到炕前脚踏上，炕里一床花洋标面子厚被，一床粉红织花缎面子薄被，三折三叠地贴墙放着，被上一对十字布挑花洋式枕头。

"要不够厚实，秋香姐你只管跟我说。"

"不是三面新的，"身这一边的小七姐指指被子说，"可都是才洗了浆了的。"

"就怕乍乍睡不惯，褥子敢情板了些……"

说什么好呢？想说："我带来的都有了，别这么费心……"咽喉里却一阵阵抽紧，真怕一开口就哭出来，只有连连点头的份儿。

头顶上给什么轻轻地挠着，一股藿香味道。罩子灯打背后梳妆架子上照过来，把她影子投到后墙，才看到顶篷上垂下一只和合二仙绣香荷包，穗子正扫着头发。

"四姐绣的，"小七姐跟着她扬起脸来看那荷包说，"原本要做嫁妆的，特意送——"

"你真会胡呲！"

"噢，我记错了，不是这一个。"

"你还胡喊！拧烂了你嘴。"比她小一岁的小四姐说，"往后秋香姐你可少惹她，最坏了……"

她点着头，没法子教自己觉得这是才见头一面的生人，好像都是从小一起长大的姊妹，只不过分手过一个时候，人还是挺熟的，脸面看着生分些罢了。

"来罢，一路上灰灰土土的……"

二嫂子端来一脸盆热水，小四姐抢过去，把扯在她嫂嫂肩上的门帘子放下。

"真是折死我啦……"忙着过去接，顾不得眼睫毛上还结着泪花。

梳妆架中央有个圆空子，脸盆正好坐进去，四周镶着一方方白底蓝花瓷砖，想起给他抢到羊角沟那天，一抬头，镜子里映出一对红红的眼睛。一旁罩子灯从下边照上来，红红的眼泡儿越发有些浮肿的样子，忙把脸孔避过去。

"那就梳洗梳洗罢，完了请出来用饭。"

她留意到二嫂子说着，给两个姊妹递了眼色，一齐招起门帘子出去。

"娘，要看新娘子……"外间有好嫩好嫩的奶腔儿。

"待会儿。新娘子要打扮打扮再看。"做姑姑的哄着说。

"哪里还新哪！"隔着门帘搭过话去，打心里喜欢那副嫩嫩的奶腔儿，一下子就想到自个儿肚子。

"我要看……看新娘子耍把戏戏……"

脸立时热上来。

听见那个做娘的哄着说："新娘子做了新娘子，就不玩把戏戏了。"人家可没当回事儿。

"明儿找新娘子教小复骑马可好……"还听得慢慢走远

去的那个小七姐这么说。

原以为孩子就算不挨一耳掴，也会给厉声厉气喝一顿。直着耳朵听那下面的。想起朱家祠堂里那个差点给打到地上的大孩子。

可人家二嫂嫂跟小七姐，一点儿也不避讳她。只这一点，就比什么都感激。更不用说给他两口子安置得这么齐备，压根儿没把他俩当作下人看低；也没有看高了，像李三大娘和那些徒儿徒孙，把他俩当作爷子娘子伺候。

"金长老——我是服了。"

到红马埠金家头一个晚上，他这么说，着着实实安下心来。想起丢掉的那么多，如今得到的，就是用加一大秤，也称它不完了。想起老夫妇俩苦苦开导他两口子的那些个道理，除了福音堂，哪儿也求不到；就算别处有，什么"大则夺纪，小则夺算"、"若复有人，如是如是"，便宜倒真便宜，十来石麦子就打发了；敲一阵，唱一阵，拿了香火灯油钱就走。就和往日给人说唱本儿差不多少，逗了钱，歪歪马灯罩子，把灯吹熄了，就各回各的窝儿里去，谁也不管谁。福音堂可不那么便宜，什么都给勒索了去，可给他俩的道理，给的比勒索的多得太多。

两口子死心塌地地干了，粗活细活都不管，金家从上到下没把他俩当作外人，他俩把金家当作自家。这一对成亲拜堂时，连爹娘祖宗都没得可拜，如今有了爷爷奶奶。大叔大婶儿都是亲如爹娘，下边叔伯子妯娌一大堆，只凭这些情分，就不止那"八福"了。

老人家揽住八福，让孩子背登山宝训的"八福"。老阳儿磨西，把院墙外整行柳树枝影铺了一院子，这一对太爷和重孙，背上尽是缕缕道道的条花影子。跟老人头一面的那些个景象，又回到眼前来。那时老人家一背金红霞光，那时这个小人儿还不知在哪儿。金红的霞光换了一缕缕柳条影子，孩子这么大了，老阳儿也生出了皱纹。怀着这孩子倒是受了多少流连，可又抵换来多少福分，一时间数都数不清。所有那么些甘苦，尽都在这一对祖孙身上一条条记下来。尘尘烟烟，用不着去细细地想，细细地诉说，本就根生在那儿。

也或许正好一百天，一个整数，就兴打得人痛一些；也或许老人来了，老人身上本就根生着那些个前尘。心上有了痛处，也像身上的痛处一样，老怕碰到，又老是碰到。平常哪儿觉到小拇指有多当用，可一旦伤到一星星皮肉，便什么事都做不得，筷子都拿不住，一动就拐上伤口。

打多少流连里换来了"八福"和八福这孩子。到"饥渴慕义的人有福了，因为他们必得饱足"。孩子给寨子里来了一窝打水的给分了心，忙着要去把缒在井里冰着的西瓜捞上来。孩子又想起这半天没有汲水，井里不知聚了多少水了，眼睛平空地亮起来。

"把孩子也旱得这么贪了。"妇人苦着一双眉毛，跟老人叹口气。

"别怨他贪。很懂事儿了。"

"敢情寨子里存的水，都作践得差不多了。"强老宋一旁拦着小福说，"你就让人家多打点儿水回去。"

做娘的也跟着数说起来，这么大就争水，将后来要争什么了？"快给太爷把八福背完——磕磕绊绊的，背又背不顺当！"

"娘还不是这么久，都没叫人背啦！"

"你瞧，多会派人家不是。"做娘的白了孩子一眼。

老人好似很赞赏孩子这么一点点的任性，一点点的刁。"小脑袋瓜敢情也闹旱了。不打紧，多吃点儿西瓜补补就背得熟了。"

"太爷太宠了他。"

"太爷是不是说——"孩子认真地吞了一下口水，逞能地说，"脑袋瓜闹旱，吃了西瓜，就能背得滚瓜烂熟了？"

"也别管得太严，瞧这不是一等一的脑袋？"

"我倒害怕，不觉为意老念着是个没爷的儿子，就纵了他。再说，一个馒头也得蒸熟了吃。"

"人小鬼大，"强老宋剖着西瓜说，"爹娘都是一等一的脑袋，再差也差不哪儿去。"

"坏就坏在脑袋太灵活；不是大好，就是大坏，要不上紧点儿，敢情又走他爷老路。"

"小福皮是够皮的，底子不赖。不是我说，小娘，你是紧了点儿。瞧长老家，小子闺女的，皮得上了墙头都不管。"

"喝，我家那些个登天猴子！"老人立刻开心起来。"小孩子没一个不皮，只要别损就行了。德性上多教导教导，别的，尽管由他去。树大自直，太过摆弄了，反而长不好。"老人托着一桠西瓜说，"老式那种管孩子，打小就制着迈方步，驼着小脊梁骨儿，老气横秋一副冤枉相。一个个都是小盆景；没有大出息，长不成大材料。"

"娘，我说罢？"孩子侧着脑袋，勾头看他娘垂得很低的脸，好像可也看到娘被人训起来。

"爷爷你就瞧他这副坏相，还怪我太紧呢。"

"就这样好，免得爹娘面前做假；人前规规矩矩，人后——瞒着你，什么都干得出。我家孩子都不兴那样。就是婚姻大事，也都由他们，这你都清楚；只要带回来，让长辈儿掌掌眼儿。上了年纪的，别的都赶不上年轻人，靠着老阅历，识人，总还不大离谱儿——"

"那好啊，将后来，不是带回来，倒是抢回来。爹娘也不能跟着一辈子。"

老人和强老宋倒被说得仰脸大笑起来。

"我知道，"小福漓了一肚子西瓜水，抢着说，"娘是爷抢来的。"

孩子一肚皮的红，又教她想起傻长春儿。

"你说，倒有什么能瞒住他！"

"这就好，要想孩子凡事别瞒住你，先就别瞒住孩子。再说，你又哪儿瞒得住？如今一代比一代机伶，别随便打发孩子，以为孩子挺好骗过去。"

"是罢，娘？"小福歪歪脑袋，媚了做娘的一眼。

"瞧你那个坏相，倒教太爷当我整天靠着骗你过日子。"

"那你怎么说没旱魃？还赖林爷爷赚我。"

"真是的！不信，你问问太爷看。"做娘的似乎还很稚嫩，口气倒像小姊弟俩在磨牙斗嘴。

"那人家祈雨的怎么都信林爷爷？——都说，一准出旱魃！一准出旱魃啦！"

井上打水的，也忙着搭过腔来。强老宋也说，人是给旱疯了，林师傅只不过当作闲话扯扯，没料想倒把大伙儿提醒了，一个个认真起来，打听哪儿去找阴阳先生算算卦，好去打旱魃。

"光是有这么一说，谁也没阅历过不是？"强老宋望望金长老说。

"有此一说。"老人颔颔首，一面挺疼惜地擦着吃过西瓜的嘴角，和嘴角上的胡梢子。

"二斗说，他爷爷打过旱魃。"孩子胖腮帮儿绷得硬板板的，不知是太吃紧，还是太认真的缘故。

老油把式闻声打碾房里出来，一路抹着黄刮脸上的大汗珠子。

"这事儿，老年间咱们老家就有过。"

"又是你亲眼见过不是？"强老宋钉着调侃。

"日你姐，我姥姥也是说假话的？——别人我不敢信。"

"你姥姥亲眼见过？"

"不是她老人家亲眼所见，我也不信了。"

"有此一说。"金长老还是那句话。

"怎么样？长老也听说过。"老油把式好似可也找到人帮腔，冲着强老宋挂下脸。"上年纪的，谁不知这事儿？就你伙儿不信邪！"

老油把式不比强老宋年长几岁，一张丧气相的暗黄脸子上，占到便宜还是憋不住露出得意来。

"说是有此一说，就是太玄了。"金长老还在仔细收拾那把银灿灿大胡子，教人想到一只爱干净的老猫在那儿洗脸。

"林爷爷还教我，看看有没有小鬼掌着扫帚扫云彩。"

"有云彩可扫，倒有巴望了。"强老宋说，"别净在这儿扯淡，大堆活儿不干。小福，你还是去遛遛紫骡子罢。"

"不要，"孩子挺绝情地转过脸去。但又不放心地看一眼宋爷爷，"等会儿好不好？"

"这孩子，一听说要去遛牲口，命都能不要的。你别老黏着太爷，大热的天。"

"太爷，你怎么没有看到过旱魃？"

"没看到过，不能就说没有，是罢？"老人揽着小福说。

"那太爷你是说有旱魃了？"

"不能说没有，敢情也不能说有，反正没看到过，对不对？没看过不要紧，那要看有没有道理。"老人扫一眼大伙儿，几个打水的也围在四周，"要说人死了，没装棺之前眼睛看到天，就变成旱魃，这有没有道理？"

"有。"孩子答得很顺口。

"有道理？"做娘的一旁竖竖眉毛，忍不住责问。

"没有。"

"说说看，到底有没有道理，小脑袋瓜儿！"老人似乎连孩子这样的不用心，也照样心疼得要命。

"所以说，"老油把式等不及地插进嘴来，"人死了，脸上一定得蒙火纸。"

"是不是风吹掉了，就看到天了？"孩子问着，忽地拉住他娘，"哎呀，娘，爹打榨房抬到堂屋里，火纸吹掉过没有？"

"小福——"做娘的有些生气。

"真是天性！"老人笑笑，用这笑容止住了孩子的娘，"难怪以色列人不拜耶和华，偏要造个金牛犊去拜。"

"用你这个小脑袋瓜想想，"金长老指头弹弹孩子的额头，"人不是都死在屋里的，是不是？路毙的、打仗死了的、淹死的，那可要出多少旱魃！"

"暴死的，就成暴死鬼了。"一个打水的老人说。金长老看看他："对了，你可是老实人说的老实话，敢情饿死的，就成了饿死鬼；吊死的，就成了吊死鬼；屈死的，就成了屈死鬼；都有现成的名分。"

打水的老头很不合适地害臊起来："你是有学识的先生啦，咱们乡下土佬说不过你。"

"都是土佬，一样的；土佬尽管土佬，道理还是要讲。俗语说得好，死了死了，一死百了。就照你们信的道理说，人死了要托生转世的，哪还在世间闲游浪荡地捣蛋？阎王爷这么好说话吗？世上只留下个尸体，臭了，烂了，最后尘归尘，土归土——"

"也别这么说，老先生，"另个打水的汉子，抱着包有铁箍的扁担说，"要变旱魃，可就不烂了；棺材破开来，一身的白毛，尸首贴在棺盖上，眼睛睁有鸡子儿大，说你不信。"

"你这位大哥，约莫也是跟我一样，都是听说来的。"

"虽没亲眼见过，可我那位姥姥，不是说瞎话的人。"

"这倒很妙，"老人很有趣儿地点点头，"净是做姥姥的看过旱魃。不过，也是有道理。天既然大旱，地底下干燥，加上地底下冬暖夏凉，也兴埋下去的尸体不容易烂，反而生了霉，敢情就像是生一身的白毛。倒是什么尸首贴在棺盖上，总有点离谱儿，没多少道理……"

老人家怎么说这妇人就怎么信。听了这些个道理，不由得又品味起老人家说的：“真是天性！”人是又相信、又害怕这个鬼、那个鬼，偏不在乎那些个不叫作鬼的鬼。当初也是这样子，光知道鬼蝴蝶不是好惹的，光见他那个人挨鬼蝴蝶缠得没了人样，到处求仙拜佛的；哪里懂得杀人、奸淫、抢掠、贪心……多少恶鬼附在他那个人身上，附了多少年月，都不觉得。她被那个给鬼附上身的人抢了来成婚，不由人地恩爱起来，不分黑里白里腻在一起，伺候他，纵着他，给他怀了孩子，也是一点儿都不觉得时刻都被他那么个恶鬼守着、陪着、纠缠着……

人就是这么个天性么？待在大房村朱家祠堂那个大半天里，也光是看见黄鼠狼那个冲她作怪的鬼，看不见自己挨嫉妒、骄气、说冷话、使小性子那些个恶鬼给附在身上。到处受人夸赞多机伶多巧多刁的人，也还是那么蠢，想着人到底算得了什么！

挨仇家打在榨槽上——只有他自个儿才知道那是什么时节、什么地方、什么事上留下的仇家；官厅和当年那些个徒子徒孙，照她事后描摹的影形，都没办法找出做案做得那么干净利落的仇家——那以后，人从半死不活里还醒过来，曾一度很蠢地对天上那位天父灰透心。“老天没长眼睛！”直到哭得出声、哭得出眼泪，也喊得出冤枉了，就那么拼命地跟金长老吵闹起来，好像金长老成了那个没长眼睛的老天。

"凭什么教他死得那么惨！凭什么——"过后想起来，自个儿都不相信怎会泼成那个样子，一把扯掉后墙上那幅"宽窄路途"立轴中堂，打横里撕成两半，好像撕掉了半个天，把上帝的裤子撕了下来。

教友家里什么都不供奉，正堂后墙上就只有这么一个陈设，那是神学院当教授的金家二叔画了印出来的中堂，上面数不清的小人物，做好事做歹事的，挺禁看。

"觉得惨的，是活人。"老人走过去，拾起地上撕毁的立轴，理了理，哗啦哗啦卷着，真就是看做儿子辛辛苦苦画出来的画儿那样心疼着，卷着很小心，很爱惜。

似乎很累地跌在身旁一张圈椅里，多不甘心哪，一肚子不平、气恨。

"要真是命中注定死得这么惨，就该乘他作恶时；那倒只有人叫好，没谁给他一滴泪。"

"那怎么办呢，咱们谁也作不了这个主。"老人满口商量的口气，"那么着，他就灵魂得不到救了。"

"难道说，主就不长眼睛！"挑高了嗓门儿叫喊，披散了一脸的头发，"人也悔改了，什么都舍掉不要了，做了多少好事，行了多少善，还要他怎么样，天哪！作恶不得恶报，行善倒得了恶报，哪还有天理！就是这么个公道吗？教人寒心哪……"

"来，秋香，先冷冷，别太累了，听爷爷跟你讲——"

"我不要听。不公平！都是假的！"

"我看，你是做买卖做久了，跟天父也做起买卖来了。"打老人的脸上带过一眼，那是惯爱把孩子宠坏了一脸迁就的巧笑。"原来行善，做好事，只为着得到好处？得不到好处，就觉着这个买卖不公道？"

"善有善报！恶有恶果！"她可叫喊得那么绝情。

牙根都咬痛了，咬不紧眼泪咸咸的老是涔进嘴角儿里，狠狠抹一把给眼泪黏到颧骨上的发梢。那样撒泼、发狠，披头散发母夜叉一般，不知道人丑到怎样一副鬼相。

"爷爷倒很想知道，你是要天父怎样报答你——做了那么多的好事，真是的。"

"不能不讲公道，凭什么教他死得那么惨！"

"你是要重生长命百岁，那就公道了不是？"

"天要有眼，天就知道该当怎么样。"

"那是跟上庙烧香祈愿一样，求个多福多寿，多子多孙多富贵，等到福禄寿喜财样样齐备了，再猪头三牲的去还愿。还愿完了，弄回家去，烧的、炖的、蒸的、炒的，都有了。那种买卖才公道？给穷菩萨放印子钱，一本万利？……"

"那也是比得的？"一股又痛又不甘心的气头渐渐过去，气才和缓了一些。

"谁也没有爷爷清楚不是？敢情比不得；你两口子下的本钱是够大的，万贯家私不用说了，又把坐地分赃的大财路也给自绝了——"

"你老人家别这么冤枉人……"

"好好好，这且不提。"老人连忙赔不是，接着说，"柜台上用的是大油端子；遇上去年那样荒年，少说也放赈了上万斤的豆饼，上千斤的豆钱儿。你两口子也祷告、也唱诗、也做家庭礼拜什么的。所有这些个，下的都是大本钱哪。天父是没良心，交给你俩的什么货色？唵？——"

"爷爷你——"给老人挖苦得心里挺着急，等不及地抢白说，"从来也没有非求什么来着，想也没想到要跟主做什么买卖……"

"那也不算什么罪过；将本求利，只要是公平交易，童叟无欺，不发横财，又不讨便宜——"

"爷爷——"

"杀头的买卖有人做，蚀本的买卖谁做？"老人只管说他的，"如今晚儿，什么也没赚到，这都不去说它，反而——你看，反而把血本儿也贴上了。就算退一万步想罢，赚不赚都不去计较，这一口气可有点儿咽不下去——"

"这说到哪儿去了？"她是急急切切要给自个儿辩白，又老是插不上嘴。

"说也是的，早知有今天这个下场，哪如上庙去交易！所费无几，又包赚不蚀，那才公道——"

"好爷爷，你就别再损人了罢，"老人说得她差不多只有下跪告饶的份儿。"你老人家还是打不得、骂不得的？人就不兴一时……路走错了好回头，话说错了怎么办？"

看着老人拿着画轴打太师椅上起来，脸收得很紧，她把话咽了下去，不知道要等一个什么结果地等着。

"这个——还要不要？"老人掂掂手里"宽窄路途"画轴说。怕要把它扔了，连忙过去，伸出双手来接。"要要，我糊糊看。"

老人逛到门堜那儿。"庚新可在？唵？"冲着账房那边叫唤。

听见帮忙理账的大哥应了一声。老人回过身，望望她说："当初，二房跟我提这桩事，"示了示手里的破画轴，"是行；二房是个有头脑的，亏他想的好主意。信主人家，墙上是该有个什么的挂挂。可又画什么呢？跑来问我——"

"爷爷有话吩咐？"庚新走过来探问。

"把这收起来，多早晚进县里去，带给文昌阁再裱一裱。"

庚新接过去，想打开看看，不知道他爷爷什么用意。卷像一根擀面杖的画轴，不仔细看，倒看不出什么毛病。

"不要动它了。撕得很值。"

三个人都不禁望了望后墙。乍乍的不习惯，看上去，好似倒掉一面墙那么敞亮。粉白后墙上留下一方和那幅中堂一样大小的框痕；长方框子里面比四周白一些，却有一层层落了灰尘的蜘蛛网，细密得像是剪裁什么女红剩下的一片片罗纱角子。

"通到天堂去的路是窄的，地狱的路总是宽得很——我就给二房出了这个主意。"

打院心里看进去，那幅给她撕成两半的中堂，真是裱得好，就是站到跟前，如若不知道给撕毁过，压根儿就看不出一丝丝痕迹。

画是从上到下分出左右一窄一宽的路子，世间善善恶恶的大事小事，都给分得那样子仔细。窄的一边弯弯曲曲通到高处去，高处闪着刺眼的亮光。宽的那一边，人是挤挤挨挨的赶庙会一样，沿途都是吃喝玩耍寻乐子的去处，杀人的、放火的、打劫的、争吵的……连毒打牲口的都有，一路下来通到最底下的硫磺火狱里。

当初发疯，拦腰那么一撕，撕成了上下两半，下边一半攥紧在手里不肯放，像要再撕个两半才出得一口怨气，要不是金长老硬把它要过去的话。

中堂还没有裱好送回来的那段日子，心里真像那面后墙一样空空落落的。小福他爹乍去了，家是掉了一半似的不成样子。一抬头就是那面空空落落的后墙，一倒下头来，就是空空落落大到了天边去的冷炕。

孩子还听不懂话，抱着哄着看画画：这个坏人做什么？这个坏人拜偶像……这个好人做什么？这个好人脱袄子给穷人穿……一个小人儿就有一堆子顺口编排的故事。孩子居然听得蛮有趣儿，动不动闹着爷，闹着娘，只要看小人儿，要听讲讲儿。多福气、温实，多欢欢喜喜的元房三口人！如今画儿不在了，他人也不在了。人活着不觉得占多大地方，人去了就把半个家都带走了，甩下空空落落的后墙和冷炕。家前屋后走着，走进走出的，就只不见了那个人。

"所以说，打什么旱魃？不如多打几口井实在些；一家有这么一口深井，就少了多少难处。祈雨也没多大意思……"

打水的几个汉子，听了这些，一言不发，但也看不出就能口服心服。有个留了胡髭仍盖不住兔唇的老大爷，嗡嗡地动着三片嘴唇，似乎还有些气虎虎的样子。

强老宋把紫骡子打后院儿拉出来。没见过有这么驯的骚骡；就是没闹毛病，也从没什么脾气。

"长老，"强老宋招呼过来，"你老是老阅历了，要不要看看，到底怎么一回事儿，真摸不清。"

老人揽着孩子过来，先离着两三步远，把骡子从头到尾通身瞄过一眼，然后走近来，掀着骡子松松的长嘴唇，看看口里血色。

"你这个把牲口当命一样疼的老手，怎么把牲口伺候成这个样子！"强老宋要是光用耳朵听，这话就教他受不住了。老人一脸打趣的味道，分明是故意用那么严的口气。

"可不说的是，只差没抱上炕了。一个槽上的草料，一个碾上的活儿——这几天，不说我，就是小娘也是老叮着，三莛活儿，给它减了两莛，还是老往下跌膘。"

"又不是水骡，日你姐，还抱上炕！"

老油把式又在碾房那边搭过腔儿来。老油把式撒起村来，不管当着谁都不避讳。

老人抚抚紫骡子根根可数的肋骨，胡子里隐隐含着老油把式逗的乐子。

"口还嫩着不是？"老人问了声。

"可不？六牙儿。"

"那不是正当年？"

"说的是。"强老宋总是嘴角里衔着根草茎儿。人像刚用过饭，离不了剔牙棒儿。

"没别法儿，只好见天找小福儿骑着去遛遛。"女当家的一旁搭着话说，"压两天还不行，得找兽医调理调理了。"

"我看肚子有点儿胀，你看呢？"

"你老这一说——"强老宋退后一点儿瞄了瞄，又侧过头去看看，"倒真是有点儿苗相。"

"怕是误吃了毒虫子（卵）什么的了。"

"草可都是铡过的；又都是上过气的干草。"

"也别太信什么遇了铁器就除了毒的老话，靠不大住。塞一把烟丝看看呢？"

"那倒是现成的。"

"我去拿林爷爷烟荷包来。"孩子忙着这就想跑碾房找他林爷爷。

"算了罢，少教你林爷爷心疼罢。"强老宋说。

"也行。"老人又好生端详一口牲口，把缰绳交给小福。"多遛遛，也是个法子。"

好像没能见识一下怎样把烟丝塞进骡子肚里，孩子有点儿不大乐意，快快地牵了牲口出去。

"你都忙着罢，我随便走走看看。"

老人跟着牲口出来，看来不知有多恋着这个喊他太爷的孩子。

"要不要太爷抱你一把，八福？"

"还抱他？"做娘的跟上来说，"他呀，除非上天，他上不去。"

孩子倒是很在行，又急于卖弄卖弄，忙不迭地拉着牲口往场边儿去。紫骡子肩脊足有一人高，场边上有个立着的红石滚子，孩子跐着滚子，一纵就跃了上去。骡背上没有配鞍，挽骡本就没现成的鞍子可配。只在肩脊上披一条双叠的麻袋垫着。

孩子忽又想起了什么，勒转过骡子，冲着这边招手。"太爷，你不走罢——今儿个？"

"去罢，太爷要住到你烦儿了才走。"

做娘的跟上去几步。"太爷给你捎来好些画儿书，还没给你啦。"为了压住吵死人的知了，大声叫起来的那副嗓子，越发地干净，清亮，"多转几个村儿，别像昨个，眨眨眼儿就回来交差了。"

骡子太高，骑在上面想来很耸人，孩子顺着劲儿，胖胖的小脊梁一挺一挺地耸着。

"老没骑牲口了，瞧着挺馋的。"妇人好像是跟自个儿念叨着，望望老人，止不住淘气地一笑，觉着自个儿不知有多小。

"那还不方便！"

"没来由的，骑什么牲口？又好惹寨子里闲话。"

老人看看她，半晌说：

"人要是老怕人家闲话，那可寸步难行。"

"我也该去红马埠走走了；挺想大婶儿、嫂子，还有小姊妹。"

"家里那边，可也都想你想得慌。早晚还是去走走罢。"

"真想骑牲口去……"

好像无来由的，心里一下子跳得挺厉害。

这才想到，一时恐怕不方便去红马埠，除非回绝了那桩事——怎么样也不曾想过再嫁不再嫁的。望着骡背上的小福，不知道孩子小心眼儿里想着什么，一双小胳臂斜斜地举上去，拉着教人看不懂的架式。只是心里转而一想，那桩事一经提过，大婶她们都该知道了，不管自己是应下来，还是回绝了，老油坊那边，总是一时不大方便去的。去的话，这张脸不知道要往哪儿放。总不能制住人家心里不想罢。

望着孩子骑在骒子上不紧不慢地去了，不禁算算自个儿倒有多久没有正经骑过牲口。

不经意就能数得出，离了爹和枣骝，总共就只那三回，一是打朱家祠堂高门台上跑下来，拉了马就走的那一回，一是去旱湖打围；再就是——想到被他抢上马的那一回，实在不能算数儿。人是在马上，却又算不得是骑着，不知该怎么说⋯⋯

出圩门，天才蒙眬亮。零零落落三两家草房，给覆在厚得像落一场小雪的白霜里，尖尖个小风儿该是冰刃子那么锋利地犁在脸上。天是老高老高的瓜绿。稀疏几颗亮星，和她没有睡好觉的眼睛差不多，涩涩的张不大开。瓜绿的天，愈往东天愈淡过去。

金镏子套在右手中指上，暗里扳转着。唐——姓唐，好逗口味的姓，黏高粱米儿汤圆，一咬就是一口烫舌头的砂糖浆。跟自个儿说，别痴心妄想罢！傻长春儿再压两年，就不是按在条凳上杀一刀，攮一刀的小小子，坛口儿也钻不得了。到那时，爹少不得再花上三吊两吊钱，买个比猴三儿重不多少斤两的小小子，那才是专为买来点她这个秋香的唐伯虎。

小戏儿唱到哪儿了？除掉丧气地认命，再没有什么戏文好唱了。

那么个又瘦又脏的小小子，谁知道现下躲在哪儿咂干奶！有些集口儿上，常见逃荒的娘们儿，又开两腿坐在那儿乞讨，光着怀，揣着光眼子奶孩儿。做娘的端着半干瓢糟糠，扮戏似的掩一捏儿到嘴里，嚼着做幌子，那种冻得青头紫脸的小奶孩儿，听说三两吊钱就买得下来。当年自己跟着爹娘逃荒，八成也就是那副又瘦又干的脏相儿。

冻像砂礓石一样硬的大路，往东扯过去，扯到不远一片小土丘那里，便不见去路。猜不到小土丘背后，大路要朝哪边弯过去。不管了，往哪儿弯，往哪儿绕路，终归是瞄着那么个又瘦又脏的小小子去罢，那就叫作千里姻缘一线牵。

"可惜喽，嘻——这是！"

皮二大爷一个人缩在车辕上，不时拉起长长一声叹，这么念叨，喷出长长一缕白气。听着骡马蹄子踏老了人地敲响着冻地，也不知道这位二大爷可惜的是大房村的好生意白白丢了，还是金子银子的过一过手又出去了，还是可惜一桩好亲事吹了。只怕是专为叹给爹听的；可爹照例子是一上车就蜷在旮旯里打盹，下了蛰的蛤蟆一样。

能看得到的村儿，尽是遮在一片灰灰枯林子里，没有根儿地漂在奶白的地雾上。

望着皮二大爷缩在笨厚的老羊皮袄里，看不到包着火车头皮帽子的脑袋到底缩到哪儿去了，就那么一大堆，堵在车帘子外头。

皮二大爷为人，该怎么说他呢？——一身的不正经，心倒比谁都正经。

两手袖在袖口里，暗自扳转着中指上金镏子。这样贵重的东西，皮二大爷要是不声不响装上身，谁也不知道。可怜的二大爷，瞧他顶着刀口一样的冰刃子风，缩做那么一大团，老羊皮袄老得板儿硬，不信还能搪寒。那么一大团，里头包着多饱多结实的好心哪。上四十岁的人了，家眷丢在老家里，也和老光棍一样，为谁苦呀？想着将后来不伺候爹还说得过去，要不好生孝敬这位二大爷，真得遭雷打。

骡车弯过小土丘，皮二大爷把骡子勒住了。

"嘿，你就瞧瞧大房村这个熊地方罢，毛病真多……"皮二大爷站起来，又开穿着套裤的两条腿，车身慢悠悠地往前游着。

打皮二大爷胯下看出去，天爷，可不又碰上一伙儿贼羔子了。

去路上，迎面一溜排开四五匹大马拦住。吓得她赶紧把油布帘子放下。

爹正皱紧眉根子看她。

"爹，八成又是歹人。"

"不是刚出圩子不远？"爹这么问了一声，不等她答话，人已一虾腰儿钻了出去。

有好一阵子静，牲口打着响鼻，车身不大平稳地略略有些打战。头顶上闷成暗红色的小风车，也跟着微微发颤。莲花姐直直的眼睛，跟她脸对脸儿瞅着。

愈是这样无声无息的静法儿，愈觉着害怕，不定就要下个时刻里，猛可儿爆起什么来。

"怎么啦，"踏在爹脚底下的板子，吱吱响了一下，"这是谁家的规矩，骑马不让路，倒要车让路？"

"嘿，就等你佟大老爷张张尊口。"

一个嘎嗓子的说。可不就是那种豺狼之声。

"有话明说吧。"

"没别的；打有大房村到今儿，爷们儿还没瞧过这么一等一的把戏，劳驾回去多玩儿两天。"

"明人不道暗语，要怎么，敞开来说。"

"不怎么；回大房村，吃喝用度，唐小爷包了。"

"好，领这分情。"听见爹哼哼鼻子。"老二，加鞭子赶路。"

想着，只怕没有这么方便行事的，可是等了半晌儿都没动静。

"嗳，你伙爷们儿，别开这玩笑，"皮二收拾着缰绳说，"帮帮忙呗，天短，咱们还有七八十里地好赶嘞。"

骡车略略游动一下，又停住。响脆的马蹄声，错错落落地挨近来。蹄铁磕着冻地，清脆像嚼着一嘴的冻琉璃。

"回头！爷赏了脸，别不给脸。"嘎嗓子吼着。

她是憋不住了，悄悄掀起一角儿帘子窥出去。皮二大爷老羊皮袄堵住，看不见什么。

"回头！敬酒不吃，等着罚酒？"

扳住了皮二大爷肩膀，再往上移一些，勉强看到一撮黑马鬃，顶在风头里扑扑飞着。就在左手旁，冒冒失失发现一双毛糊糊的手，手上亮着短枪。枪筒正朝着她，枪口黑洞洞不知有多深。

"你伙儿别来这套，"爹说，"咱们手无寸铁。咱不怕硬，你也别欺软。两座山碰不到一起，两个人还是要碰上；别太绝了路，日后彼此不好照面。"

"好心好意留你，这么不识抬举！"

"少噜嗦，回头！"

一时不知多少张嘴巴，前后左右嘈嘈叫唤。

"还说手无寸铁，手里留下寸金就成了。"

"他娘的，这是哪来的邪门儿！"爹发凶了。可压不下去歹人的穷嚷嚷。"咱们凭的真本事，挣的清白钱，这一套窝囊气——"

"哈哈，好个清白钱，退了钢洋，留下金镏子，你姓佟的算盘也打得太精道了……"

这话教她不由得一震，忙把一线帘缝子捽住。

隔着衣服，摸了摸小襟子荷包里的戒指，立时想到皮二大爷太疼她，不该留下这个祸根，皮二大爷怎么办呢，不是要挨爹骂死？

不放心地又分开一线线帘缝子，一只眼睛贴上去。不由人一抖，正是那张灰青脸子，蛮狠的薄嘴唇咬作一条细缝儿。鳌黄眼珠子正瞅准她这边，仿佛隔着厚厚油帆布帘子看穿了进来。恼人的是莲花姐从脊后贴上来，一劲儿扯她袖子，不识相地叮着问怎样了，怎样了，扯得她带动手里捽着的帘子，又气又怕跌回到一堆被物上，瞪紧莲花姐直想发作。

那人前天的一套装束换过了：尖顶儿黑皮帽子换了水獭火车头。两边耳熘子拉下来，兜住猪皮一般粗硬的宽腮。宝蓝华丝葛面狐腿皮袍子，也换了一身油光光打粗的老紫羊大祆，倒是可可地衬上他那么个贼种。

愣了一小阵儿，觉得这总不是一回好事儿。听不清皮二大爷也夹在里头争吵什么。事到如今，既有那样不要脸的东西赏了人家的金镏子又伸手来讨，就不能单让皮二大爷独自去顶。什么金子银子的！谁也不要留着吞金寻短见，多稀罕呀！掏着小襟荷包里的金镏子，一股窝囊气顶上来，一把拽开油布帘子两个活扣儿，打爹身旁纵到车辕子上。

"还你的！稀罕……"尖声嚷着，脚还不曾站稳，只觉得整个身子一下子被扔走了，天下地上地打个大旋转，眼前一黑，扑进毛蓬蓬的马鬃里……

四下里一片喊叫，立时就被耳边儿噗噗拉起的冷风给掩去。

"佟老头，爷不是没赏脸！谢了！"

人是两头悬空，中间拦腰被箍住，整个身子横梁着担在马脊上，发疯地甩动、颠跳，由不得自主——可不是附在枣骝身上那样跑着小碎步玩耍子。

一时间什么主意也没有，心里直告急：这怎么行，这怎么行……只有拼命叫骂，抓打龈咬一齐来。可头脚悬空，用不上气力，白挣了半天，除掉抓下一指甲缝子马鬃，也曾把马拉扯得几乎失了蹄，却再也不生作用。然后这才够过手去，狠抓住那只捛紧在腰里的粗手。

"咈，咈，客气点儿，妞儿，爷这嫩手——肉做的。"头顶上夹着恨得死人的磔磔奸笑，不是人的声音。

手指甲里，清清楚楚挖进一些皮肉，指甲缝子胀胀的，黏唧唧的，仍是紧捛住不放。只是怎样也煞不了恨，反而她这个抓人的人，抓着抓着，周身止不住地肉颤，直麻到心里。只有生就的贼皮，才禁得住她那么毒地抠进骨缝子里去。

眼前一直是飞快地打横里扯走的冻地，刺得人眼花。脸是倒控着，给血胀满了，拧着脖子往回望，除了多得像树林子一般奔动的马蹄，什么也看不见。

这才想起爹，想起皮二大爷、莲花姐、那匹通人性的枣骝……就连烦透了人的臭骡车，一时间都成了再也见不到的至宝，今生今世就这样地一下子绝了缘分吗？眼泪怎样也留不住。

姓唐的大约实在受不住抓打啃咬，腾出手来，把她扳起来侧着身子搂住。

两条大辫子都给弄散了。两个人都被漫天飞散的黑发给缠住，撕扯不清的一时什么也看不见。拼命挣打了好一阵子，终还是给牢牢箍进他怀里，两手统统被他铁箍一样的胳膊捆得死紧，一点儿也动弹不得。

没有尽头的长路，奔迎上来，顶面的料峭子风简直是冰人的大水一样猛浇着人。只剩腿和嘴巴和扯散的长发还在不甘心地发野。吃枪子儿的！挨炮铳的！千人杀、万人剐的……任怎样狠的、毒的、血淋淋的咒骂，都是白费，只从背后换来一声声磔磔奸笑，反把自己累得没了气力。

后领子口上，嘴巴贴紧她发根子底下，一喘一喘热喷喷地呵着气。几次想转过脸去啐他，又怕正好送给他轻薄。真气死人，不知多规矩的让人搂在怀里。

认命了罢，灰心地松软下来，身子像沐在水里，无遮无挡的冷冽入骨……怨过城门洞里跟叫化子差不离的日子，怨过狗熊那么腥臭，怨过连朝阴雨囚在车篷子里看爹脸色，被爹一头喝闷酒，一头逼着背千字文、九归诀，也怨过把身子上该藏该躲的地方挺给千人看、万人瞧的那些鬼把戏……怨罢，想怨也怨不成了，尽都随着往后飞走的冻地给扯远了，一去不回头了……两旁荒地接连上远处未散的早雾托着的山影子，直绕着她打旋，不知要把人旋进什么一个深穴里。

马是黄骠黑鬃子口马，渐渐缓下来。从扯在脸上的乱发里，看到东天边一溜灰秃丘陵上，吐出一点点血红血红的日头，又是一个万里无云大晴天。泪干在脸上，紧巴巴的，觉着好像很不如人。

马停下来，像要等什么。

"妞儿，委屈一下……"热气呵着她脖颈底下。

不知多少人马跟上来。

还是不甘心就这样认命；拼命勾下头去，够着去咬他那只试着往她皮坎肩伸进来的恶手，硬是把它给咬退了。

"听话，妞儿，到了爷掌心儿上，还要怎样？"手教她咬得缩了回去，手可是更恨死人地摸到别处。"你就是这么疼爷的？好了，往后，爷好生疼你看……"

说的什么鬼话，她听不出来，倒是那只鬼爪子教她恨死；好一股气恼，鼓上来一眶子眼泪。除非有鹅那么长的脖子，他那只鬼爪子是咬不到的。恨得把自个儿嘴唇咬疼了；觉着是咬破了的那种疼，迎着北风，螫得像刀割一样。不知是眼泪进了嘴，还是真的咬出了血，咸咸的凝在舌尖儿上。记起唱书里烈女嚼舌自尽，急忙想摸一摸小襟子荷包里那颗金镏子，不知道还在不在。

"让人家松松手！"叫着，用胳臂肘子捣他。

"这会儿不行，先别忙。"

两只手臂都被他箍得那么死。金镏子多半是掉了，连辫梢辫根的红头绳都不知踪影，还落得住又滑溜又那么小的戒指么？

一匹马赶上来，马上的小子一点点下巴颏儿也没有，像个葫芦，也是葫芦那样黄巴巴脸色。只见他双手扯着一条皂巾，不知冲着她要做什么。

"到底还是爷，老将出马，一个抵俩。"没有下巴颏的，说话好像不大方便。一嘴都是里曲外拐的坏牙，敢是颚骨太窄了，不够把牙齿排整齐。

"你还是快着点儿！"背后的死东西催促着。

身子被搂住往这个小子面前歪过去，皂巾迎到脸上来，一绕就是一圈儿，以为要把她勒死，原来是扎她的脸，把眼睛蒙上。

"委屈点儿，小妞，一会儿就好。"嘴贴上耳根子说。

眼睛一给蒙上，就觉得什么都完了，只有任听人家要杀就杀，要刮就刮；刀口比画到咽喉上，也没的提防了。

"谁也没爷身手这么利落法儿……"给她脑后打着结子的没下巴颏小子，还在那里溜他爷的狗子。

另外那些个贼羔子都跟了上来，一阵子抄了小燕子窝儿地嘈呼起来。

"爷猜怎么样？老小子不知天高地厚，还打马追呢！"
又是那副小娘们儿尖嗓子。

"马是好马，可惜撒不开蹄儿。"另一个说，"老小子要是还不死心猛追的话，约莫着，这会儿该到双李集了。"

大伙儿你嘴我舌又笑又叫，把天都闹翻了过来。

想起来，还是恨他那伙儿那么对付爹，骗爹往东追去。爹追着心里是个什么滋味呀？追不到，觉出给骗了，又该是个什么滋味？爹那个暴雷躁脾气，又不知该怎么发熊了。要不是后来接到爹亲笔捎来的信，真怕爹一时想不开，早已寻了短见。

　　事情就是那样，恨他那伙儿也无益；恨得无可奈何，又恨起爹干么还要那么穷追不舍。

　　记起那两天，杨老爹老是嘀咕着，枣骝该换马掌了。爹也只顺口应着，不忙，一时用不着赶远路。小地保说，后街有两家骡马栈，随去随钉。又谁知晚上冒冒失失打定了主意要走开大房村，哪还想得起要换蹄铁。要不然，凭枣骝那副一等一的好肌理，哪有撒不开蹄儿的道理。

　　可纵是追上这些个生贼，又有什么用？人给抢到北边来，爹倒往东追去了。贼羔子又是盒子炮，又是马拐子，爹是真的手无寸铁，难道想凭拳脚上那套功夫，去跟枪子儿拼？这咎子不知爹怎么样了，当真又折回大房村去，跟地方上要人？大房村能让贼头目、贼羔子，大模大样出出进进，纵不是贼窝儿，也是里应外合跟土匪勾结，连小地保跟那个什么死哨官，都替他贼头目说媒，大房村里只怕没有一个干净人了。那个装蛤蟆精的，那家放一小截儿鞭炮的酱园，撒网的老头，还有那个挑着满满一麦秸靶子风车的家伙，所有见过一眼两眼，随后就忘了的那些个人物，都没一个是干净的。心里咒着骂着那个鬼地方，想到前天傍晚一进那个贼窝儿，连自己也犯了偷，从没贪过人家什么，真是贼窝儿，神差鬼使教人起贼心。

桃红纸风车，该还插在车篷子里打转转。也或许已到了傻长春儿手上。

认命罢，只怕起了贼心那一刻，就已命定该做贼婆娘了……

"下马罢妞儿，到家了。"背后贼头子哄小孩儿一样，抵着她耳根子说，"往后你就有的福享了，甭再早东晚西到处流落……"

真恨他那个口气，好像抢她，原是行了桩大善事。

一阵子伤心，好似要吐了一样打心里猛往上顶，嗓管儿直搐紧，一时憋不上气来。

给抱下马，下面好些手来接。挣也没有用，白白拐上几肘子，休想拐开好几把铁钳子手，只有驯驯地让人架着走的份儿，深一脚、浅一脚，成了个瞎子。

听见豺狼之声的破嗓子交代：

"马匹照管好，留神小妞是个她娘的好样儿骑家……"

下得马来，给架着走，一直觉得出是走在一竿子高的太阳地里——觉着微微暖和一些，像条温温的手巾捂到半边脸上。随着转转弯儿，就又移到下半个脸上来，这是往东走。

明明架住她打圈子，绕弯子，两个笨家伙偏偏跟她耍花枪儿："留神门堑儿，脚抬高……嗳，对了……进二道院子啦，阳沟，大步子超一下……"唬得人以为来到什么样的深宅大院。走了好多个大圈子，真正进了宅子，马上就觉得出来一阵子阴冷，碰到门堑儿，把人给绊了一下，反而又不提醒她。最后给按着弯下腰，不很方便地用小步子挪着，拱进极矮极矮的一个什么洞，似乎洞很深，左一个弯，右一个弯，虾着腰拱了好半天，才直起头来，背后有沉沉的厚门跟着关上，干涩的铁门闩，咕嗞咕嗞闩了好一阵。

听见擦洋火声音，以为是谁要吃烟。汗腥气挺重的巾子从头顶上抹掉，眼前一片黑，有一盏油灯刚点起，焰子豆粒儿那么小，正慢慢长上来。

一间四面都没有进亮儿的黑屋子，四面墙壁灰不灰、白不白，锡箔的颜色。有人爬上梯子，头顶上，一个拐角里，掀开一面天门，方方正正仅够一个人上下。从那上面透下来的，也不是天光，只是亮亮的那么一方，猜想上面还有一层两层，约莫就是多半的村子上常见的那种枪楼罢。

姓唐的瓢把子摘下皮帽，老远往铺上一丢，人好似大功告成地叹一口气，落坐到那张麦秸苦子垫底，铺着羊皮褥子的框子床上。一抱胳臂，就连忙吹着被碰痛的手背上伤口，一面翻着眼睛瞅过来。

人是让他瞅得一震，赶紧把脸掉转个方向。眼睛给绑上这许久，似乎揉了又揉，才看得清。

额头抵在又光滑又冰凉的墙上，不信能是银子做的墙。没什么可拗得过来，什么都没有了，连忙来不及摸摸小襟子上的荷包，幸好还在，这就从容摸出那只金镏子。灯座子套上了玻璃罩，屋里亮得多，偏一下身子，就着亮处看了看这一颗挺沉手的金镏子。他那个人，正横着冷眼看那两个家伙笨手笨脚在搬走梯子，一副不知有多看不惯的样子。

命是注定了，别再妄想还能回爹那儿去；亲爹亲娘都狠心卖掉的苦孩子，没有什么恋头，一死百了，看他能把人怎么罢。

梯子打天门那里抽上去，两个家伙一个楼上、一个楼下在那儿使出笨劲儿折腾了半天，这才安排停当。楼上的家伙扒住天门悬空缒下来，那一手倒还挺溜活，老高往下跳，双脚着地没一点儿声音。

小太爷，还有啥吩咐没？打楼板上跳下来的家伙，扑扑手说。

天黑了再出去。没好声气地把两个家伙打发了。

又矮又深的门洞，一个撅着屁股拱进去，跟着又一个拱进去。两条皂青的套裤筒，擎着穿在白单裤子里寒酸的屁股，笨邋邋地蹭蹬着。做爷子的一直候到门洞里面不知有多远传来那么沉沉的合门的动静，这才转过身子来。

别把脚站大了，过来坐下罢……拍拍身子底下铺沿儿，十分相信他这一招呼，她就得像只小狗一样摇着尾巴跑过去。

——你得了吧！心里狠狠噜过去，不觉把牙骨咬酸。从手心里，挺惹眼地捏起了金镏子，"你休想！"让他看个清清楚楚，塞进嘴里头。

他人是先愣了一下。伤手放在嘴边呵着，不自觉放下，随即吃紧地欠了欠身子，又坐回去。

"胡闹！胡闹！……"他叫着，一声"胡闹"，便发狠地捶一下床框。原生就的那张不知有多吃紧的脸子，越发地变了色。

"嗳——唉，"隔了一会儿，好像愈想愈恼怎么会事先没料到这一着。

只说万一给逼到没路可走，就用这个把自家给结果掉，不想倒惹他这么吃紧着急起来。

"那可不是玩儿的,吐出来！吐出来！……"他回过身去，多少有些慌了手脚的样子，似乎要在铺上找个什么，又没主意地赶紧转过脸来，瞪住她嘴巴。

这才心里有几分落实，一直闭紧了的嘴唇这才放松一下，呼一口大气儿，也有心肠撩撩披散一脸的乱头发了。

"吐出来，听话，爷又不怎么你……"

"拿开！"冲着伸过来的毛手，她叫了一声,"你敢挨过来，我就咽下去。"一面紧瞪住他那没有人色的蛮脸，还有那一对不知有多能使坏的黧眼珠儿。

他那个人好像也松了口气，脸色和缓下来。

"爷倒真有点儿眼光，"不知他是跟谁说的，"真倒没看走了眼。"

心里仿佛生起一线转机：有他这么买账，真没想到误打正着就能降住他这个人。一时间，倒好像爹那一窝儿，又不是跟她阳世阴间隔得那么远了。

"你也别用那个要胁人。要是想借他娘的金镏子跟爷开盘子，你就敞壳儿开罢。"他把两手一张，好像什么都豁出去，由她爱怎么就怎么了。

从没跟什么生人交道过，徒地这么着，真是呼天不应，叫地不灵，只好单自硬起脑袋来打主意。瞧他歪过半个身子，从斜背后一方洞墙里，轻轻拖出一只乌木长方托盘，放到铺上。托盘里一套整齐考究的她还不认得的大烟家伙。心里拿定了主意——回爹那儿去！儿不嫌娘丑，狗不嫌主贫。爹不是亲爹，总是十年来的恩情。到处流落的日子，尽管怨过、厌过、咒过，总归还是自家的窝儿，城门洞有城门洞的恩情，打不大记事儿那么小，让爹一手拉拔大，教武的、教文的，上心调教，皮生肉养的亲爹亲娘又该怎么样？人还不是这山望那山高，吃一行怨一行；果若不念不报那份恩情，哪还是人！

"怎么样，摊开了谈罢。"那汉子把铺头上的两床大花被给拖过来，胡乱堆一堆，人靠上去。"你要是害怕跟爷歪歪烟铺，那边春凳、圈椅，也不扎腔的。"

咬咬牙，金镏子舔到腮里夹住，一锤子钉死了地回他一个决绝："怎么抢我来就怎么送我回。"

"回去？"人一下坐起来。可又好似觉得她这个人未免太不懂道理，拿她没法子地摇摇头。"那爷是闲得没事儿干，这么穷折腾？"

背后堆上去的被子慢慢塌下来，他扭过身子去整了整，重又靠回去。

"那我就死。"狠劲擦擦眼睛，恨起自己守着这种没有人味儿的家伙，这么丢脸地掉起泪来。

"犯不着；你死，爷怎么办？"

看他一边嘴角翘了翘，斜起眼睛跟她使坏，就知道被他占去了什么便宜，扭过脸去不理他。这才发觉，嘴里的金镏子，不觉间已被咬扁了。

"爷跟你说真心话罢，对你，不比往天那些个俏娘们儿；爷别个事情上，都有容让，独有他娘的这点儿毛病——早晚找个雌货开开心，爷看上了眼儿的，想再打爷嘴里拿走，哈，没门儿！"

背着他，听见背后洋火盒子嗦嗦响着，洋火擦着了，眼角儿不由得瞟瞟那个亮处。翻毛肥袖口儿停在托盘上，把一盏小香瓜似的矮罩子油灯点着。剩下一小截洋火杆儿扔过来，带着小火点儿的箭子，射到她脚尖前面。

"这就不比往天了。"嘎嘎的喉咙说，"爷守寡守了三十大岁再加一，还没看中哪个能禁住爷睡她一辈子的。这一回，爷头一眼就中了意，当作正正经经托起她娘的大媒来——人在大房村，不瞒你说，黑道规矩，地方上的体面，兔子不吃窝边草，固属不方便把你硬拿过来；可要是等的话，爷总等得罢？你也总有走出大房村那一天罢……"他握着一只酒盅，挖里面好似枣泥那样黑黏黏的大烟膏子。挖得出神时，话也停了下来。

呕气地不要看他，舌尖顶着戒指圆箍子，专心要把尖起来的舌尖穿进咬扁的箍子里。靠身子右首，有架红漆梳头台子。老大一面鹅蛋镜，两旁一层层雕花小楼台，一层便是一只小抽屉，白铜蟹壳儿拉手，亮着银光，镜子前面嵌进去洋瓷洗脸盆。瞧着，正觉得有点儿意思；真教人丧气，仿佛存心对准了一样，鹅蛋镜里不偏不斜嵌着他那个人，正就着灯焰，细长的铁签子挑一坨儿烟泡，烧一下，指尖上滚一下，重来重去好似做着什么面食。

"说起来，怕是爷中了他娘的邪；爷偏就等不得，你教爷有啥法子？爷可没干过那么肉头熊事儿，专程封上大礼，托了大媒，去跟你参说合。越想，越觉这可不是笑话？爷几时这么孙子过！还不是单为你这个迷人精？！只要能上手，任怎么孙子，爷都认了，还有啥话说？……"

他倒是受尽委屈似的，天下倒有这种蛮不讲理的人。

"往天，爷跟谁容让过？那些熊雌货，顺顺从从伺候爷的，完了放人回去；家里日子艰难的，爷送她个大八件儿嫁妆。要是拗着来嘛，把爷惹火儿了，爷可不饶人，撕她个两半——打那道缝儿。郭家楼挂千顷牌的三闺女，喝，她娘的娇上了天——你把爷这只手糟蹋这个样儿，爷可没火儿——她也只才在爷这边腮帮儿上，抓了三道血绺子，事儿照办，完了也没饶她；拿一百条快枪来赎，爷照撕不误，给她老子娘送条腿子去过年。可惜你是外地来的，怕还不知道铁爷的厉害。"

真想回他的——你想撕我？下辈子吧！挨，你也休想挨上。

一阵子气味，说香不香，好像炒芝麻盐过了火候，把芝麻炒煳了。

鹅蛋镜里，瞧见他含着包银的粗嘴子烟枪，抱住火筒吹火似的，呼呼有声地一口口吞着烟，鼻孔里不断涌出两股烟绺子。听皮二大爷说，只知道爹是抽上鸦片，把一片家业抽败了，至今这才开了眼界。

"爷这么求着人，顺从人，抬举人，这可还是开天辟地头一回。老爷子在世时，爷还没这么伺候过他老人家。"瞧着他放下烟枪，眼睛翻上去瞪着楼板重重倒倒地絮叨，真教人以为那个什么老爷子还在楼上呢。"你可要知趣，"吭着让她抓伤的手背说，"换个妞儿的话，想拿吞金来要胁爷，没门儿。死罢，不信爷的厉害，就死死看；死了也躲不掉，爷还没玩过死妞儿，倒想尝尝新鲜——生吃螃蟹活吃虾，死吃妞儿倒也是个鲜物……不是吓唬你；谁教爷这么犯贱，看中你，舍不得你这个心肝宝贝……"

瞧着她背脊，一点儿回应也没有，他那个人似乎很无味起来，握起一把没有拳头大的鸡血红砂茶壶，抿了一口茶，眼睛眨巴眨巴望着楼板不知什么鬼点子。

往镜子里这么瞧他，可他不知道被人这么瞧着，眨着眼睛像个呆瓜，不觉得意起来，好像占了他很大便宜。

"跟妞儿来真心话，这是碰到你，真他娘的！天翻了过来。"他冷笑着，"也有今天，嘿嘿，爷也废话连篇哄起妞儿来了。这么母母姐姐的，爷来不了，瞧你那个烈性子，敢情也乐意干干脆脆；你就爽快说，凭我唐小爷子，是人配不上你？是财配不上你，还是哪儿配不上你？你尽管挑剔。"

他坐起来，直直坐着，好似不知有多顶真地候着她回话。

"哈，瞧不出你，"这才忽然发觉什么似的，拍着大腿嚷起来，"真瞧不出你这个小机伶鬼，对着镜子你可把爷相够了……"

又臊，又窘，又害怕，连忙转过身子，双手掩住脸。

"爷倒让人相起亲来了。怎样？凭爷这个体面？到哪儿找去？"

一阵子又惹她恨起来。

"送我回去！"跺着脚说。

背后好半晌没有动静，忽然害怕起来，连忙侧侧身子，往后扫过去一眼，害怕他那个蛮贼，说不定轻手轻脚偷偷挨近来。

"你这就不爽快；"人躺回去，可不知哪儿不对劲儿，重又坐起来，"瞧你也是剔透伶俐的人儿，怎这么死心眼呢？回去，回去，倒有啥样儿好日子等你？跟你实说，爷想找个人，不是一天，找到如今，冒出了三十，总算找着了；不比昔日，光是找乐子——也压根儿没碰见过一个配得上爷的……"

觉着他是下了铺，脚在地上画着蹭靴子，吓得她往一旁咧了咧身。

"爷说过不碰你，就是不碰你，你尽管放一百二十个心。"

站在铺前，他手打袄衩子底下探进去，约莫是插进板带里找什么。"就凭这么噜嗦，爷也要早儿找到个人，给爷管管家当。"琅琅响着，掏出一串子黄铜钥匙。不知要做什么，端起小柜子上的罩子灯，把小柜子移开，人蹲到后面去。灯光把墙上影子大大改换了一下。那是在开锁，打地上掀起一扇门，听来该是很厚重的铁门。然后把罩子灯放回原处，手里哗哗啦啦地掂那串钥匙，走向她跟前来。

躲是躲不到哪儿去，舌尖挑着金镏子动，存心碰着牙齿响，就像有时含着块冰糖，去逗馋得要死的傻长春儿流口水。她是只剩这个能耐去拿捏这个蛮贼了。

"爷先把这份家产交给你，你总信得过爷了。"

离着一两步远，他把胳臂伸直了过来，摇着挑在指头上的一串钥匙，要她接下。

这算什么！决计不能要这个。可钥匙放在她头顶，不等她躲开，他那顶水獭皮帽子已罩到她头上卡住。

人又回到铺上烧烟去，一面说："下头地窖子里，金元宝、银锭子、四季绫罗、真珠玛瑙，没数儿，都给你了，算他娘的见面礼儿。这种窖子，爷还有的是，日后都是你的……"

尽管这么说，她才不那么想；难道图他金、图他银不成？

心里头影影绰绰亮了一下。瞧他蛮不讲理地抢人，照这么看，他说的那些个行径，可太稀松平常了；只是单怕碰上性情强一些的妞儿，硬的不成，就这样来软的，也是钥匙、地窖子伍的，把人哄得心软下来，难免不上他钩。

心里这一清醒，好似冒冒失失一道电光闪过，不由一震。方才可真有点儿心软，觉得把钥匙给了她，还要他怎么样委曲求全呢？——真是险些儿上了他当。人关在这儿，再多的钥匙又当什么？

"爷可是头一回这么大的耐性；"伸长了他那张骨棱棱的下颚说，"给你烧个泡子工夫，好生想想。要还不什么，爷也不逼你，要么是小脸儿太嫩，张不开口，索性找个坤道家来说说媒，要怎么着，尽管说给她，要天，爷也要许你半个。除非要回去，那是办不到……终归是——爷要定了你，不比往天玩玩儿就算了，那就犯不着非等你点点头不可。"

下了铺，说要出去招呼人来伺候她。"要是非得明媒正娶，当个喜事办，都成，尽管跟伺候你的老婆子讲清楚，爷没有不依你的！"拍拍袄子，临去又说了："爷是好言劝你，那个辖制爷的金箍子，别老含在小嘴儿里，万一不留神，你可要害爷给你守寡……"

什么明媒正娶、当喜事办来着！想得真趁心。这半晌，心里是打定了主意，才不要什么坤道老婆子来做鬼的媒……只是挨着，挨着，挨到他就要虾下腰去钻那个门洞了，不能再不开口。

"嗯——嗯——"顿顿脚，不知要怎么留住他。不过，就是这样含含糊糊的，他那个人也还是停了下来了，两手又腰地挺直在那儿等她发话。

临时可又犹疑起来。

"我爹怎么办？——光叫人家这样，那样……"

"真是，菩萨娘娘，你可也舍得开开金口了。"他是挺舒服地透了一口大气，"不是爷命大，早教你给憋死了。好罢，什么你爹怎么办？"

"只知道不让人家回去，不是要我爹的命一样——"

"瞧不起倒是个孝女！"他鼻子里笑了一声说。

"人不能没天良。"

"这能怪爷？该怪你爹不识抬举。三十两金锞子捧给他，偏他娘的拧着不要。不要也罢了，该那么一口回绝么？爷又不是咬定了三十两买定了你。要嫌少，爷要的是人，还疼什么金子银子？……"

"我爹不是那种人。"

"就算他跟金子银子有仇，还怕爷养不活他那一大窝儿？"

"凭本事苦生活，我爹也不是倚三靠四没骨头的。"

"结了亲，那还见外？再说，就算三十两，你爹也不亏不蚀，你就是再替他苦上十年八年，又能孝敬他多少？除非留你做老闺女——没有那样做爹的。"

"就有！又不是亲爹……"不知怎么的，冲口溜出来。这话一出口，就把自个儿惹恼了。

"嘿，早知道不是你亲爹，爷也不费那么大劲儿了。"好像上了多大的当，人跳起来，"那你还恋他个鸟！"

"你不是人！你是畜生！"气得她连帽子带钥匙，打头上一把抓下来，直冲他脸上摔过去。

他倒是不动气，一偏脑袋躲开。

"你那个熊爹才不是人，把你当摇钱树。你还口口声声要回去，要回去，你倒要给他摇多少钱！"

"爹六吊钱买的我。"她顿着脚说。

"还他娘的六吊钱。"

"爹养我养了十几年——"

"连本带利算给他——扣掉你给他挣的，两块大洋对得起他老东西了。"

"你——你不知道……"

话被他堵得接不下去。爹待她明明不止六吊钱，不止十几年的抚养，可是嘴张了张，似乎有个啊嗻要打又打不出，一时不知该说欠了爹多深的恩情。

"那不就截了；爷差人给他老小子送两块大洋过去。牵着不走，打着倒退的，活该他娘的穷命，三十两黄亮亮金锞子不要。"

"不成！"斩钉截铁地回了他。

其实真还不清楚，一块银洋到底值多少，一两金子又值多少。

"就冲着不是亲爹，三十两金锞子，一两也不能赖！"

"这么一说，我的妞儿，你是心甘情愿跟了爷？"

"啊嗯——"恰似给他掐了一把，跺着脚，又急又躁地脸又朝着了墙。

"这倒爽快，爷就喜欢这么当面鼓，对面锣——"她是双手捂住耳朵不要听这么嚼舌头。

"好，不说不说……"他是十分光彩地乐着，打地上拾起火车头皮帽子，照着腿上掸掸灰，等她安静安静。

"慢说三十两，小小不言的；只要你死了心跟爷，三百两又该怎样？好罢，爷这就打点人送去——"

"我亲自送去。"

"那不成；爷啥都依你。"

"人家要再见爹一面——"

"爹不就在这儿？况是亲得不能再亲的爹。"

她扭过脸去，不要听这种油嘴。

瞧着墙上自个儿影子，好不孤单，一阵子急切地想着爹那一伙儿，想得要死。

"要是我爹肯来呢？"敢情那是上上的如意算盘。一面可又给自己浇冷水，哪有那么好事儿。

"只要他肯屈驾。别说那四五口子夙人；四五十口子，爷也养得起……"

不等他出去，忙不迭这就满心害怕地热起来。想那一窝破破烂烂混穷的把式，慢说多早晚才能熬得出头，就是混得个不挨饿、不受冻，已经是福日子。如今凭她秋香单枪匹马这个能耐，一下子把他们提上天，还要怎么样！往后就有好日子过了；单只要马上就又得到团圆，只这一点，别的什么不要都行。

心里就这样热热地害怕着，一股又一股往上涌，一时等不得一时地算计着，怎样安排这个张罗那个。也不是什么享不尽的荣华富贵；但能一家一道落户下来，不用再苦挨那些风吹日晒的日子，总算哪个都对得起了。耍嘴的皮二大爷，又不知要怎么逗人、闹人，"香嫚儿，二大爷可真有眼光罢，打小就看出你多有出息……"。那莲花姐也不用愣等傻长春儿等老了人，好歹也快上二十岁的大闺女，该找个头——十来年共在一起，不亲也亲了；就那么个亲姊姊，又是个没多大心眼的傻妞儿，做妹妹的不多照应些个，还等着哪个来照应？……一时间想得真够远。一时间又等不及地愁着，见了面要打哪儿说起；只不过一早上的事，觉着已有十年过来，积下不知多少惊怕、忧喜，要跟莲花姐讲上三天三夜也讲不完……

黑深的门洞里一团子白，蠢蠢地蠕着。听得见啃啃嚓嚓、挺吃力地一个人蹲在那儿挪。一位鬓儿半白的老嬷嬷打门洞底下拱进来，手里拎一副红漆食盒，按着后腰直起身子。只见一对衰皱皱的老眼，好空好空地四处张望着，半晌这才看到她，不觉有些吃惊地愣在那儿。

过后才知道这个好心的李三大娘，干么愣在那儿好半天不动。"还以为你呀——手脚那么利落，他爷子不是刚出来……"往天，要老嬷嬷伺候的肮脏事儿可多着，人家体体面面的妞儿，上下无布丝儿地精着撂在铺上。老嬷嬷还觉着老阅历挺有把稳的，后来订了好日子，给她开脸，还说她眉根散了，替她长吁短叹的，一头骂着那位骚爷子。好在她也不懂，没当一回事儿。后来才晓得那个意思，狠狠取笑了李三大娘一场。固属是靠着那个金镏子，把自己保全了；不过敢情也是他有心要了她，大日子前，挨也不曾挨过她。

老嬷嬷也知道，该佩服她有能耐把那个魔王给降伏了。"盐卤点豆腐，一物降一物"，老嬷嬷只会这么念叨。嘴里这么念叨时，就说不出那张老脸上怎么样不怀好意，恶豆豆儿一对小眼睛，说瞟不是瞟，瞅又不是瞅，自以为看透了人家五脏六腑，偏又看走了眼，把人家眉根看散了。

厮混熟了，那些个歪事儿也懂得多了，常拿眉根散不散的揭短老嬷嬷。别看是上了年岁的人，脸皮倒嫩像个小妞儿，禁不住这么一揭短，脸就红通通。"还说啥，你这个小狐狸精，把他爷子给迷得姓甚名谁都摸不清了。"

鬂儿半白的老嬷嬷，好似不知有多怵她，愣在那儿老半天，没敢上前挨一步。

她也是不知道该怎么招呼，两下里冰冰冷冷眼瞪眼儿干瞪着。

"我说这位大妞儿，你是那辈子修德的。"

好半晌，老嬷嬷这么冒冒失失来了一句，教她听不懂那个意思。

"他那个魔魔星，哪兴这样伺候妞儿！"老嬷嬷看看铺，又看看她。

铺上的烟灯还在点着，老嬷嬷过去吹灯，掉了牙的嘴巴不兜风，吹了两三口，才把烟灯吹熄掉。然后拍拍铺沿儿，让她坐过去。

老嬷嬷有一对恶豆豆儿小眼睛，看似怀着一肚子坏水，才不敢靠近去呢，只就近坐到一张圈椅里，抽空儿，装作捂着口打呵欠，把金镏子偷偷吐到手心里。

"往天，他爷子，哪兴让妞儿衣裳穿？作孽呀，你都不知道……"

　　黏黏道道地说着，一句也不懂到底那是什么意思。说什么大正月里不是咒他爷子，造罪造的够多啦。又说什么光她家这座枪楼里，就教他糟蹋不晓得多少黄花闺女，少说呀也有那么些——竖起两只黑黑的干手，十根伸不直的手指头，那么扎煞着，撇撇嘴不肯说下去。她也看不懂那是个什么意思。

　　"你看，只顾着说话，给你送点心来，都忘了……"老嬷嬷拍拍打打笑起自个儿来，一头提起红漆食盒走来放到梳头台上。

　　"倒想请教这位大娘，"好像是怕她又噜嗦不完那些个听不懂的唠叨，拦着头问道，"这儿离大房村多远哪？"

　　"你是大房村人哪——听口音不像……"

　　"我爹还在那边。"

　　老嬷嬷一层层取下红漆食盒，看不到里面盛的是些什么。取着取着，停下手来，忽然拍起一双干手。"瞧瞧，瞧瞧，大正月里，出门在外的，遇上这层事，不把你爹给急死了！"

　　"说的是。大房村离这儿可有五十里地没？"

　　"得了，你这位大妞儿，他爷子是存心要你。而况说，到了这儿，插了翅膀也休想飞出去——"

　　"我是问问看。"

　　"妞儿，我劝你是死了心罢。单看他爷子差我来探探你口风，这就是开天辟地没有过的事儿；更没兴什么催着给你弄吃的，弄穿的，又是粉呀，胭脂呀，又差我来给你梳梳洗洗呀……哪天兴过这等事儿啊，真是……"

真还没遇上过这么唠叨不完的老嬷嬷，不能惹，一搭话就是天昏地黑那么些噜嗦。

"哪兴这等事儿！妞儿啊，你都不晓得他爷子那个魔王——你还是坐过来，先填点儿东西；吃着，我来给你梳头……"

哪儿吃得下什么，头倒是要梳理梳理。老嬷嬷把罩子灯给端到镜台上，听让那一双又干又粗，柴火一般的硬手，把她搀到镜台前头坐下。

"……那就乘着他爷子兴头上，也这么交代了，尽管开大点儿盘子，我看他爷子没有不应允的……"

听着老嬷嬷贴在脊背后唠叨，一面看着面前一盏闽漆木盘子里盛的茶食。见都不曾见过的这些细点心，扑鼻子甜脆和油酥香味儿，就只是兴不起一丝儿胃口。

"……那么些个大闺女、小媳妇儿，可都连出了五服的孝首巾也不如，不两天就扔了——说你不信，不哪点儿惹了他魔王，把人家好生的妞儿给撕了两半儿，造多大罪呀……"

鹅蛋镜子里，照见自己半边脸——另半边沐在罩子灯亮不到的暗处。头发是乱得球成毡子，让老嬷嬷梳得扯着发根子疼。大木梳每梳一下，就把脸扯着往后扬了扬。瞧着好生疏的一张脸，似乎全不认得镜子里这个人到底是谁，眼梢越发给拉扯得往上吊着，脸上也多了些疼皱皱。镜子里这个人就要怎样了呢？清早起程时，就着朦胧亮儿天光，还草草照了照那面蜜蜡框儿小镜子，只要看看头发别太披散，脸上不要打哪儿沾上块锅烟子也就成了，压根儿瞧不仔细一夜没合合眼，是不是眼白子有了血丝儿。照那面小镜子当儿，人哪会想到不两个时辰，那张脸又照进了这面鹅蛋镜子里？越觉着古怪。

忽地想起要把老嬷嬷的话给接上去，呕口气说："有本事，叫他都使出来罢。来硬的，休想！"

身子略略往下矬一矬，把镜子里老嬷嬷那张脸看个周全。大木梳停在发根里，老嬷嬷眨着小眼睛，不知想什么。

瞧着老嬷嬷发愣，不禁又呕气地耸她一声，"他休想！"让她醒醒。

"他小爷可是存心要你。要是来硬的，轮不到差派我这个老婆子跑来说合了。"

想起昨晚上那个小地保，还有小地保领来的什么哨官大爷。

"那也该找我爹去说，跟我有什么好说？"

"劝劝你呀，大姐。"

"才不要！"甩一甩脑袋，身子往一边侧过去，好像连头也不要老嬷嬷梳了。

"大姐，他小爷可是嘱咐又嘱咐，除了回去办不到，而外，任你要什么都成。只等你点点头。"

"那就巧死了；什么我都不要，单巧只要回去。劳你老人家就这么传话。"

"别这么傲了罢，大姐。性子傲，吃亏的。"老嬷嬷把声音放低，好像这样就显得很体己，就能够打动她。

"人，总得有两根硬骨头不是？"

"话是这么说——"

"老大娘，想必你也是有儿有女——"

"这也用不着说了——"

"谁甘心好生一家人，平空拆散了？"

"敢情是人同此心，心同此理。可又来的，男大当婚，女大——"

"那还是要看人乐不乐意罢！"

"不就是吗？"老嬷嬷做出又好笑、又好恼的样子，"不是跟你大姐打商量来了吗？"

"要就是放我回去。"

"我的小姑奶奶，话说绝了，事儿就转不过弯儿了。"老嬷嬷勾过头了，看着她脸，小声小气哄劝她；忘了打镜子里，一样看得到她脸。

什么绝不绝，本该就那样的。

那种东飘西荡的日子，虽说早已把人过厌了，这么"回去回去"地嚷嚷，只不过舍不得那个情分；回去敢是未见得有啥好处等着她。可人能这么嫌贫爱富吗？只图眼前，不看看前后吗？

回到爹那儿去，理该经过那一场的，爹总不能再不答应罢？不管怎么说，有个娘家，坐花轿也有个起轿地方。像这样草草凑合，难道东屋上轿，西屋下轿么？听说只有童养媳妇圆房，才不坐花轿。有一天莲花姐跟傻长春儿圆房，才是那个样子。如今遇上这个好头儿，又不是什么穷虾虾，才不甘心穷凑合呢。万一回去之后，爹还非拧着不肯，那也只好认命，没什么可恋的，可怨的。

可爹能那么便宜吗？

那个只在昨天晚上才多听说过的一些零零碎碎，还没有来得及打探清楚的秋妃小姑，就是个例子。爹要是仍还拧着不肯答应，那倒事小；只怕爹饶不过人，照样逼着她像秋妃小姑那样，喝鸦片膏子自尽，就不是玩意儿账了。

秋妃小姑那个薄命大姑娘，为的是有了男人。莲花姐没见过，也不知道那是个什么样的男人，但总还不致闹到像她这么个地步呢？回去也未见得有好果子吃。那就叫老嬷嬷传话，再试试那个魔王用心，反正豁出去，吹就吹罢。好歹让他醒醒，去他的金满窖子，银满窖子，别以为人穷志短，见了金银财宝，就把东西南北都给忘了。

"劳你老人家这么回话，除此而外，没什么好商量的。"

老嬷嬷打镜子里愕瞅着她。"瞧不起你这么年幼巴巴的，真什么……"

老嬷嬷又劝说她一阵。"你老人家少费唇舌罢；主意打定了，我可是刀枪不入，休想再拉我回头。"

"好了，我这么大把年纪，也算服了你；怨不得他小爷缠不过你。服了服了——我这是。"

老嬷嬷看看不行，只得打倒退。"我去给你打点儿热水来抹抹脸，就便回他魔王话。"

几经往返，两下里都算是退让了一些，盘子才谈妥，先着人带上三十两金镏子封礼，再去找她爹说合。爹答应还是不答应，都送她回去，只是那得放在下一步。

恨只恨事情没有照着那样来；陪她在这个枪楼里过夜的老嬷嬷，一直劝解她。

细细想想，老嬷嬷不是没有道理。像他那么个不通人性的生贼，肯买账买到这个地步，打从盘古开天地，也没有过。

夜到鸡叫头遍，还不曾睡着，枪楼里大铜铃拉得猛响。老嬷嬷拱进门洞去开门。

铃声响得那么急，心里一下子喜欢得要疯起来。本来连衣歪在铺上的，来不及连忙套上鞋子，下了铺，等着喜信儿。

他那个人钻进来，手握一张叠了两三道儿的什么纸。

急忙又把金镏子掩进口里，等着他发话。觉得出自个儿一双眼珠子瞪他瞪得要掉出来。

"爷说句话，算句话，你别老用那个金箍子来吓唬人。"鳖眼瞳子回瞪过来，"爷可刚打听到解方子，你那一套——嘿，吞下十个金箍子也不作用了。"

——鬼点子！也想诳得过人！心里这么想，似乎立时就被他瞧出来。"你不怕受罪，就吞下去试试看；四两韭菜就解得过来。"

这可教她信也不是，疑也不是。

"别怕，爷说过不沾你，就不沾你。"手里捽着什么纸，递过来给她。"你那个爹捎来的信儿。"

"搁那儿。"没好气地说。

本来一听说是爹打来的信，伸手就去接。但那只毛手，瞧着真森人，手又连忙缩回来。

她是下死心也不受圈套。"你站过去。"逼着他把信放下，离远点儿，这才一把抓过那张信来。

这事就来得挺蹊跷。爹的一笔字，脞脞胖胖的，一眼就认得，亲得要狠狠贴到脸上。可又哪里算得上是封信，只不过打了个收条，收到金锭三十两，只在末尾上，添两行小字：

"仓卒见背。无异生与死之别。黄金非所需也。但求明年此日。重晤此地……"

念着，反反复复念着，头是愈垂愈低。薄薄一张纸，却似深如大海，任她埋进脸去，哪怕埋了整个人进去，都能把人淹得没顶。

可这倒算怎么一回事儿？

"扳玦呢？"猛昂起头来问他那个人。

他倒是伸直了胳膊腿，仰在对面一张圈椅里好自在。好似单等她这一问，这才把一只胳臂瘟瘟地平伸起来，大拇指翘着，朝她一下下打躬。大拇指上戴着老粗的一颗扳玦。气得她不自觉地四下里看了看，恨不得能抓到个合手的什么，对准他摔过去。

"你说，是怎么逼了我爹？"

"啊？"含糊应了一声，转着指头上的玉扳玦，存心装作没听懂的那个恨死人的歹相。

"晌午，是怎么说的！"

"怎么说是？你说谁？"

"不要说话不算话！"

"爷还弄不清你那个熊爹，到底几个鼻子几个眼。"

瞧着他瘟死鬼儿那副德性，恨得人咬牙，抓过墙橱里一把宜兴小泥壶砸过去。

"阎王爷怎不抓你鬼魂！"

茶壶打得很准，冲着脑门儿过去，该打他一个开花儿的，倒让他一胳膊搪过去。那么细致的小泥茶壶，只在他怀里打个毂辘儿，落到地上居然没有跌破。小像制钱那么大的壶盖儿，滚着打了好大好大一个转儿，故意要逗她气恼似的。

"这么禁摔，"他是不慌不忙地弹弹衣襟子上一些儿茶汁子，拾起茶壶茶盖儿，看了看，"下次还买他家的。"顺手放到一旁梳头台上。

"说好了的，不管爹允不允，都得送我回去。"

"爷就喜欢看你咬牙切齿那副狠相。"

"少装孙子！"左右看看，一时找不到什么合手家伙。

"还没碰见谁对爷这么发过狠。过瘾，过瘾……"他是一动不动仰在圈椅里，似乎这一辈子也不离开那儿了。

孬种，混账……但能上口的，都骂出来了，没见过那么厚脸，厚得像她死不买账一样的刀枪不入。

"只怪你爹那熊脾气。要不是看在你分上，爷交代了又交代，几个小子早把老小子给撂倒了。"

"欺负了人，还怪人有脾气——"

"别把你爹看得不知有多人物；要熊熊到底，爷也佩服他。末了，还不是见钱眼开！"

"你少这么赤口白舌胡呲，爹打来的信上说，三十两金镏子，等明年今天，还要原封不动带来。"

"哈，多新鲜，"全没有笑味道地笑得仰到椅靠后头去，"不找台阶，怎么下得台来？"他虎下脸来说。

"就冲着这个，你休想……你一百辈子也休想……"可是休想什么呢？下面不知道要怎么说出口才是。

"说规矩的，妞儿，你也算蛮对得起那个糟老头子了。要说你爹是个老疯子，你又要来气；说他不疯，干么又口口声声当你死了，又收了金镙子，又说什么压一年再带来给你。这么颠三倒四的，叫你说罢，他是怎么回事儿？"

爹是那样又贪财，又不讲理的人吗？这且不管。一听说爹口口声声当她死了，忽然心像刺了一针，爹怎会那样子无情无义？好像被人抢走了，原是她的不是。不信爹能说出那种绝情的混账话。

"你休想挑拨我跟爹……"

"早就恩断义绝了，你还美得很。"

"你瞎说！"

"那不是秃子头上虱子——明摆在那儿啦！正经地托了大媒去，一口就回得那么绝——"

"哪个做爹的会把妞儿给了做贼的！"

"他怎么知道爷做贼？"

"要想人不知，除非——"

"好好好，这且不提。"他手伸到裆底下，把圈椅往前拖了一步，"这一回可是跟他老小子什么都说透了，爷诚心诚意要结这门亲，养他的老，养他那一窝子，还要爷怎么样？……除非，老小子要把你留着自个儿用——"

"你胡呲！"那样嚼舌头，真气死人。

爹真就那么绝情么！万不会的。手底下不觉为意把爹打来的信叠了又叠，叠到不能再叠，不能再小，这才忽然发觉，疼惜得要命，赶紧一层层小心地理开，铺到腿上，一下下地抹平。管他怎么糟蹋爹，别想掐断心连心那根系子。

爹一直被他那个人看作没多大出息的穷把式。也怪自个儿无心漏了口风，让他知道不是亲爹，才把爹看扁。一直到他进了福音堂，打里到外做了另一个新人，心地厚道起来，懂得敬重人，才肯从她口里听信爹饶是坏脾气，却是个正直汉子。

　　只是尽管怎么信重那个可怜的老卖艺的，可总是猜想不透到底是怎么一回事；不管亲生，还是收养，还是花钱买的，既不认她这个闺女，当她死了，又何苦收下那三十两金锞子？既收下，又何必还要允下再还给她？既允了，又是说话算话耿直的人，到时候，怎么又汤了？着实教人胡涂。

　　说是那么说，什么心连心那根系子，什么别想掐断它……纵是心有多坚实，又怎奈岁月薄情，任那根系子比得上皮辫的缰绳那般韧，有如铁打的链条那般牢靠，也耐不住风吹雨打老阳晒的零打碎敲，慢慢儿也就烂了，锈了，寸断了。

　　起先，也曾满心疑猜，差遣去送聘礼，去跟爹再一趟说合的那一伙没人味儿家伙，什么歹事都做得出；不知他那个歹人是怎么吩咐去收拾爹的。爹是个硬汉子，只怕软的硬的都不吃，想不出怎么使爹收了金锞子，又不肯来羊角沟。凭她人情世故那么嫩，敢情想不出能有什么点子降得住爹；可无恶不作的那一窝，想来自有手腕；爹又是个没心眼儿的人。

　　疑猜自管疑猜，成亲的事还是点头了。那些疑猜，也是直挨到他那个人悔改之后，才教她真真信了他不曾跟爹使过一点点手腕。那样一来，该疑猜的该是爹了，着实摸不清爹是怎么了。只是总算于心没什么不安，三十两黄亮亮的金锞子，对得起爹了——不这么想，又怎么办呢？

路已走到那一步，想前想后，发疯一样耍一顿性子，也只能算是出口气，什么都不当用，心像旱到了家的庄稼，枝枝叶叶蔫下来，再没劲儿争了，什么都随他去了……

"那就拣个好日子；爷也不是不要体面的人……"

玩着马鞭，三股生皮编的鞭子，一下一下不紧不慢拍着大腿，好似按着他那只挂表算时计，一下下抽打，等着她点点头。

日子挑的是正月二十四，甲寅乙卯，岁德合日，纳采嫁娶，万事大吉。只是日子无多，连前带后六七天工夫，啥都要不歇气儿地赶。往天，只瞧着吹吹打打路上过着花轿，哪里想到有那么多事要张罗。

左邻右舍手头巧些的媳妇、嬷嬷，集上成衣匠，请了不知多少来。东西房的敞间里，支起裁缝案子，皮毛罗纱，四季衣裳，从头到脚件件新，剪裁缝引，绣的绣，锁的锁，钉的，扣的，白里黑里针针线线赶个不停，自个儿也跟着忙这头，忙那头；针黹女红她是一门不门，忙的是让人拉来拉去，一会儿试腰身，一会儿试长短，一会儿又试花鞋，紧了松了的……金银首饰，尽她在地窖子里一箱子一箱子打开来挑。

打小里没裹过脚，也没扎过耳眼儿。好在初春时令，冰冻还有的是，耳垂儿冰了又冰，一边一颗绿豆对着拧，拧得耳肉薄到不能再薄，好似给牛虻叮了一口，一针穿过去，留下红丝线打个扣子。

"可真是应了那句老话，"李三大娘一头给她冰着耳垂儿，一头跟她打趣儿，"现上轿，现扎耳眼儿——就只这双脚，可惜啦我的小娘！"

原说到喜日子那天，才扎的耳眼不定能不能收口，末了还真的中用，戴一副事事如意金片儿耳坠子，凑合了一天，只左耳垂有些坠着疼，老是不住用指头去摸摸，怕出了血。送房之后，来不及摘下来；好似挑了一副一头轻一头重的担子，遥遥惚惚赶了一天路，好不容易放下挑子来。

金家一家人可都不戴耳圈、耳坠儿。小姊妹都连耳眼儿也没扎过。

打大房村投奔红马埠去，还曾戴一副小耳圈，外带着成亲那天戴的一副事事如意金片耳坠儿做念头。金家四妹子出阁那天，可还想戴出来亮亮；大喜事，一家人都打扮得整整齐齐的，到处绽綷着新衣裳。耳坠儿业已戴上，没出房门又摘了下来。先还不曾留意，亏得小么妹子逗着八福，一旁看她打扮，多了一句话："爷爷才不让咱们戴这个哪。"这才觉出自己好粗心；在金家也待了快一年，不曾留心到这个。奶奶和大婶那个年纪，原该戴个耳圈什么的，可都是一个个光耳垂儿。又不是戴不起金器的人家。

问起什么缘故，才从小么妹子口里知道。"爷爷说，所有项圈儿、耳圈儿、手镯子什么的，都是古时候妇女做奴仆戴的……"

寻思了一下，忽地担心起来。

"爷爷一定说我了——或许怕我不好意思，没当面说穿。"

"没听过爷爷说你。"

"对了，爷爷说过一个人，"小么妹子望着她把耳坠儿摘掉，又忽而想起来说，"有个传道的张师娘，小嫂你可记得，常来咱们家教妈念圣经的那个？"

"专拎着棒子皮编的提包的？"

"就是啦。爷爷有一回讲道，提到奴仆不奴仆的；后来咱们家，爷爷看到她没再戴金耳圈，就说：张姊妹呀，"小么妹调皮地捏着她爷爷腔调说，"戴不戴首饰，都没多大关系——我只是说，咱们都在主里面释放了；不做魔鬼的奴仆，顶好也不要做人的奴仆……"

"真亏你跟我说了。"

"你不是戴过一个时候吗？爷爷也没说过你，一定不大要紧。"

"还是不要戴的好，免得爷爷把我看作奴仆了……"

说来倒又觉得很好笑，冲着小么妹伸舌头。"瞧我有多粗心哪，爷爷真是替我留面子。"

打两三口箱子里，挑出一衣兜的首饰，就在枪楼里那面梳头镜子前，一件件、一件件比试着。比着试着，就想到老是会做到的那种梦。要说是穷怕了，胃口可也不怎么大；梦见的只不过是满地制钱、铜板，起先是一把一把往衣兜里装，乐得周身发抖，只是抓着装着当口，忽而知道不过是场梦，白欢喜了一场。

可还不甘心这就罢休，多了不要，一手握一枚铜板，清清楚楚，死死地攥紧了，必定能打梦里带出去。老是做到那种梦，比哪一场子丢进来的钱都多得没数儿。兜着一衣襟的首饰，忽又疑心起这又是一场那样的梦。可那种梦里从没有过这么些金子银子；金山银山似乎都不如一把铜板那么教人动心。麻花金镯子多得能从手脖儿一直戴到胳肢窝，两臂都戴上，也戴不完，却没有梦见一堆铜板那么开心。直起两只胳膊，左右看着，想起插满了风车的麦秸靶子，瞧着怪眼馋，能得到那么多当中一个两个，也就很好玩了。

为花轿的事，哪儿起轿，哪儿落轿，居然难为起人来。那要借邻村的谁家做娘家，还得先去拜认个干娘。非要坐花轿不成吗？这一问，把些大娘媳妇都问得吓倒了，除非童养媳妇圆房、讨小，或是娶填房，才不用花轿。真不明白怎么会那么要紧，就算是做童养媳妇、做小老婆、做人家填房，又哪儿不如人！强似现认干亲，假充有个娘家，倒还体面些。谁不知道自个儿是个没爹没娘的苦虾虾！

他那个人又去了大房村，好日子前两天才赶回来，一听说大伙儿给他怎么长、怎么短地安排，先就火儿起来。

"你伙儿倒真迁得可以，做个老郎倌，还他娘的这么些熊礼数！"一直听他在院心里发脾气，马鞭子照空挥打着，呼呼地拉着风响。

"小爷，别的不说，图个吉利还是要的……"

"百无禁忌！"他那个人斩钉截铁地说。

欠欠身子，隔着窗口望出去，见他正在砍什么似的，马鞭子照着一大棵柳叶桃一下下抽下去，抽得一地断枝子。

"小爷你不在意，新娘子——可是一辈子就这么一场大喜事……"

"你伙儿给我留神，别把爷当作狗熊耍，牵里牵外的。新娘子的事儿，跟新娘子讨商量去。"

其实不用等他这么交代，她已先一步抢到房门口。

"别都算到我身上！"一手撑住门，挂下脸来说。

一时大伙儿愣瞧着她。没见过要做新娘子的人，这样大声大气的，也不害臊。

想他方才说的，她自个儿才真是教人当作狗熊牵着耍了。

"没老子娘，就是没老子娘；还冒充什么劲儿？我可不要那些穷讲究。别都算到我账上。"丢下这话，一扭身，顾自拱回房里。

过后，倒很得意，没多思索就冒出那些酸话。当然说给他那个人听的；她是咬定了爹准是被他差派去的人硬逼着撵走了的。凡事都得教他晓得她也不是软柿子好捏，哪里那么容易欺负！谁知他倒把意思给整个弄拧了；多少礼数兴俗都让他给骂掉，那都不妨事——才不在乎那些个。只是没想到，花轿也吹了。他倒是一番好心，八下儿迁就，新娘子不乐意的，赶早儿作罢。害她说不出口；再存心磨人，也不方便自家打自家嘴巴，再去要什么花轿不花轿的。

这一辈子是休想还有花轿坐了。万一跟庚新那桩喜事成了真，娶的是填房，也只合坐暖轿——凭她这样的个条儿，直不起头来的那种小青轿子，蓝棉布绷的面子，家常过日子的色气，谁都有份儿坐坐，也不焊定什么小老婆、什么填房的。他金家又是什么都不在乎，说不定连那样不打眼儿的小青轿子也省下了，更别说什么大排场……

虽说省掉多少礼数兴俗，排场还是够瞧的，五彩棚，流水席，宅子里两班细乐，外场也是两班吹鼓手，日夜十二个时辰吹打不歇。自个儿饶是凤冠霞帔，坐帐了一整天，什么热闹也没瞧到，就只充耳的闹哄哄一长天，想也想得出，小一点儿的庙会，只怕也赶不上那大排场，那么风光。

也曾听那些赶衣裳的妇人家闲拉聒，说甚能做新娘子要讲三从四德：从早坐到晚、从早饿到晚、从早憋到晚。四德也是挺整人的，饿得难过、憋得难过、磕得难过、闹得难过。

照规矩，好日子前两天，就得饿房；把肚子饿空了，免得喜日子那天便溺犯冲。三从不能不从，四德倒是逃过一半；天地祖宗是要拜，可他那个人，没谁在他跟前称得上老长辈，只一位老师兄还活着，得的是半身不遂老病，也没能来，头是省掉不少的磕。而外，也没谁好闹爷子的房。洞房里从早到晚，没哪一刻工夫不是人挤人，挤得水泄不通，倒是没有谁来跟新娘子动手动脚地胡调，至不济只在大伙儿嚷着要看新娘子，嚷到平歇不下去的当儿，一旁陪伴的全福婆子，这才把遮在新娘子脸上一排珠子流苏轻轻搂开半边来，给大伙儿睽睽，这都算是了不得的闹房了。

说不定九跑子女人也曾挤在人窝儿里嚷嚷过。拜过天地祖宗，再没有老长辈可拜，反过来倒受了不少的头；打珠子流苏底下偷眼瞄出去，只见一波又一波地过来些大人、妇人、孩子，过来就磕头，完了就跟身边的全福人拿喜钱，似乎那么些头，都是一个喜包、一个喜包买了来的。

照着金家那么些人口，加上老亲世谊，老长辈可多着了，要是给了庚新做填房，头可有的磕，能把人给磕死，别想像头一回那么便宜。所幸金家不兴磕头，大年初一拜年，都行的是鞠躬礼。那种洋礼，乍乍行起来挺别扭，不比磕头，两只手撑着，栽不到前头去；也不像道个万福，手有一定地方放。那种洋礼行多了，裹小脚的妇道人真能给行得倒下去。想起自己这双旗脚板子，似乎命该就是专行鞠躬礼的。头是不磕也罢；跟他那个人，磕头拜天地开的头，给他棺椁行鞠躬做了了结，也不知道该是怎么说，心里老是有个蒙蒙眬眬的什么在，要说又说不齐整。

就像瞧着八福骑在骡子肩脊上，心里那种蒙蒙眬眬的不解，又似酸苦，又似心疼，又有说不出的宽慰。人，到底是怎么着，想起去旱湖打围；还有，从朱家祠堂高门台上跑下来，骗上马就走的那一回，小八福早已骑在牲口上，只不过还在肚子里装着。怎么该就会这么神气地直挺挺跨着大紫骡子，成了个小大人；尽管个子还小得爬上石滚子才够到骡子鬃，总是上上下下都不用人管了。

春去秋来，常听上了年纪的人老叹着：光阴不催人自老，岁月不饶人。听顺了耳，以为舌头闲得难过，卖卖老味。轮到自己做了娘，眼看着孩子从小猫那么小，一天天不觉得就大到这个样子，才信老年人叹气得有道理，人是硬给孩子催老了。

满树叫热的知了，焦焦急急地也像是紧催着什么。

遍地枯白的干禾子，抓一把到手里，一揉便是一把粉碎，放到鼻尖上闻，一星星的草料干香也没有。牲口放进田里去，怕都生不出胃口。

目送孩子去远了，仍还看得到孩子一路不停地挥拳理胳膊，猜不出那颗小心眼儿里到底想些什么。

"你那套马上马下的功夫，怕是早就丢生了罢？"金长老居然也正想到这些。

"还用说！又胖得这一身蠢肉。"

"可惜爷爷没眼福，隔两条巷子那么近法儿，那可算是你顶末了一场把戏。"

"还不是哄人！哪儿说上什么功夫。"

"说得容易！"老人矫作地瞅着她，"跟牲口交道，可掺不得假，不花三五年摸弄，行吗？"

"让你老人家说着了；可不整整三年，才放手不要辔头。能上得上场子，嗯，连头带尾真就占了五个年头。"

那倒真的算是顶末了一场把戏。

要是事先知道，也不知会怎么样；是没心耍了？还是分外用心耍？

跑马卖解、大卸八块，都是叫重的把戏，轮换着压轴。不用说，大卸八块全是唬人：八角镜放对了位，森人的戏法就出来了。脑袋瓜一处，两只胳臂、两条大腿、两条小腿，分在六处，加上木头段儿似的身子，皮二大爷就能活生生地被卸成这样八大块。脑袋瓜搁在一张地八仙上的大洋盘子里，吐啦哇哪唱坠子戏，吓得妇人孩子捂住眼睛打手指缝子里偷看。

听爹说过，前人耍这个戏法，怕人不信实，编排了故事到处流传。她可还讲给八福听过。有个耍大卸八块戏法的把式，江湖上留下了仇家。仇家后来得到异人传授，走遍天涯，找来报仇。戏法摆在酒楼前面空场子上耍，看客里三层、外三层围着。那个仇家上了酒楼，临窗找了一个座位，吃着酒，看着把戏，单等大卸八块一上场，便捉到一只苍蝇在手上。耍戏法的卸脑袋，仇人就跟着把苍蝇头掐下来；下边卸胳臂，楼上就卸苍蝇腿……人卸成八块，苍蝇也卸成八块。等戏法完了往回拼逗，便怎样也拼逗不成一个整人。耍戏法的知道遭到仇家暗算，有人破了法术，就打躬作揖地求情，躲不住是请那位仇家高抬贵手，把苍蝇给拼逗回去。可求情了半天，跪也跪了，拜也拜了，总不作用。一抬头，发觉酒楼窗口上有张挺熟的脸子，想起过去留下的仇家，这才知道对手是来寻的什么仇。

好罢，耍戏法的心里说，你教我出了人命，老子也不是省油的灯，饶不过你。当下啥话不说，大卸八块丢下不管了，怀里掏出一颗西瓜子儿，兜着众人拱一圈子手："各位爷台，承蒙捧场，小的再给各位拿出看家的戏法来献艺，走遍天边儿没耍过的。"随后拿起一柄月牙铲，就着场子中央挖一个拳头大的小坑儿，把西瓜子儿埋下去，脚尖儿踩了踩，浇上一瓢水。嘴说不及，土里冒出一棵嫩芽儿，猛猛儿往上钻，一眨眼就长起好几寸，叶子捉对生出来。眼看着长长地爬起秧子，秧子上挑出花骨朵，一朵黄花展了瓣儿。不多一下工夫，花谢了，瓜纽儿露出来，猛长猛长的，吹气儿一样快。前后不到一袋烟光景，脑袋大的西瓜摘下来，搬到地八仙桌上，跟大卸八块的脑袋排并排放到一起。耍戏法的亮出贼亮亮一把大板刀，下手就剖瓜。一剖两半的西瓜，红瓤黑子儿，好不鲜活。就当大板刀下刀那一刻，酒楼上起了动静，一个人要命地直着嗓子叫，人从窗口上直栽下来。一时众人大乱，戏法也不看了，都去围上另一场热闹看。但见打上面掉下来的那个家伙，周身一点儿伤处也没有，只有脑袋瓜好似一刀切的那么齐整跌作了两半个。故事流传得很广，连金家小姊妹都问过她，到底那是真还是假。

"秋香姐，要是有八角镜，你可耍得来？"老么妹等不及地问，不等她答话，又忙着问八角镜要多少钱买得到。

也不知道江湖上是否统是那种规矩，传男不传女，男玩戏法，女玩武艺。单就这一点说，跟莲花姐她这姊妹俩，还是不如傻长春儿，终归小子要比闺女得势多了。

后来细想想，跑马卖解耍到那个时节，陡然煞住不耍，倒也挑的是时候；虽说再耍三五年，也还耍得，到底一天不如一天。男长二十三，女长十八只一窜，这话是有的：十八岁那一年，长足了身子，就是如今这样大个头儿，哪里还耍得小姑娘玩艺！总算爹运气，若是没有那层变故，顶多也再给爹赚上两年大铜子儿，压根儿连三年五年都撑不到头。

想起来，要不是莲花姐抽那一下三节鞭，如今说的顶末了那一场把戏，倒轮不着她出场子。

就只为了洋钱撒到场子上，爹便拿不定了主意。

"香嫚儿，差不多嘞，别老蹭蹬了。"杨老爹硬着腰杆儿跑进幔子里来催场。不好催爹，就冲着她催。杨老爹话没收尾，顾自匆匆赶过去，把收拾得油光水滑的枣骝拉过来，缰绳递给她，像要逃过什么，赶紧抢出去。

爹是一脸寒霜竖在那儿，不知担着多沉心事，把嘴唇咬白了寻思。那张蜡黄脸上皱纹够挤的了，好似平空又多出加倍，活拓拓就是剥了壳的风干栗子。

莲花姐闯进来，跟杨老爹险些撞一个满怀，胖胖墩墩的大嫚儿，杨老爹那把喀喀嚓嚓老骨头，真还禁不住她撞呢。

"爹，场子要冷了，再不上。"莲花姐不识相儿地催着。

爹闷声不响地盯了莲花姐好一阵子，陷在深眼眶子里的一对小眼睛气得直眨。

"你上去，替你妹子。"爹说。

"那怎么成！生腿硬胳膊的。"

"叫你上。"爹冷冷地重一遍，眼看就要发起脾气来。

外边场子上，猴三儿准是穿一身红，咬一张鬼脸子在嘴上，骑着绵羊撒奔子跑。敢情正耍在热头上，锣鼓不分点儿紧打一阵子。

"爹，你别难为姐了罢。"急得她直跺脚。可刚拉着枣骝起步，就被爹横过胳膊挡住。

"爹你——姐不是老没摸牲口了吗？你又不是不知道。"

"不上。"

"爹你怎么啦？"从不曾冲着爹那样跺过脚，"就有那个冤种嘛，咱们也不是骗他、讹他、跟他乞讨。有几个臭钱，他乐意，就听他丢得了不是？"

"喝，你倒大方！"爹愣瞪着凹得够瞧的一双小眼，"咱们——多大把戏挣多大钱，非分横财，吃了也不添膘……"

"嘿哟，人家不是说：'人不发横财不富，马不吃夜草不肥'？"莲花不知轻重地叫着。

外面，又是一阵子人心惶惶的急锣紧鼓把爹下面要说的什么给压了下去。

"爹，你太小心过火啦！"

莲花姐发野地顶起嘴来，顺手抓起一条三节鞭——真把人吓死，敢跟爹怎么样吗？三节鞭一闪眼，掉了方向，冲着马腚抡过来，枣骝一闭耳朵，这才她眼前一亮，抓紧马鬃贴上去，来不及骗马，人就给带出去了。

雷声喝采，好似一把大火烧上来。

马跃到场子中央，嗬嗬嗬一声长嘶。停是停了下来，倒是踢刨着四只毛蹄，好似不甘心这就老老实实不动弹，像是气坏了那些捃住它、不准它撒开蹄子奔一个畅快的死规矩。

人黏着马肋巴骨，窜出幔子，一个滚跃，牢牢挺立在马后臀上。看上去人是扎了根的桩子，背空衬着响亮得汪着水的大蓝天。

老冬天里，天一跟着晴过三日两日，总就是这种干干洁洁的清冷。老阳歪过晌午不一个时辰，斜刺里撒着冷飕飕的一片金黄，自觉一脸一身都挂了金；人是自比观世音，双手合十，一腿平伸，一腿缓缓屈着蹲下去。

哗哗啦啦又是一阵烧火的掌声。皮二大爷扬起锣槌待要打下去，她这个新挂金的观世音也正待环向四周揖上一圈，忽打挤挤挨挨人丛里冒出一声嘶哑的叫好，立时四处跳出白亮亮的银洋，赛似一铁榔头敲出的冰花那样上下迸跳着，飞进场子当央，前前后后落在马蹄踢践的红土窝子里。平伸的左腿上，连连被打中了两三块银洋。

锣槌打下去，发疯地打着乱锣，好似千百头戴串铃的驴群受了惊。皮二大爷就那么绕着圈子，脚不点地地跑着，打着乱锣，略略把乱哄哄的人众给压静了些。

"我说小姑娘！"

"嗳！"得拿捏着尖尖嫩嫩的小嗓子应着。人是立在马上，拉起童子拜观音那副架式。

"要问你要多少套？"

"八八六十四套。"

一阵锣鼓陪衬上去。

"哪路儿套数？"

"不是哪一派，不是哪一家。"

"什么都不是？"

"佟家班儿看家本事，伺候爷台们小玩艺。"

又是和上一阵锣鼓点儿。

"那就给爷台们耍起来。"

"耍起来——"到哪儿，都是这样搭惯了的词儿。

"耍得好——"

"献宝。"

"耍得不好——"

"还请各位爷台多多包涵。"

"多多指教。"

"多多捧场。"

"耍得不好不要钱。"

"耍得好也不要钱。"总得那样正正经经应着，装作无事地四周闲看一眼，没看到宝蓝华丝葛那种色气。

锣鼓等不及地敲打一阵过来，本该就等皮二大爷那一响鞭，没料到皮二大爷多了一句嘴："是了，还有那位赏洋钱的大爷，谢过了。"

她是顿了一下，只好搭上去："谢了那位大爷。"跟着皮二长鞭杆儿指的那边，拱过手去，仓促间也还是不曾看到什么人；人头挨人头，想打里面认出人来，倒不易。

"谢过了，你就耍开来罢伙计！"

随手就像炸了爆竹似的挥起一响鞭，脚下的枣骝好像可也巴望到该它露脸了，撒开四蹄小跑，脚是踩着小波浪，微微颤着。跑了一圈过来，一个正栽，人就挺直挺直地倒竖在马脊峰上。

枣骝绕着场子扭怩着侧对步小跑。马是光屁股马，浑身只有辔头、一些大红穗穗面饰，马鬃马尾编作一股股小辫子。人是头朝下倒立着，血倒控在脸上，红红的胀着热。一对大油辫子直拖到马蹄蹀膝弯子上。马真跑得十分稳，人在小波浪上粼粼簸动。锣鼓点儿跟着压低，正好配上闷闷不乐的小碎步。

身上是一套紧身小袄裤，耍七宝莲花也是这一身，绷紧了圆圆活活儿身段。小袄裤是墨绿底子撒粉绿碎花儿洋标面子，想着这么个色调，衬着憋红的圆脸蛋，不知有多俏。一双眼睛倒插着，越发地吊俏。眼珠子不住打溜溜转，倒着看人，觉得两下里都对不上眼儿，似乎有了仰仗，放胆四处找着看。不知给什么邪劲儿鼓着，一心只想找到他那个人。

锣鼓一直闷声敲打，忽又振振有词吵闹起来。人像正冲盹，陡地给惊醒了，连忙双臂一撑劲儿，摔一个倒筋斗，脚尖一点地，随又弹回马背上，挺挺直立起来，换一口气。跟着小波浪，只觉浑身每一处都栗栗打抖。

就在她跳回马上那一刻，又是领头吆呼的那一声喝采，破嘎嘎的嗓子。那一声打哪个角落传过来，自然听得出，可是三圈子溜下来，心气还是平不下去，有一股嘈嘈乱乱，把人嘈乱得心里滴溜溜儿酸着。什么居心呀，猜不透那个家伙打的什么主意。想着，猜着，说不出道理地害怕起来。丢进场子里来的不是大片儿银洋，也不是铜板制钱，一个个小圈圈儿纷纷打到身上来。略略留神了一下，居然尽是黄亮亮金镏子。

人是木木地跟着锣鼓耍，马上跳绳、跳杠子、跳火圈……木木地耍了大半天，冒冒失失还醒过来，吓得自个儿险些儿喊出口。这半天，怎么会这样子少心无魂！该死了罢，幸亏没失手出事儿。

跳下马来，顺势儿冲前几步，缰子一丢，人冲进幪子里。

往常都是这样子，又是收场时节，又是一天过去，孩子一样蹦蹦跳跳乐一阵子。可今天乐不起来，又顶面就撞见爹好难看的脸色，眼眶子深成两个见不到底儿的黑窟窿。

管他的！只有假装不解事，你火儿你的。打一个转游游，适好旋到爹脸前。"爹！"拿捏着卖艺的嫩腔。

"爹！"爹噌过来一声，瞪直了眼睛。

杨老爹牵着枣骝，从爹背后走过来，冷冷看了他爹俩儿一眼。

"你怎么不烧死！"三尺长烟袋杆子，差那么一丝儿敲到她鼻梢上来。"点儿臭钱，就把你砸倒了，砸得少心无魂的，是不想活了。"

老天爷，眼睛就有那么厉害。还想装装迷糊，装作弄不清楚什么意思一副傻样子，可在爹跟前，能有什么瞒得住？只好认了。

好像这才头一回仔细留意到爹那一双眼睛。瞧着又似乎没什么厉害的：眼皮老得松松垂下来，那底下盖着灰黏黏的眼瞳，似乎还生着粒疙疙瘩瘩灰障子。

"爹，怎么怨得妹子！"这才莲花姐凑来圆场，手底下一圈圈劻着绳索。

做爹的甩过脸不去理人，烟锅子窝在怀里装烟，长长的斑竹杆子靠在肩上，轻轻晃动着。

"喊你二大爷来。"

没好气儿地丢过来一声，也不知是吩咐谁。她是赌气不管了，顾自坐到一堆骡套上，愈想愈觉一肚子委屈。

"我不该说的，老大，"杨老爹扛着刀枪架子，停下来说，"该是香嫚儿光彩，不也是咱们光彩！"

可是爹只管埋头吃烟，谁也不理。

幔子底边，两拳高的空档，几个小子趴在地上，脑袋探进来，一式儿的满脸红泥干潒子。望着脏小子，脏小子望着她。居然还有心肠轻轻还了一下怪脸。

"小意思，小意思……"皮二直嚷嚷着进来。

舍开这几个脏脑袋瓜儿，问过身来，只见皮二大爷捧着大锣，一路喳呼着进来。"我就说咱们香嫚儿不含糊，红啦，红啦，香嫚儿，你可走红了——"

"老二！"

"……"皮二大爷愣了愣，端着大锣的两只胳膊，慢慢放下来。只见大锣肚子里，明晃晃的一窝金镏子。

"还回去。"爹挥挥长烟杆儿，"明儿早起，开拔。"

好半晌儿，皮二大爷瞪着眼睛愣在那儿。

"咱们不在大房村卖艺，饿不死。"

"这是怎么说，老大？你这不简直个儿把事儿给弄左了？"

爹头也没抬一下，自管鞋头上磕着烟锅子。

"老大，不是我见钱眼开，有香嫚儿头顶上插蜡烛——红运高照，就有咱们秃子跟着月亮走，沾她这份儿光，你老大算盘打到几归了。"

"这就是走大运了不是？"爹别过脸去，不看皮二大爷，"咱们卖艺不卖俏，凭的是真本事功夫挣饭吃！"

"怎这么说话？难道——"

"你可是好记性。"爹跳起来。那么高大个子，猛一直起身子，面前好像平空竖起一堵墙。

皮二大爷又愣住，八字眉儿分外往下倒。

"你倒忘记那个死妞了？你忘了？……"爹逼死人地追着问。

"那也是比得的？香嫚儿喊你啥？秋妃喊你……"皮二大爷抢白说。可不知想起什么，突停下来，傻了好一刻，脸上一点一点不悦起来。"我懂了，我懂了。好罢。好罢，算我迷糊。"

"老二，你也别拿话怄我；我比不上你，三儿两女的……"

"一句话，老大，你放心。再多这个嘴，我皮二不是人揍的。"

秋妃秋妃的，莲花姐大几岁，问起莲花姐，也只影影绰绰记得一些影子，靠不靠得住，都说不定规。莲花姐给买来时，约莫四五岁光景，那个秋妃还在，秋姑秋姑的喊着。后来不知什么事，闹得天翻地覆，似乎是爹逼着秋姑喝大烟膏子，就那么死了。

"到底怎么回事儿？"秋妃这个人，她可还是头一回听说。

"谁晓得怎么闹成那样。"

莲花姐也只模糊记得，那些时，过的是连阴雨日子；天是沥沥落落下不停，秋妃她人也是沥沥落落下不停的眼泪。

而外，莲花姐还记得一些个零碎；似乎有一回睡得熟熟的给扰醒了，感到骡车摇摇晃晃的，又不是在道儿上赶路，车停在什么去处，也不清楚。黑里，车辀上亮着盏小油灯，却让爹跟皮二大爷几个匆匆忙忙大黑影挡住，压根儿弄不明白忙的什么。灯是要熄不熄的，好像捆扎个长长的东西，油布包得挺严，看不太清楚。莲花吓得磕着牙骨，只管搐着小身子，拼命朝背后的车旮旯里挤，蜷像条小狗，一动都不敢动。爹他几个也不言语，只听到一个个喘着粗气，吭吭嗦嗦使着劲儿。

莲花姐能记起来的就是那么又零碎、又蒙眬的一星星，逗也逗不成整的。当年，实在是个懵懵懂懂不解事的小丫头，只不过现今想起来，猜着八成是有了男人什么的，若不是那样，着实犯不着闹得那么厉害。

想了想，莲花姐又说起那个夜里骡车上的事情。说不出道理，老觉得爹他老哥儿几个是在那儿收拾秋妃尸体；要不，怎么要那么偷偷摸摸，连大气儿都不敢出一声？

"别瞎说了，多怕人哪！"

"他几个大男子汉，才不怕呢。"莲花姐说，"还有……要不是那样，怎么再怎样想，也想不起秋姑后来到底哪儿去了？"

"总不能随便就丢了呀。"

"那谁晓得！"莲花姐想了又想，叹口气说，"其实啊，要不是爹他老哥儿俩又提起来，谁哪还想起有过那么个人……"

老瞧不上眼莲花姐笨脑袋，可也不十分放心她记没记错那些陈芝麻烂绿豆的老古事。尽管这么说，心里可对那个什么秋妃小姑说不出地痴心起来。

"一准是——很俊不是？"

"哪还记得。"莲花姐木头似的平板了脸，看上去，压根儿没用心去记。她真不信怎么会记不起来：就像她老不信像小地保那一类弯一只腿的瘸子为什么两条腿不一样长。"要是我，"她那么自信地说，"我就用劲儿伸，哪有伸不直的道理？还不是无能……"

望着车顶上，人家不看它，也照样打转的风车，心里害怕起来。

"多怵人哪，这里头死过人？"

"傻嫚儿，"莲花姐没轻重地打了她一下，"五百年前就换过了；那辆破骡车，还能撑到今？"

舒口气，仍还不放心地把骡车里到处看了一遍。

想必也是个买来的闺女，给荒年尾巴甩下来没爹没娘的苦孩子，瘦得细胳臂细腿儿的，支着一个大肚子，打小里练把式，熬过多少苦挨苦撑的日子，总算白白胖胖发起了个条儿像个大闺女样子。熬出头了罢，熬到懂得嫌起两辆破骡车，嫌起挺着身子弓腰那份儿羞耻……嫌的事多起来，就一心想打这个臭窝儿里飞出去，飞走远远的，飞到天边儿去……恰就在那个时节，遇上个男人——穿宝蓝华丝葛狐腿儿皮袍子那样男人，或许也是生疯了一样撒金撒银，撒得人少心无魂险些耍砸了把戏。"你怎么不烧死！"爹也是那样骂起人来——或许爹先还没看得出，上了人家勾引，才又急又气逼着喝烟膏子……

或许给荒年尾巴甩下来没爹没娘的苦孩子，一开头就注定了一辈子薄命，要不是给傻长春儿那么个脏小子配夫妻，就该是挨逼着喝烟膏子。

真相信爹是那种人，惯会逼死人；头一天，旱湖里遇着歹人那一场，尽管压根儿就没什么鬼的金镏子好吞，车里也没有杀得死人的什么家伙，可真正顶到了节骨眼儿上，说不定就是乱棍子打，也要把姊妹俩给活活打死，省得便宜人。

大伙儿忙着里里外外收拾家伙。私话只算说了半截，就给打岔儿打断了，倒还想缠着莲花姐问问，那个秋妃小姑长得像谁呢？个条儿大不大？生得黑还是白净？……碍着爹摔下那副难看脸色，就是咬着耳朵嘀咕，多少也还是避着点儿的好。

那晚上，就没再找到闲空儿，心里跟自己说，好在打长桩的子，往后哪一天都问得，用不着一股劲儿咬紧了尾巴不松口；加上跟爹呕着那口气，也没有多少心肠。

又谁知打那以后，一晃就是上十年，再没有那样的时光，连跟莲花姐搭一句话的缘分也都完了……

黏黏地念过一个时候秋妃小姑那个人；说起来，挺蹊跷的，有什么好念呢？见没见过一面，平时从没谁提起过那个人，就只老哥俩儿顶嘴时冒那么一声，莲花姐也只零零碎碎记得一点半星儿，居然就对那个从不相识的姑娘痴心起来。说来说去，只怕十有八九还为的是把那位薄命的秋妃小姑，想作跟自己同是给荒年卖出来的苦孩子，总是为的这个缘故罢；人又生得俏。

好似早就嵌进了命里一样，从来就听不得、看不得荒旱贱年。

这个害怕荒旱贱年、害怕到命里的妇人，陪着金长老走进一溜三间西仓房里。南头一大间，像累着洋钱的豆饼，累成一柱柱顶到屋笆的合抱柱子，只留下扁着身子才走得进去的十字叉儿通风走道，冲着前墙窗口。豆饼散发一股闷热，进了烟炕一样。靠北头一间，也堆了大半间屋子豆饼。

老人大致估了估这些存货，回到当门口，敢情是受不住两面夹攻的闷热。"豆子都在这儿吗？"老人指指外间的三座囤子问道。

"那边碾房两个角上，还存的有四囤子。"

"我说是呢；你总不会这么大意。"

"哪敢大意呀，一步都没敢放松。价钱再俏，也得照收；照收不算，还得拜托。好在那些驮贩大爷，倒还向着咱们，不独百儿八十里的，净往这儿送；还倒拉了些新脸子来。"

"着啊，平时烧的香火够，紧要时倒省掉现上大供。"老人使使手势，止住妇人替他打扇子，"人心总是肉做的，哪里会不知好歹！斤两打宽，多给人一些好价钱，要发旺，就千万做不得短命买卖。"

"还不都是受了爷爷、大叔调教……"

"多吃点儿亏，吃不坏肚子；我说秋香，你就本着这样经营，没错儿，没有不发旺的。"

老人家又讲了些做生意怎样学着吃亏的道理，妇人不住点头听着，只是好几次张张口想插嘴，都又算了。

"瞧你一个坤道家，倒是顶得住好样儿汉子。"

"爷爷你别夸过了头罢，我可是……可不……"

"慢慢儿来，凡事急不得。我也知道，你是个急性子——"

"不是这个啦……爷爷回去，顺便跟大叔透透信儿，也别专意说什么……"

"怎么啦？"老人回头看看背后一棵花皮榆，想要往上靠靠，好像这就打算好生听她诉说三天三夜。

"那上面蚂蚁可多，爷爷你还是过这边坐坐。"

"不妨事，你说你的。"

"起先不是吗……到月底，总是给大叔那边送饼送油去——"

"抵账的，那些？"老人插问了一声。

"该怎么，就怎么嘛。大叔那边，别的也学不来；一是一，二是二，这个道理还是知道的。重生他在世时，也就是这样学着大叔为人。"

"这我没话说。"

"大叔那样为人，敢情也是爷爷教导出来的。说是要托爷爷给大叔透透信儿，我看，不如就给爷爷说了罢……"避开老人挺厉的眼神，话在肚子里翻几个滚儿才说出来，"这有两个月，都没给大叔那边送饼去，也没着人去招呼一下，大叔不怎么想呢……"

"这都是这两个月存的？"老人撅撅下巴颏，指指两头仓房里堆到房顶的豆饼。

"存是存了这些，叫我怎么说呢？……"

"不是赒济人的吗？"

"不比去年，小春荒，没什么不得了；加上重生还在，多少比我捯饬得法，大叔那边按月五千斤饼，两千斤油，一两没短少，还照样帮助左近五六个村儿，把春荒熬过去。哪像我这样子，顾到头，顾不到尾，把大叔那边的账也给占了……"

"这有什么不好说的？"老人又疼惜，又责备地说，白眉毛提得高高的。

又一次避开老人眼睛，瞥着井口那边一个妇人飞快地大手大脚绞着辘轳。用不着那么急的，教人疑心用的是漏桶汲水，要是慢了，不等水桶出了井口，水就许漏得精光。

那是寨子顶东头龚大冒失他女人，狐臭重得三里外都闻得见，可又偏爱那么大挥着胳臂摇水，好像惟恐两边胳肢窝儿抖出来的狐臭扬得不够远；只跟她共过一次井口，就熏得再也不敢领教。

瞥着龚大冒失女人那么坏的吃相，分明没有什么新鲜好瞧，只不过是要避开老人瞪着人的一双厉眼。

"不好张口，爷爷；"妇人支吾着说，"一来，爷爷那么教训过人：左手行善，别让右手知道了去。不能为了赒济人，嘈嘈喝喝去跟大叔说，弄得都晓得。二来，赒济人，是我唐家油坊的事，怎好借口把大叔那边的账给拖住不还——说不过去。"

"你大叔难道放在心上？"

"好歹得招呼一声才是道理。"

"也别什么……"老人沉思了一下说，"只要活得有理就行，别管别人怎么想。"

"我只觉着，这么样荒旱，七十岁老人家都没阅历过，不能不早做准备；五月过后，眼看天是挺住劲儿旱下去，我是一点儿不敢松松手，就一块饼也不敢送过去，卖是更不要想了。眼前，大伙儿固属还有的嚼谷——尽管二麦也都歉收，总还没绝到吃麦种地步，往后来可又怎么办？秋收全都瞎了。明年麦收前，一颗籽粒也没有，遥遥惚惚上十个月，人要吃什么？想着就害怕。"

"各尽本分罢——你有了这些个准备，都够不易的了，还要怎么样？"

"够干么呀？"

"你就是心如天高！你还想整个包下来？"

"哪敢那么妄想！"

跟老人扳起手指头算，大伙儿手头上有限一点儿存粮，算得出来的，难得撑出这个七月；打八月起就有的瞧，一天一天往前数罢，撑不到年限，什么惨相都要逼出来；逃荒的逃荒，卖儿女的卖儿女，大树小树都休想留下一棵——六年前那个荒旱，哪里比得上今年这个光景？就是那样子小贱年，刚出了正月，就眼睛不能睁了；满野里割麦苗子吃，树皮给从根剥到梢，一眼望去，净是光眼子树，像竖着一根根白骨头。照那样推算，这往后十个月哪儿敢想？

"还都疯着祈雨呢——祈了雨来，又该怎么样？还有什么庄稼能救活过来？"

"人总得找个奔头，"老人说，"想雨想得发疯，还顾得着要雨做什么？就像是人死了，还金箔银箔送钱去，明知啥也不当；就是当得了钱，人在阴间还买吃的？买穿的？人死不能复生，说来说去，不过是活着的尽尽心罢了。"

"也只好说是尽尽心了。"

"如今替死掉的庄稼祈雨，敢情也跟烧把纸那个意思差不多远。"

妇人品了品老人家的话因，觉得自个儿这么拼死带命地积攒豆饼，荒灾一望无边，又够什么作用呢？

"我这样——唉，说起来，也还不是只能算作尽尽心！日夜不停碾，口省肚挪的。到月底，了不起也只积攒万把斤饼，用这个去填那么大、那么长久饥荒，不只当是吐唾沫救火一样？"

"这不能比；你这总还是一步一个脚印儿走着。能救一条活命，也就不枉费苦心，不止是单单尽了心。谁还敢包这一方吗？放手做罢，别管你大叔怎么样。"

"不要让大叔口里不说，心里倒想，重生才过世几天，这边油坊就现出原形。"

"你大叔也是个有心劲的人，不会想不周全。就算他那么想，由他想去，管他？"

"只要爷爷能替我顺便美言几句，我也就放心了。"

"有什么不放心？"老人眨眨眼睛，不知想起了什么，忽有所悟地笑起来。"我懂，对，我懂，爷爷一准受你托付……"

"不晓得什么把柄落到爷爷手上，这么笑人家。"她是觉着老人家话里有因，心中不安起来。

"我看，躲不住是怕你大叔心里不舒服，不乐意你进金家门——"

"爷爷你真是……"

"管他去；你大叔不点头，还有爷爷作主；就算爷爷也不大乐意，庚新的婚事全由庚新作主，谁也拦不住——"

"爷爷从不寻人家开心的……"爷爷、爷爷的叫着，插几次嘴，才把老人家的话头打断。

跟老人家撒娇，也不是一天；可对这么一桩差不多反了天的大事，能也这么撒娇卖小么？别惹人疑猜倒真的守不下去。

忽而这样地心虚起来。

当初那个小地保，领着什么鬼的哨官老爷跑来做媒，心里一星星尘子也没有，八成是明知办不到，反而赌气跟自家说，偏要，偏要，跟上大瓢把子去做贼婆子倒也罢了……

如今晚儿，禁不起做爷爷的亲自出马来提亲，一下子就把心里一汪死水给搅混了。拼命跟自个儿说，哪兴这样啊，千万千万不行，不要不要的跟自家喊叫，可就是觉得出，似乎拼命用这个把心底下另一些什么给压下去，不准它出头。生怕一个大意，制服不住那些个什么，打一个翻身，把体体面面一个人给摔倒了，给骑压到底下去……心里是这么样不宁，跟自个儿撕扯着，真就像皮二大爷拿手的二鬼拔跤：人是一个人，趴在地上，脊梁顶着两个穿长袍子抱在一起的木头人，你扫我一腿，我下你一个绊子，嘿儿哈儿地喝着，打得死去活来。长袍子底下却是自个儿一双胳臂跟自个儿两条腿在那儿扫腿下绊子，撕扯得不可开交。

心里道一声羞死，怨不得俗话说：最狠不过妇人心。难不成妇人都得这样吗？自觉着这颗心，死，也就死了；一旦活起来，就成了没辔头的野马。转来转去，庚新那张赤红脸，老是找上来，碰头碰脸地烦人。方才停在门前大场上，目送着八福去远了，跟老人家闲扯了几句，就折回家来。本是惯了的，只要一出大门口，眼睛就给东边那块陵地扯过去！常时一阵子思念起他那个人，一时人便吊到半空里去，四周上下什么也抓不到，就总是走到门前高宅子上，远望望那一堆黄土。这都好像生了坏毛病一样，有人老要挤眼睛，有人老是搐鼻子，毛病不在眼睛，也不在鼻子，倒是干么要挤，要搐。

望望那堆黄土，能当什么呢？坏毛病总是没理可讲，要不也不算坏毛病。就像方才待在门前大场上那么久，居然有些存心没朝东扫一眼。心就那么狠不成？说不出是怕起那堆黄土来，还是不要那堆黄土了。

想起自个儿这不活像往天喂过的那条老虎黄狸猫；有过一回，爪子探进鸟笼里头抓那只百灵，闹得满笼子扬起又是沙，又是飘飘的羽毛。素来百灵笼子都要放在地上，筛筛粪，喷喷水什么的。素来它是不动念头，就只那一回，不知是哪一股子邪劲儿，还是馋劲儿，可挨狠狠地揍了一顿。打那以后，再走过鸟笼附近，总是闭着耳朵，闭紧了眼睛，匆匆跑过去。

老人家眼睛那样厉害，或许什么都瞒不住他，早就看出形迹，才那样子话里有话，当真看在老人眼里，自个儿成了那条黄狸猫也说不定。

"爷爷说的，一步一个脚印儿。"妇人把话岔开，"我倒也常想——爷爷来的路上，看到的八成都是一个光景，庄稼明明全都完了，还丢在地里，愣看着干了，碎了，烂了。等秋后，连牲口都没得嚼口，看看罢，后悔也没用了。只知道祈雨；一步一个脚印的事儿，没谁肯干。"

"说的是嘛。尽尽心意。"

"好歹割回家，不当草料，也当得烧料罢。"

"敢情不大忍心；没到收成，镰刀就兴砍不下去。"

"看看罢，"妇人说，"等到喂不起牲口，卖牲口了——说不定得自家宰掉吃，就看忍不忍心罢。"

"人嘛，不见棺材不掉泪，能有几个人看得到明天？所以说，好样儿男子汉，也顶不住你这么明白事理，看事情看得透，看得远——"

"爷爷别这么夸奖人罢；有今天，还不都是爷爷、大叔、大婶调理出来的。"

也听老人讲过，不记得哪一年了，少见的大荒年，那边大叔料着往后一年，日子不知要怎么难过。趁着麦口，麦秸正不值钱时节，到处去收买麦秸。秋天饥饥嗷嗷熬过去，入冬之后，日子就抗不住了。抓住数九冬闲，开场打草帽辫，熟手、生手，一起招雇。熟手当师傅，现做现调教那些日计工生手。一个春荒过来，不知养活多少人。工钱都是好价，那两三百个工，带上养活了各自家口，翻上几番，一千多口人是有的，用不着再去粥场领赈，给粥场省下千把份赈粮，敢情又多养活了千把口人。

为那次放开手去打草帽辫，所有五所碾房都停了碾，腾出地方来用。虽说油坊停工了大半年，草帽辫运到府城去可正赶上俏市，卖得上好价钱，结账下来，反而还赚了些。"主从不亏待义人；赐智慧给义人作报酬。"金长老在奋兴大会上讲的道，用草帽辫的事体作过比方。

"像大叔那样，招工打草帽辫，又不是办不到，眼前，麦秸还多的是，也不要图什么赚不赚，单能把现货——远了不必说，出南边县界就换得粮食回来，凑合着，总什么……"

说着话工夫，老人一直来回逛着，走在歪西的老阳磨过屋脊给仓房前留下的不大一片荫凉里。老人停下来，望着穿堂那边，这才妇人停住言语，侧过脸，跟着看过去。

穿堂门槛底下，一名个头高大可老得龟了腰的老头，约莫在那儿站立了好一刻儿了，好似单等着女当家的过去招呼。

"瞧，三太爷，正顾着闲聊，没看到你老人家——"

"不妨事，不妨事。"老头走下台阶，拖着长杆烟袋过来。身上斜披一件小褂子，皱像豆腐皮的敞胸上，松垮垮吊一件白洋布兜肚。

"屋里坐罢，三太爷。"妇人让着。

"这位是……金……"

"金长老，才打红马埠来。"

"见过，见过……"

"龚三爷是吗？一向好？"

两位老人对着拱手，不太熟地寒暄着，一路扯扯让让的进到堂屋里来。

"三太爷很少来，真难得。"妇人忙着招呼落座，一面准备烟茶。"金长老也是稀客，也是难得来一趟的……"

"我说唐家大嫂，你别张罗，说两句话我就走。"

一时穿堂那边又挨挨蹭蹭进来三五个寨子里的闲人，好似特意来看什么，却装作跟井口汲水的几个熟人扯淡。

这教妇人心里好生蹊跷。

"唉，别说了，咱们寨子里，对你府上，孤门独户，一向也太少照应。我呢，上了点儿年岁，懒得走动，也……也很什么的……"

"三太爷怎么说这话，倒是我家下理该多去跟你老人家请安，求求教……"

心里多少怀着一些摸不到揣摩，口里却要这么没滋没味儿穷应酬，好像菜里又没油，又忘掉放盐。

这位龚三太爷，寨子里老族长，其实论年岁，绝赶不上金长老，只是看上去，似乎已是朽树一棵，随时都能喀喀嚓嚓碰断一两根枝条，说不定连扁扁的枯干子也一道儿折倒下来。

"我说唐家大嫂，什么这是……这是……"老族长叭嗒着长烟袋，看似一时记不起要说什么地咿唔着。"不就是说吗，咳……"又清理了一下嗓子，"你家大哥过世那天，谷雨呀？还是小满？你可还记得？"

估不透千么平空问起这个。本是记得的，也本是顺口就说得出的，妇人却看了看金长老，似乎要跟老人讨个主意才是。

老人深深回望了一眼。那样的眼神给人说不出的仰仗；从大房村福音堂到现在，那太教她熟得不能再熟；好疼她、好惯她，那是教她打心里生出一股子热的眼神。

"不是……"话头子才一说出口，忽觉得不大对，明明是立夏那一天出的事，干么提前一个谷雨，又退后一个小满，单不提中间这个节气？敢情存心套她的话不成？套就套罢，没什么，还是照实回了龚三老头，"不是立夏吗？"

"噢，立夏。对了。"老头望着只有他自己知道的一个远处。"错不了的。"

"那天，下了冷子可是？"

妇人眨着眼睛想了想，那是指下了雹子。"哎。"忙点点头，添上一句话，"都说是——从没见过，四月天，下雹子。"

"这就越说越逗拢了。"老族长好似怕把远客给冷落了，多绕了一份儿和善，找着对面的金长老搭腔儿，"这就教人不能不信邪了；唐家大哥去世到今，正好一百天，打那场冷子过后，眼泪么一滴子雨也没下过，正巧也是一百天。金老先生，你说这里面怎能没有道理，唵？"

"真是碰巧。"老人伸出抽水烟的纸媒子说，"来，就这个火罢。"

老族长挺拘礼，嚷着得罪得罪，躲着斑竹长杆子烟袋，不敢让金长老给他点火。

"先，我是恍惚两可，不大信邪，特意来请教个清楚。既然都对上了，我得给你唐家大嫂告个罪。大伙儿真要闹着非动手不可，俗语说得好，众怒难犯；我这个老族长，上了年岁，平常万不得已，很少问事，碰上这个节骨眼，要雨，不是一家两家的事。大伙儿若要怎么做，我这个老族长怕是拦不住；何况不止寨子里，还有叶庄、高家集、苗屯……好几个庄子……"

一时说得在座的妇人胡涂起来。院子里一些好事的，似乎愈来愈多。

老族长自己似乎也挺吃紧，一把把拢着灰白胡子。看上去，也算是把好胡子，可跟隔着一张大八仙桌子的金长老一比，似乎只合得上胳肢窝儿里那么一撮毛。

"那——我这就算是过来招呼过了，也算告了罪……"

磕磕烟袋锅子，老族长就要起身告辞的样子。

留也不是，不留也不是，妇人重又讨主意地看了看老人。吊梢眼底下，出现那种求情求援的小窝窝。突地院子里喳呼起来："……谁家出的馊主意，我日他姐，兴这么欺负人的……"碾房老油把式一路穷嚷嚷过来。

弄不清这位林师傅干么冒冒失失这么撒野，没等女当家的抢过去问一声，人已嚷嚷到堂门口。

"好啦，你龚三太爷不能不明事理，咱们把话说明白，谁出的鬼，你交出来……"

本是那么一个病秦琼的殃殃老汉子，罕见这么火爆，谁都有些措手不及，愣瞪着他火冒三丈地直嚷。

"你请留步，"老油把式拦住了龚三老头，瘪瘪的嘴巴大口大口喊叫，嘴角儿上聚了些白唾沫，"我不是唐家人，可我是唐家油坊的老伙计，看不下去那么大一个寨子，欺负唐家孤儿寡妇。事儿传出去，你龚家寨，咳，不体面，日他姐的给全天下人去笑……"

"林老哥，林老哥……"老族长连声这么唤着，想插嘴插不进嘴来。"你总得听听我说，嗳嗳，林老哥，你听我说——"

两下里，你说的我不听，我说的你不听，只管各说各的。"林大爷，"女当家的也亮起她画眉叫的那么受听的圆腔儿，插进来劝，"林师傅，咱们是规矩人家，规规矩矩讲道理。没的教说咱们……"女当家的也照样压不下老油把式不住嘴儿的嚷嚷。纵算她那副水嗓儿，听来多么活润，弦子才弹得出来的圆腔，可白白地合不上那两根老弦子粗粗粝粝的瞎拨弄。

"好了，好了。"大白胡子老人，手里托着锋亮白铜水烟袋，没用多高声音，就把两三下里嘈杂给伏下去。老人说："林师傅你也别这么吃味儿，事儿，我这才算弄清楚，听听我来安排。这位龚三太爷，也算有了招呼；处邻居不就这么守望相助么？"老人转过来，给龚家老族长陪了和气。"你龚三太爷，也是有事在身，不多留你。几个庄子的事，敢情由不得哪一个来作主；但能多替她半边人帮忙说些好话，就请你尽力而为，彼此都是一把年纪了，通情达理哪还用说不是？就这么了。你请。"老人把龚三爷让了出去，一路陪送到门外场上。"这边，你请放心，我来照应。别的不急，往后，日子多的是，日头一出来，就得见面的街坊，哪兴弄得彼此

354

脸上酸酸的？……"

可家里，老油把式一无着落地到处找着什么，一面发着狠："……日你姐，我能让你伙儿下得了手，我姓林的也不是人揍的……"急得女当家的蹉着脚，告饶一般吆喝着："好了罢，我的林爷爷，林祖宗，求着你别这么领头乱了，你也帮帮忙，跟我说个明白，到底怎么回事儿。干么一个个都歪脖子斗鸡一样……"

"噢，派我不是？挖到你唐家祖坟上来，干我姓林的鸟事！"

"唐家不如人的，单就是欠那么个祖坟。"妇人倒以为那是林师傅打的比喻。心里倒奇怪，又有什么乱子，要紧到比得上掘了祖坟。

"你伙儿都给我滚，少在这儿等热闹瞧……"

老油把式可也找到了合手家伙，亮起一根包着铁箍的两头翘儿扁担，也不管妇人还是小孩，那么没轻重地胡乱比画着往外赶。没见过快往六十上爬的老汉子，一声火儿起来，还像个莽里莽撞半桩小子。要不是强老宋手脚快当，倒真怕他惹祸伤了人。

"这事儿，躁不得的，"老人打外边进来说，"来罢，林师傅，你那根扁担只能戳事儿，不能挡事儿；还有老宋，也来一下，咱们好生从商从商。"

好似可也得了救星，女当家的一把抱住老人一只胳臂，"这倒是打哪儿说起，把人给闹得六神无主，爷爷你倒说个明白，到底——"

"这事儿，还要你多作主；醒着点儿，别先把自个儿给错乱了。"

"没啥好从商，"老油把式两边嘴角聚着白沫说，"我到坟头上守着，日他姐，谁敢动一块土疙瘩，我砸烂他狗头。"

"你少那么生疯吧。人多势众，你对付谁去？他做老族长的都不作用——"

"我日他龚老头子亲姐，你老倒信他放的满嘴狗屁，不是他拿的鬼主意，我把姓倒过来写。二墩子，停碾，咱们爷俩儿去……"

金长老也不言语，收紧了下巴，直把老油把式瞪软下来，没滋没味儿地住了口，这才回到堂屋门旁一张骨牌凳子上，坐下来从从容容地抽他水烟。

"分明，这位龚三太爷是个老滑头，看得出……"老人品索了一下，"没担当，还要面面俱到，八下儿里讨好——"

"那还用说，他龚家寨凡事做得绝，不都是老狐狸在那儿差使？"

"也确是绝了些，这个没多大人缘的寨子！"强老宋一旁敲着边鼓说。

老人兀自点着头。不知是称许这两个老伙计，还是跟自个儿心里打什么交道。

"搪，总要搪一下。万一什么——"老人跟自己摇摇头，"也没什么万一了，这事只怕搪不住；人多，一起哄，慢说你我这几个大人儿，就是官厅差派大军粮子下来，也未见得就能弹压得住。你就看，打县里下来，二三十里路的电线杆都给锯倒了，对面儿还有洋人力逼着，县衙门拿得出法子来吗？"

"那不能拿来比；一个人家，祖坟都护不住，还有啥护得住？"老油把式总算安静多了，装着烟，跟金长老借了火。

"也不尽然，"强老宋说，"我倒记得有那么回事儿；老年间——总是有那么个传说就是，也是出了旱魃。谁个主事？嘿，林老头，你可知道？县里下来了县大老爷，还带了练勇，仵作，二老爷伍的，亲自看着破棺……"

直到这时，妇人才算一旁听出点儿头绪。

"怎么说？八福他爹……"她说不下去了，嗓管儿一下子揪得紧紧的，结成疙瘩。

事情来得太冒失——该说是自个儿这么不开窍，闹嚷了半天，才弄清楚是怎么一回事。

老油把式跟强老宋都不言语地窥伺女当家的，眼神里，说不出含着胆怵，还是给什么鬼祟迷了的样子，一个个瘟鸡似的萎了下来。不知是埋怨她事到如今——老阳出来老高了，还说梦话；还是怪她没把事情放在心上。

"你都哑巴啦？……都把我看得年幼无知？……"眼睛从老油把式脸上扫到强老宋脸上，再从强老宋脸上转回老油把式。

"秋香，"这才金长老一旁唤醒她，走过来，手在她肩上按了按，"刚强起来，秋香，天下没有过不去的山，没有过不去的事。"

"难道说——就没有王法！"

"别急躁，秋香，你先沉静下来，我有话跟你说——"

"这是哪里说起，也亏这些疯子想得出来。"

"小娘，"老油把式插嘴道，"要怪，怪我这个疯子；要不是当着那些家伙，我多了一句嘴，哪里想起什么旱魃不旱魃！"

"也别什么……"老人说，"谁都别怪。凡事，都荣耀主名。秋香，今天是你当家理事，你是成人了，但看你一个人站出来，该怎么作主。"

不解地看着老人，吊梢眼儿眼泡底下，又皱出那种求情求援的小窝窝。

"当然，但能拦住他们，咱们总还是要尽力而为——只怕……这事儿难。到那时，坟护不住，只有体恤天意，顾不得人的意思。你懂得吗？秋香？"

妇人点点头。可那是什么意思？人是在雾里，什么也看不大清，只还辨得出东是东，西是西。天意敢情要体恤，可不光是知道这个东西南北就算了，主是什么一个意思？她又连忙摇了摇头。

"到了那个地步，秋香，成全罢。"

"我会，爷爷你请放心；就只是要爷爷好生给我指点——

亏得主有安排，不早不晚的，爷爷你就今天赶来了。"

"就知道你很明事理，不是个软弱孩子。"

老人漫过她头顶望出去，穿出大门，仿佛一直到远远天边，望尽了平畴千里的旱象。说不定规老人是跟谁讲着那些，一面深深叹一口长气：

"人，有人的情分；谁也难得硬着心肠，眼看着亲人——血亲血亲的，又是那么恩爱过的夫妻，共过甘苦患难，谁能眼睁睁看着翻尸倒骨地挨人糟蹋！人的意思，理该体恤，这都没话可说。你可相信，重生会变什么旱魃吗？"

"除非我也疯了！"女的咬着牙说。

"你呢，林师傅？还有老宋？"

"鬼话——那不是！"强老宋也很生气。

老油把式噜了噜鼻子。"不管怎么着，都怪我多嘴多舌！"

"秋香，你一点点、一点点也不见疑？"

"我——？我疑心谁？"

"一点儿也不疑心？万一会那样——就像传说的那样，人贴在棺盖上，长一身白毛……？"

"鬼话！"

"就这样了，"老人扑扑一身泡泡的白夏布衫裤，打骨牌凳上站起身来，"想到能让重生去世一百天之后，还给上帝作了见证，秋香，你就作主罢，把重生奉献出来，也好教人从今往后，再也别信有个什么旱魃。用这个来荣耀主名，比你准备豆饼赒济人还要要紧。"

妇人仿佛给一记闷棍打下来，很沉的一记；那一双俏皮的吊梢眼儿，失神地散去平时那种刺刺的明亮，眼瞳像是另外安上去的琉璃珠子。

"不行！万万不行！"老油把式发疯地跺着脚，"咱们业已给人欺负倒了，给人踩在脚底下蹉来蹉去的了，日他姐的，还要容让？……"喷着口沫，姜黄的一张脸，气得煞白煞白，不住拍打着屁股，直打转转。"欺负咱们外来户，不是这么个欺负法儿；别的犹可，想扒咱们陵地，我跟他姐的拼命……"

女当家的好像没事儿了，木木地站起来。"林大爷，宋大爷，"打她胖活活两腮上，看得出一下下狠狠地咬着牙骨，"替我唐家吃味儿，你俩老人家的义气，我替八福跟他爹领了；你俩还是听我爷爷的罢。"

"老大，"强老宋嘴角上夹着一根高粱秸篦子，也给老油把式陪了好脸，"忍一口，长老有长老打算；再说，别的不念，只别给小娘再添难处倒是真的……"

不说还好；不等强老宋落口，发了性的老牛一样，老油把式闯进榨房去拖出一柄铁榔头，直往大门口冲去。

"日他亲姐，我还怕他天王老子！"临去，老油把式停在穿堂里，回过头来狠狠地呸了一口。

听得见远处一片嘈杂，沉沉地哄着。发大水夜里，常是彻夜听着整条小弥河在那里翻滚，好似半边个天都不断打着闷闷的沉雷。

"老宋，还是跟着去看看罢，免得出事儿。"老人嘱咐过了，回转来说，"觉得还好吗？撑得住？"

"没什么。"女的差不多是淡淡地笑了笑。

"那就好。你是一路刚强过来了；多少惊涛骇浪，都没把你打倒。"

"我真没一点儿能耐……他爹怪我么？我——"

"重生会乐意你这么体恤上帝的意思。来，咱们做一会儿祷告，完了，爷爷陪你到陵上去一下。"

妇人很顺从。只是看上去，多少有些木，近乎男人被枪杀后那段日子里那般光景。

闷闷的沉雷，一刻比一刻近过来。妇人双膝跪着，趴在脸前的骨牌凳上，闭不上眼睛，只管绷紧腮肉，水雕泥塑的一般，穿过院心的凉棚架，直望着一个空空远远的所在。

——凭什么栽诬他是个旱魃！欺负他在地下，辩不了嘴，就这么诋他？单凭他死后，天没再落雨这一点，就咬定他是个旱魃？不行，休想这么糟蹋他……

听着愈近过来的嘈杂，听着耳边厢老人家娓娓的祷告，心里止不住恨，咬牙切齿地咒着……眼睛穿过凉棚顶上，一直望到深得不能再深的老天，看见他腰里拔出那条打掉九跑子女人的金丝簧，崩崩崩崩……甩出一梭子，所有那些个欺负人的浑虫，为首的龚三老头，一塌括子倒下去。一捆捆麦个子遇上坏风那样，不剩一个不倒得一片平。

　　拳头捶着脸前的红漆骨牌凳，只差没有叫唤出来，连连捶打着。从斜挂在门钩上的门帘底下，看得见房里东山墙上那些条卸了撞针的枪支，心里动着涌涌的杀意。

　　这才猛然还醒回来。老人家没有受到她惊扰，仍用那一双覆盖在长长白眉毛底下闭紧的眼睛，仰望着近在他面前的上帝。"……都交托在祢手上了，总不要按着人的意思……"那么样地诉说着。

　　好熟识的光景；似乎总是跟她每一回惶乱无依的当口，血肉一样相连着。怎么不信呢？专在这么样的节骨眼儿，他老人家就来了，专程被差派了来，瞅准了她软弱的当口。

　　大门前，人是潮涌着过去；从一道又一道的门往外望，一波又一波，走过门前麦场；麦场再前面本没有路，却因天旱禾子死在地里，便打上面踩出了老宽的路过去。

　　人是一阵又一阵被内里一股子什么劲儿给顶撞着，试呀试的要抢出去；她是咬啮着指甲盖儿，简直狠劲儿要把它揭掉——就是用的这种疼法儿，强制住自个儿。

　　老人乍乍张开眼来，眼皮儿显得很松，很衰。看得出来，老人也是急于要看看门前什么一个光景，以致初初张开的眼睛，受不住门外板硬的大场上显得煞白刺眼的老阳。

　　从门前纷纷跑过去的那些好事的，渐渐稀少，一个个蹴着脚前各自的影子，几乎带着小跑赶着东去。

许多向门院里匆匆窥探一下的脸子，都不很生；可在眼前这一刻间，却生分得全不相识。但也或许相识还是相识的，只不过突地反目不认她这个邻居。

"走罢。"老人低下头来跟她说。偏在这时候，她倒又忘掉站起来。"不打紧罢！"老人问她。

妇人揉揉膊膝盖儿，不自知地点点头，眼睛定定盯住门外。

老远就看到乱噪那一大片人垛子当中，老油把式高人半个身子横拎着铁榔头竖在那里，不知道站在什么上头。只见一张黑窟窿大嘴，张张合合飞快地扭扯着，人声嘈杂，听不见他咋嘘些什么。

人丛里多半是光脊梁汉子，猛一看，泥糊糊一片土色。铁铦、三股子叉、两角招钩、乱马刀枪插在那一片泥糊糊土堆上。

"要是出事儿呢，爷爷？"女的怯生生迟住脚步。

"那怕免不了。"

"那教我怎么担待得起。爷爷你回去，我不要紧。"

"你是不放心我？"老人停下来，趄着身子，笑笑地看她。"你怕把爷爷怎么样？"

"我是说，爷爷你犯不着。"

"没的事，放心走罢。"拍拍她后背，哄着不大的孩子一样。

脸，承受那么多看过来的眼睛，妇人抱住老人家的胳膊，抱得更紧。好像遇着大水怕被冲走，死死抱住一棵牢靠靠的树干，说怎么也不松手了。

挨进人丛里，愈往里丛，愈有些挤不进去。一眼看到林师傅站在坟尖上，紧攥住打了大半辈子油榨的铁榔头。上百斤沉的生铁疙瘩，桑木柄子给长年摩挲，长年油浸，光亮像黄蜡做的。那两条不见松老的粗胳臂，虬结着可以一块块卸下来的肘瓜儿。

人站在坟头上，不再咋嘘，只管张着黑洞洞的瘪嘴，傻看着他这一老一少往人圈儿里丛挤进来。

"各位大爷大叔——"老人双手举得高高的，挺响地拍着。

人声闹嚷不休；冲着老油把式吵着讲理的，彼此滔滔议论的，土脸子气得发青的，猛骂村话的……总都是把吃奶的劲儿也提了上来，赛着挑高了嗓门儿要把人家的声音压倒。

老人那一副长得够到天的胳臂，一直停留在空里，不时配着"大爷大叔们……"拍两下响声。白麻布肥袖子，滑聚到肩窝子，露出白瘦白瘦的肌肤，那么均匀地散着一手臂的老人斑。

人声总算稀稀疏疏落下去很多。

"各位大爷大叔，大娘大婶子，大伙儿可都是唐家好街坊；平时都有照顾，这昝子，敢情也乐意容让唐家人出来说两句话……"

老人的声音赛似洪钟，也许是多少年下来，常时当着一两千人众讲道练惯了。就那么张着双臂说：

"我这个小孙女，各位老长辈，老街坊，多包涵她一个女流；孤儿寡妇半边人，撑着孤门独户，什么都得指望各位街坊多照应。今天旱魃出在她唐家陵地里，我这个小孙女，别的不怎么，倒是挺明事理，打心里觉着这是唐家造化，她唐家光彩。这话怎么说呢——天旱到这般田地，谁都没辙儿。所有神仙、菩萨、龙王爷，全都请到了，老天是挺住劲儿，板着脸不理人；都看看罢，喏，望到天边儿，慢说雨意，就是一丝儿云彩也想不到，怎么得了！——所以说，果真她唐家陵地里出了旱魃可打，破掉这个大旱荒，这一方，上百里庄稼都有了救，她唐家难道还有护住一个坟堆不让人动手的道理么？万万没有的事，再说罢——"

"没道理，日他姐没这个道理……"老油把式冒冒失失猛喳呼起来，"眼睛都没瞎，睁大眼珠子看看，坟土是湿的，还是干的？"

一时大伙儿都哄起来，指的指，骂的骂，呸唾沫的呸唾沫，都对准了老油把式开枪。

"林师傅，你还是下来，"长老颔颔首说，"大家伙儿都是讲道理、明大义的好街坊，她唐家不点头，大家也下不了手。要是果真不讲理，凭你一个人，你护得住吗？公益的事，你能护出个什么道理？"

强老宋也跟着挺体己地骂着老油把式，帮着把火冒三丈的老油把式往下捺。

"咱们这位油师傅，性子火暴，心地倒是极厚道，都别见怪。"老人跟左近的人打着圆场。

龚家的老族长——那位龚三太爷，居然没有来。金长老拉住两位年高又有点儿头脸的老人，打起交涉，又是礼让，又是恭维。序序齿，都是咸丰年间的生人，一下子成了一家人一样地亲热，话就谈得方便多了。

把两个老人阅历套了些过来，长老似乎有些仰仗。三四百人那番气势，似乎也稍稍安静下来。

"有这两位老前辈在，虽说我也是上了点儿年岁，可不敢充大。两位老前辈见多识广，不能不佩服。"老人仗着身架高，声量大，重又跟众人搭上话，"照两位老前辈指点，坟里是不是旱魃，还在两可。咱们这位林师傅，也没说错，坟土是干的，大伙儿都看在眼里，假不了。如外，这一带，家家户户，没有谁家的水缸出毛病——照说，果真出了旱魃，谁家的水缸都存不住水；任你满满一缸，过夜就耗得个缸底朝天，到如今，可都还没听说谁家——"

"谁说没有？都到我家来看看。"一个老和尚似的刚刮的光头汉子，伸长了脖子喊呼起来，手里一柄三股子铁叉，一举一举地摇在空里。

"没错儿，咱们是紧邻，两天头里就——"

"你他姐的破缸！"老油把式忍不住又咋嘘起来，一头咒骂着，"日你姐的，屎歪，你嫌马子小，胡呲个鸟……"

不用说，老油把式不张口则已，一张口就落怪。大伙儿一起哄，有个壮像大犍牛的黑汉子，若不是强老宋硬挡住，准就干上了。黑汉子擎在手上的是根老粗的顶门杠子。

"那天就是个凶日子，没说的。"持着三股子铁叉的光头汉子，像个拉着月牙铲到处化缘的头陀。

一时都咬住那个凶日子不放，说是立夏那天，本就是四相青龙，月建逢刑遇三丧。死在那天，呆定要变旱魃，况是暴毙。要说坟土还干，水缸不涸水，大半是旱魃还不曾全变过来，不能等到那个时候再动手。

这三四百人吵嚷起来，谁也不听谁的，可谁的耳朵都被刺疼了，刺聋了，真能把天上顶出一个大窟窿。只是吵来嚷去，重重复复总不出那点儿意思，青龙掌日，月建三丧，没几个人懂得，如同上了两年私塾，没等到先生开讲就废了。记倒记得不少的三字经、千字文，整串整段儿背得烂熟，就只是不懂得什么意思。可不管懂不懂得，这坟里准有旱魃，这旱魃非扒出来晾尸不可，人死刚好一百天，天旱也刚好一百天，这就没得可赖。

"爷爷，别争了，陪你回去……"

抱住老人胳臂的她那双手，止不住发抖。老人拍拍她手，低下头来跟她说了什么，人声吵闹太厉害，离这么近，都没有听清。似乎是劝她别怕；或是问她是不是害怕，约莫这一类意思。"天塌也没得可怕。我咽不下这口气。"女的这么说。

那两个咸丰年间出生的老年人，眼看着也服不下人多势众这般吵闹，尽管这边那边地喝着，骂着，都已不生作用，也生起气来。

陵地上的柏树苗，枯了的，也有几棵活得成的，一些塌了秧儿的地瓜秧子，全都统统给践踏到踝骨深的热砂里，埋了进去。领头那几个汉子，试着偎上去，老油把式白白作势地端着铁榔头，顾前顾不得后地招呼不过来。真正地人逼近了，上百斤沉的生铁疙瘩，又能照谁的脑袋磕下去呢？

"下来罢，林师傅，下来，下来……"金长老隔着好几道人墙，朝里面催促。

"敢做敢当，今天闹出人命来，我姓林的一个人顶！"

"林大爷，"女当家的也在求着，"你就别给我招惹了罢，我还不够受的吗……"

这都显见得白费唇舌。人挤人，把长老和妇人碰来撞去得由不得自主，不知是谁护着谁，老少俩，抗着挡住往人潮外边退出来。

"不行，我还有话要说。"

"好爷爷，求你算了罢，你跟哪个讲道理？……"女的拖住老人手臂，满头满脸数得出的一颗颗汗粒子。

老人望着发疯的那些人众，一面不自觉地拍着她扳在臂弯里的手。妇人仰着脸，乞求地盯着老人。在那蓬松的银须底下，红红的下颔，像老公鸡血红的冠子，喉骨一回又一回上下移动着，拼命吞着什么，偏偏吞不下去地干咽着。

没有看清老油把式是怎样打坟头上下去，听见他断续冒上来的咒骂。一片嘶喊，喝叫，分不出谁是谁的声音。外丛，人都伸长了脖子，踮着脚尖巴望，里面传出铁器偶尔碰击的响声。左近村子还有人不断地赶来。

"想不到他……死得那么惨还不够，死后还不得安身……"

女的软弱无比，头埋在老人满胸的胡子里，浑身索索打抖不止。那么一个高大胖壮的妇人家，紧缩着肩胛，急促地一阵阵抽搐，像是打着摆子。土黄的残阳染她一身，忽显得那样寒凉、单薄，似乎站都站不稳当。

"要刚强，秋香。除非你真相信有旱魃。"老人像哄着孩子，"要就是替重生高兴。"

"我能替得了他吗？"

"跟你说过，惨也罢，不得安身也罢，都是你替他那么想。你替他高兴，就替对了。除了他，有谁还能把败坏的肉体再为主做工，为祂的道作见证？古往今来，没有第二人。"

妇人昂起头来，回望着害怕看到的那些生了疯一样的人众，心想着老人家给她说的道理。

那些稀稀朗朗停在外丛挤不进去的妇人，上了年纪的老人，都等着看稀罕景儿等得好不心焦的样子，就像饿了几天没喂粮食的小鸡儿，伸直了长脖子等着人下食儿。只是尽管等得心焦，还不忘冷冷瞅过来，用那种皱紧的眼睛眉毛，不知有多不顺眼地瞪住她身边。

那样鸒鸡似的眼神，她很熟。那一趟打外面回来，枪走了火的那一回，二月二，做囤子，顺手撒掉手里雁来枯的大青豆，跑上去扶他下马，不由人地张开双臂贴到他身上。好日子第二天，天还没大亮就走的，不是走火把腿伤了，他还不回来呢。哪还有工夫计较，腿伤成那样，吃多大的劲儿才下得马来。自家男人，一夜夫妻百日恩，怎么能不抢上去架住他，一点儿也没觉出有什么不该。可是一扫眼之间，只见一双双皱紧的眼睛眉毛，见了鬼一般，愣瞪着她，弄不清自己犯了什么天条。

两辆辒车拉着到处跑的，从没有过家道，不懂得有了家道，就有那么多的穷规矩，一直都以为犯了错。住到红马埠，才在金家看到自个儿没犯错儿。金家有家有道，就只没有那些个穷规矩，不用那样板紧了脸子假装正经。有多亲，就多亲，手绕到老人家的后腰，把这么个亲得不能再亲的爷爷搂着更紧一些。怎不行呢，再紧，也不够表一表对这个亲人那分心疼。

原是那么恨，倒是要好生气一气那些个鸒鸡似的直眉竖眼的蠢相儿。不觉又打心眼儿里怜悯起人来。去日不多了，有今天这么发疯，把她唐家看作血仇一般，就不要有那一天——紧卡紧就要来的，就要委屈着换过另外一副可可怜怜的老脸，拎着袋子斗子，来她唐家讨粮填肚子。换上自个儿，受得了那么委屈地把自家捺得矮人一截儿么？那比饿空了肚子好受一些么?

天愈是旱得厉害,天也愈要生出浑天浑地的土雾。一到牲口上槽这个时光,太阳就生了黄病,给包在雾里。

"回去,爷爷,由着人作罢。"

"不等着善后?等都作过了,不得咱们收拾,还指望谁?"

"我不要;有老宋他们了。我不要挨在这儿。"

妇人拼命摇头,好像这样就能把人丛里传来碰撞着棺材的空瓮子响声,也把使尽力气的那一片吆喝,都给摇开。只是徒然把黑发和白发掺混了起来。

强老宋顶着一脸油汗,也沉不住气了,从人丛里挤抗出来。"都疯了,都是疯子……"气急败坏地那么咒骂,"哪兴这样,告官!小娘,有这么作孽的么?你得告官……"强老宋顿着脚叫唤,棺木已经缒下绳子往上吊,老油把式不打人,倒把人手里铁铦、三股子铁叉,都打得烂的烂,扁的扁,折柄子的折柄子。

"这种事不告官?没有王法了……"强老宋也像生了疯,抓住金长老手脖子,又黑又厚的手指甲盖儿,狠得要掐进骨头里。"你老评评这个理,该不该告到官里——扒人家坟呀!有王法吗?"

"告是该告的;可事已如此,没多大意思了——"

"别生那个闲气了,"妇人抢过去说,"宋大爷,有能耐,气气他们罢。"望了望老人家,想讨个商量,既而又算了。"就劳你驾，家去把二墩子拉来，再带两把铁锨，正好给他爹迁坟。"

"怎么说？"强老宋刚还蹦呀跳呀直冒火，忽而一动不动愣下来，张着好大一张嘴，像是下巴骨滑了扣榫。

"秋香！"老人不知什么含意地唤了她一声。妇人似乎不曾听见，只管吩咐着："宋大爷，你老人家就别管这许多了，跟二墩子一人带一把铁锨过来就行了。"吩咐过了，也不管强老宋还僵在那儿不动，就拉住金长老往那边地头上走。"爷爷你掌掌眼儿，选个合适地方。"

"爷爷脑筋还没你动得快。"老人说。

她知道，周围多少闲得好事的人挤不进去，看不到挖坟的稀罕景况，便都转过来盯住她，摸不清她要干么去了。"我要叫这些疯子看看，省得我花钱去雇人来迁坟。"听得出她这话是打咬紧的牙缝里恨出来的。

绕着人垛子外沿儿，走往靠东的地界子。

"还是往当央一些，"老人估量了一阵儿说，"也别太把他重生挤到角儿上。"

"爷爷你怎么看定，就怎么好。"

老人沿着地界沟子，扯开两条长腿走着量步子。女的就停在地边儿跟着看；心里明晓得不知多少眼睛盯在自家身上，故意把脸子装得平常无事，睬也不睬大伙儿一眼。

——想叫我哭给你伙儿看，做梦！心里这么啐着，看出老人家量定了地位，便就近拔起一棵给踩断了的小柏树苗子，一截一截地掰断，递给老人插标子。

"你来看看，站在这儿，看看正不正。"老人招呼她过去。

"我才没这么好眼力。"女的又抱住老人一只胳膊，存心把嗓门儿挑高了说，"他龚家寨压根儿就是块斜地，住了这些年，都没转过向来，老看着老阳打西边出，落到东边去……"

这么说着，说着，只见她那张白胖大脸盘儿，平空苦了苦，人就顿住了，好似内里忽挨了一下什么暗伤，看上去也不是十分疼痛的样子。眉心拧起一个疙瘩，像是两道眉原是相连着的，中间绷断了，这又逗到一起，在那儿打了一个死结儿。

闻见一股难受的气道，一瞥眼的工夫，看到许多人都捂住了鼻子。

心里原已冷下来，平静下来，突然之间，一股子酸的、热的，又像是刀割一样疼的什么，大大发作起来。

老人也突地撇下她，冲着那些好似因着那一股难闻气味重又乱起来的人窝儿里走过去。

她听见自个儿哭了，浑身肉战起来，听见自个儿猛叫着他那个人："好爷，好爷……"还能叫什么呢？所有言语不出的滋味——数不出多少恩爱，多少伤心，喜欢和酸苦，要命的那些种种，似乎就只能用一声声的"好爷！好爷！……"这样叫出来，诉说出来。

尽管他人走了一百整天，撇下这个家，撇下女人、小儿子，一百整天了，都没法子像这个时候这样子绝情；留在心上的他那副神情，那一身筋骨，每一处每一处都熟得不能再熟的整个他那么一个汉子……生就没有血色的那张脸，那么霸道，铁青，粗粝，时刻都在吃紧的一副蛮相。黄鬖鬖的瞳子，黄鬖鬖的胡桩子。菲薄菲薄一张嘴唇，专好吊起一边嘴角讥诮人……他那一双坏手……从胡窝子一直连下去的一胸一身的虬毛……怎么可以都化作了这种气道！

从一进大房村那教人发抖的头一眼，从那往后数……羊角沟、福音堂、红马埠，来到龚家寨子。哪用得着数呢，都是入肉入骨地清在身子里头，活生生的在那儿，怎样也拿不走；就是猛然炸裂的那几声枪响，人倒在油榨上，淌了一油槽子黏血，都打她心上拿不走他那个人。

可他那个人还在吗？只剩下一股这么难闻的臭气？这就是他那个人了？……有几次，手拿到脸前，重又垂下；尽管教人忍不住，气都不能喘了，人要熏得晕倒，还是不忍心把鼻子捂住；不能那么无情无义、没有人心地对他。

"……好了吗？称心了吗？"老人大声问着，岸然地站在人窝儿里，转着身子，一个个责问过去。

许是那气味缘故，也或许是脸前揭开的底牌使得人众觉得理屈，无话可说；一时间，一林子吵得火烧的雀子，忽被顶上撇过去的一只老鹰给吓住，火，一下子熄了下去。

长老纵是大声责问这个，责问那个，一个个问过去："可

以了罢？该没事儿了罢？……"只气居然能够那么温和。"旱
魃呢？有这样子旱魃吗？……"

没有人应声。人垛子蠕蠕地松开，蠕蠕地裂散着。

骑在骡子背上遛牲口去的八福，打人丛那一边出现，做
娘的不经心地一眼看过去，看到儿子。还是那个样子，骡背
上一耸一耸地挺着小身子，隔着人丛，远远从那边往这边走
来。黄浑浑老阳给孩子披上半边身子。一阵子心疼得紧，做
娘的踩着陷脚的热沙迎上去。

"……这样子造罪，可对得起街坊？对得起死者？……"
老人仍在一步紧一步责问，"大伙儿一心只想打旱魃，怎不
多打几口深井？我这话或许不中听，挺刺耳……"

骡背上的孩子专心催着牲口过来，来不及地往前探着身
子，就那么地一直走进散开的人丛里来，像是压根儿不觉得
有那么多的人挡着去路，也像是没有看到他娘和他太爷爷。

妇人偎过去，定定望着儿子，手是不知不觉地又抱住仍
在跟大伙儿评理的老人胳臂。骡背上的儿子由着骡子往前走，
一面左右遍视着。做娘的急急切切仰视那张小圆脸，听不见
老人还在说些什么，只管又渴又害怕地要在小圆脸上得到一
个什么结果，心是悬空提着。

"谁把我爹……"

孩子惊叫起来，连忙勒住牲口，身子歪扭到一边，低下
头去，那么顶真地仔细端详。一只手突然想起地捂住鼻子。

不知是什么一根线那么绷得紧紧紧紧地牵连着；随着孩子那一声惊叫，小胖手那么突然一动，做娘的不由得心跟着一沉。

孩子那一双略略吊梢的眼睛，急促地投向这边寻找过来。

"八福！"做娘的冲口喊过去。

"娘，"从掩紧了鼻子的小手里，叫出闷闷的一声，"娘你来看，爹怎么好黑，好难看……"

妇人不单是心一沉，周身也跟着狠狠地揪紧。

这又一阵子恨上来，恨这些人害他做爹的在儿子小小心里头，就此毁了，这么样永世不得翻身地毁了。

孩子急急策着骡子穿过人丛，一路喊过来："娘你来看看……太爷爷，你怎么不来看看哪……"孩子挺蛮地打骡背上一出溜滑下来，抢到做娘的怀里。

"娘不要看！"做娘的狠狠捽着拇指上翠玉扳玦，用那么好听的嗓子叫着：

"那不是你爹；你爹在红马埠！"

八福给吓住了，直眼望着他娘，似乎弄不清那是真话，还是气话。

多少眼睛鹜起来。

那刺鼻的腐烂气味，在寂静的人丛里，随着热砂那股蒸气，怏怏地烟升着……

蒙在土雾里的老阳，虽似生着失血的黄病，依然用那样的热病，贪婪地煎熬着这一望无际，生机丧尽的旱荒的田野。

听得见旱野的胸膛上，被嗞嗞嗞嗞地咽着干奶。可田野一滴奶汁也不再有。荒旱的田野上，只有弥留前微弱的喘吁，界于咽气的那种呓吟……

一九六六年八月，初稿

一九六九年二月至七月，《中国时报》连载

一九六九年九月，修订

一九九〇年十月，定稿

朱西甯文学年表

一九二六年

六月十六日，出生于江苏宿迁，祖籍山东省临朐县。本名朱青海。排行么子。

一九三七年

七月，抗日战争爆发，遂离开家乡，流亡于苏北、皖东、南京、上海等地。

一九四六年

南京第五中学毕业。

一九四七年

发表第一篇短篇小说《洋化》于南京《中央日报》副刊，连载二日。

一九四八年

就读杭州艺术专科学校。

一九四九年

弃学从军，加入国民政府军队。

随军来台，居于高雄县凤山黄埔新村。官阶陆军上尉。

一九五二年

六月，短篇小说集《大火炬的爱》由台北重光艺文出版社出版。

一九五三年

与刘慕沙初次见面，并持续通信。

一九五六年

三月十七日，与刘慕沙在高雄公证结婚。

八月二十四日，长女朱天文出生。

一九五七年

六月，发表短篇小说《刽子手》于《自由中国》第 16 卷第 11 期。

十二月，发表短篇小说《新坟》于《自由中国》第 17 卷第 12 期。

一九五八年

三月十一日，次女朱天心出生。

六月，发表短篇小说《捶帖》于《自由中国》第18卷第11期。

一九六〇年

五月七日，三女朱天衣出生。

配得桃园侨爱新村眷舍，合家迁入。

一九六一年

七月，发表短篇小说《锁壳门》于《诗·散文·木刻》创刊号。

七月，发表短篇小说《铁浆》于《现代文学》第9期。

八月，短篇小说《狼》连载于《中央日报》副刊。

由侨爱新村迁居板桥浮洲里妇联一村眷舍。

一九六三年

二月，短篇小说集《狼》由高雄大业书店出版。

十一月，短篇小说集《铁浆》由台北文星书店出版。

一九六五年

七月，迁居内湖一村新眷舍。

开始动笔写长篇小说《八二三注》。

十月，收到张爱玲自美国第一封来信。

一九六六年

十一月，长篇小说《猫》由台北皇冠出版社出版。

一九六七年

二月，短篇小说集《破晓时分》由台北皇冠出版社出版。

一九六八年

十月，短篇小说集《第一号隧道》出版。

主编《新文艺》月刊。

一九六九年

三月二日至七月四日，长篇小说《旱魃》连载于《中国时报·人间副刊》。

一九七○年

四月，长篇小说《旱魃》由台北皇冠出版社出版。

四月，短篇小说集《冶金者》由台北仙人掌出版社出版。

六月，短篇小说集《现在几点钟》由台北阿波罗出版社出版。

九月，长篇小说《画梦记》由台北皇冠出版社出版。

一九七一年

十二月，短篇小说集《奔向太阳》由台北陆军出版社出版。

参与筹组黎明文化公司，并担任总编辑。

一九七二年

一月，主编《中国现代文学大系》小说辑（共四册），由台北
巨人出版社出版。

八月一日，自军中退役，专事写作。

十月二十八日，由内湖迁居景美。

一九七三年

短篇小说集《非礼记》由台北皇冠出版社出版。

一九七四年

五月，长篇小说《八二三注》连载于《幼狮文艺》第 245 期
至第 276 期，一九七六年十二月刊毕。

七月，短篇小说集《蛇》由台北大地出版社出版。

十一月二十至二十一日，《迟覆已够无理——致张爱玲先生》
连载于《中国时报·人间副刊》。

结识胡兰成。

一九七五年

一月，短篇小说集《朱西甯自选集》由台北黎明文化公司出版。

六月，收到张爱玲信，信上说"希望你不要写我的传记"，

自此音书遂绝。

十月，短篇小说集《春城无处不飞花》由台北三三书坊出版。

一九七六年

八月，短篇小说集《将军与我》由台北洪范书局出版。

八月，长篇小说《春风不相识》由台北皇冠出版社出版。

一九七八年

二月三日，发表《乡土文学的真与伪》于《联合报》副刊。

四月，长篇小说《八二三注》(三册) 由台北黎明文化公司出版。

九月，《曲理篇》由台北慧龙文化公司出版。

一九七九年

四月，长篇小说《八二三注》由台北三三书坊出版。

七月，长篇小说《猎狐记》由台北多元文化公司出版。

十月二十二日，获第四届联合报长篇小说特别奖。

十一月四日，居南京的六姊辗转来信，获知父母、两兄均已不在人世。

一九八〇年

一月，短篇小说集《将军令》由台北三三书坊出版。

三月，短篇小说集《海燕》由台北华冈出版社出版。

十二月，《日月长新花长生》由台北皇冠出版社出版。

开始动笔写长篇小说《华太平家传》，经历多次易稿，至一九九八年病逝写有五十五万字未完。

一九八一年

一月，《微言篇》由台北三三书坊出版。

一九八三年

八月，短篇小说集《七对怨偶》由台北道声出版社出版。

一九八四年

七月，短篇小说集《熊》由台北皇冠出版社出版。

八月，短篇小说集《牛郎星宿》由台北三三书坊出版。

十月，长篇小说《茶乡》由台北三三书坊出版。

一九八六年

六月，《多少烟尘》由台中省训团出版。

十月，发表《三言两语话三毛——唐人三毛》于《台港文学选刊》第 5 期。

一九八七年

七月，中篇小说《黄粱梦》由台北三三书坊出版。

一九八八年

四月，携妻女赴大陆探亲，于五月二十一日返台。

一九九一年

四月十二日，发表《被告辩白》于《中央日报》副刊。

一九九四年

一月三日，发表《岂与夏虫语冰》于《中国时报·人间副刊》。

一九九五年

十一月，发表《金塔玉碑——敬悼张爱玲先生》于《交流》第 24 期。

一九九六年

七月，发表《恨归何处——评王安忆〈长恨歌〉》于《联合文学》第 141 期。

一九九七年

三月，主编《山东人在台湾——文学篇》，由台北财团法人吉星福张振芳伉俪文教基金会出版。

十一月，身体不适，入荣民总医院检查，得知罹患肺癌。

一九九八年

三月二十日，长篇小说《华太平家传》连载于《联合报》副刊，至七月二十八日刊毕。

三月二十二日，病逝于台北万芳医院，享年七十二岁。

一九九九年

五月，短篇小说集《朱西甯小说精品》由台北骆驼出版社出版。

二〇〇一年

一月十八日，家属捐赠朱西甯手稿、图书、信札、照片、文学文物等共1393件，供台湾文学馆办理典藏、研究及展示活动。

三月十六日，台湾文学馆筹备处举办"朱西甯文学纪念展"，至四月十三日止。展场依照其一生的创作历程规划成六个时期，展出不同阶段的聘书、证件、照片、创作手稿，与亲友往来的书信及珍藏的文学书籍、杂志等。

二〇〇二年

三月六日，遗作长篇小说《华太平家传》由台北联合文学出版社出版。

九月十六日，《华太平家传》获时报文学奖推荐奖。

十二月，《华太平家传》获联合报最佳书奖（文学类）。

二〇〇三年

三月二十二至二十三日，"行政院文化建设委员会"主办、联合文学出版社共同举办"永远的文学大师——纪念朱西甯先生文学研讨会"活动，与会者有王德威、应凤凰、吴达芸、黄锦树、庄宜文、杨泽、范铭如、张瑞芬、张大春、朱天文、吴继文、郝誉翔、舞鹤、骆以军等人。

三月，短篇小说集《破晓时分》《铁浆》，长篇小说《八二三注》由台北印刻文学出版社重新出版。

五月，《纪念朱西甯先生文学研讨会论文集》由台北"行政院文建会"出版。

二〇〇四年

十二月，短篇小说集《现在几点钟：朱西甯短篇小说精选》由台北麦田出版社出版。

二〇一〇年

一月，第18届台北国际书展"台湾作家书房"主题馆展出朱西甯文物及图片，其他参展作家有王拓、白先勇、钟肇政、赖和、李昂、萧丽红、蔡素芬、杨逵、钟理和、黄春明、王祯和、朱天文等。

（参考台湾文学馆出版《台湾现当代作家研究资料汇编：朱西甯》一书整理）